BESTSELLER

Susana Martín Gijón (Sevilla, 1981) es licenciada en Derecho, especializada en Cooperación internacional. Fue directora general del Instituto de la Juventud de Extremadura y presidenta del Comité contra el Racismo, la Xenofobia y la Intolerancia, así como presidenta de la Asociación de Escritores de Extremadura. Es autora de la Saga del Trébol, compuesta por las novelas *Más que cuerpos* (2013), *Desde la eternidad* (2014) y *Vino y pólvora* (2016), las tres con una nueva edición en 2024, y de las novelas cortas *Pensión Salamanca* (2016), *Destino Gijón* (2016) y *Expediente Medellín* (2017), ganadora del Premio Cubelles Noir 2018 a mejor novela publicada en castellano. Su novela *Náufragos* (2015) resultó finalista de varios premios. *Progenie* (2020), que inicia la serie de la inspectora Camino Vargas, fue finalista de los premios Valencia Negra y Paco Camarasa. Galardonada con el Premio Avuelapluma de las Letras en 2021, la autora ha continuado la serie de Camino Vargas con *Especie* (2021) y *Planeta* (2022). Su última novela es *La Babilonia, 1580* (2023), traducida a varios idiomas.

Biblioteca
SUSANA MARTÍN GIJÓN

Más que cuerpos

DEBOLSILLO

Papel certificado por el Forest Stewardship Council®

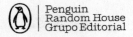

Primera edición: julio de 2024
Segunda edición: febrero de 2025

© 2013, 2024, Susana Martín Gijón
Esta edición se ha publicado gracias al acuerdo con Hanska Literary&Film Agency, Barcelona, España.
© 2024, Penguin Random House Grupo Editorial, S.A.U.
Travessera de Gràcia, 47-49. 08021 Barcelona
Diseño de la cubierta: Penguin Random House Grupo Editorial
Imagen de la cubierta: © Laura Jubert / Claudia Sánchez

Penguin Random House Grupo Editorial apoya la protección de la propiedad intelectual. La propiedad intelectual estimula la creatividad, defiende la diversidad en el ámbito de las ideas y el conocimiento, promueve la libre expresión y favorece una cultura viva. Gracias por comprar una edición autorizada de este libro y por respetar las leyes de propiedad intelectual al no reproducir ni distribuir ninguna parte de esta obra por ningún medio sin permiso. Al hacerlo está respaldando a los autores y permitiendo que PRHGE continúe publicando libros para todos los lectores. De conformidad con lo dispuesto en el artículo 67.3 del Real Decreto Ley 24/2021, de 2 de noviembre, PRHGE se reserva expresamente los derechos de reproducción y de uso de esta obra y de todos sus elementos mediante medios de lectura mecánica y otros medios adecuados a tal fin. Diríjase a CEDRO (Centro Español de Derechos Reprográficos, http://www.cedro.org) si necesita reproducir algún fragmento de esta obra.
En caso de necesidad, contacte con: seguridadproductos@penguinrandomhouse.com

Printed in Spain – Impreso en España

ISBN: 978-84-663-7647-1
Depósito legal: B-9.246-2024

Compuesto en Fotocomposición gama, sl
Impreso en Black Print CPI Ibérica
Sant Andreu de la Barca (Barcelona)

P 3 7 6 4 7 1

*A mi madre,
que me transmitió la pasión por las letras*

No le dolieron en la cara, sino al lado del alma,
en ese rincón que no se le puede enseñar a nadie.

Dulce Chacón

*Princesas tristes.
En el castillo presos,
tréboles verdes*

Bruno Scorza

Se levanta con desgana y se mete en el minúsculo cuarto de aseo.

No se reconoce en la chica escuálida de mirada vacía que le devuelve el espejo. Solo unas semanas han bastado para transformarla. Incluso su cabello, una larga melena rubia de la que tanto presumía, ha perdido su brillo y se le adhiere lánguidamente al rostro.

Hace hoy tres días y tres noches que ha dejado de luchar. Tres días y tres noches que algo ha cambiado en su interior. Primero creyó que se trataba de un malentendido. Intentó en vano explicarles que se apiadaran de ella, que comprendieran su sufrimiento. Después pidió ayuda. Gritó con todas sus fuerzas, confiando en que alguien escuchara sus lamentos y acudiera en su auxilio. Como el príncipe azul que rescataba de la torre del castillo a la princesa en los cuentos que no hacía tanto había dejado de leer. Pero los príncipes azules no existen. Al menos no en la vida real, al menos no para ella. En esas semanas ha visto de todo menos eso.

La única respuesta a sus voces han sido las palizas. Aún son visibles en su cuerpo los cardenales.

Más tarde, depositó sus esperanzas en un descuido. Alguien que olvidara cerrar la puerta y le permitiera escapar, daba igual hacia dónde. En su mente no puede imaginar nada peor.

Pero la oportunidad de huir tampoco se presentaba y recuerda con precisión el momento en que sintió ese clic interno, cuando aquel muchacho abandonó la habitación. Aquel muchacho de apariencia tímida que le llevó por un momento a pensar que podría confiar en él. Se atrevió a mirarle a los ojos en busca de algo. Bondad, quizá. O empatía. Él le devolvió la mirada y supo que se había equivocado. Su fachada anterior dio paso a una personalidad más sádica aún que la de sus captores. No es que hubiera sido el peor, pero ese atisbo de esperanza frustrado le hizo sobrepasar su límite. Y se rindió.

La furia, la desesperación y la tristeza han dado paso a una indolencia que la envuelve desde entonces. Solo sabe que algo le impulsa a sobrevivir. Desplaza la vista hacia el tatuaje que decora su hombro derecho y lo acaricia. Un trébol de cuatro hojas, con una mayúscula ornamentada en cada una de sus hojas. Dos letras «A» y dos letras «S» que lo han significado todo para ella.

Retira la mirada del espejo y regresa a tiempo para escuchar la llave introduciéndose en la cerradura. No es la hora en la que suelen traerle la comida. Suspira. La pesadilla vuelve a comenzar.

VIERNES, 14 DE OCTUBRE

1.

Annika necesita despejarse.

Va a la zona de descanso, donde encuentra al larguirucho de Mati con su capuchino de media mañana. Ella saca un vaso de agua hirviendo de la máquina, introduce en él una bolsita de roiboos, cruza con su compañero las mínimas palabras de cortesía y vuelve a su mesa.

Intenta centrarse en lo que tiene por delante. Está convencida de que detrás de ese club hay una red de tráfico y trata de mujeres de Europa del Este. Si solo encontrara un poco de respaldo por parte del inspector, podría abrir una investigación. Pero hace mucho que aprendió cómo funcionan las cosas aquí: tiene que conseguir pruebas. El problema es que no cuenta con autorización para trabajar en ello. Y sin esa base es difícil encontrarlas.

Lo más sencillo sería ir a echar un vistazo, pero entre sus aptitudes como policía no se encuentra precisamente la de pasar desapercibida. Su oscuro color de piel y su voluminoso pelo afro la delatan donde quiera que vaya, mucho más en una región con tan escasa población inmigrante como Extremadura. Sumado al hecho de ser mujer en una profesión mayoritaria de hombres, nadie se olvida de ella. A la pregunta de

«¿quién le atendió?», la respuesta es siempre la misma: «La chica negra».

De modo que presentarse en un club a hacer preguntas no es una opción. Quizá si convenciera a Mati... Él es un hombre. Hombre joven blanco. No llamaría la atención en un sitio así, pero pedirle eso es el equivalente a decirle que incumpla las instrucciones del jefe.

Sigue repasando los datos que tiene. Uno más de esos clubes de alterne. Cincuenta y nueve en toda la región. Le ponen enferma los hombres que tratan a las mujeres como objetos de usar y tirar. Cuando, además, esas mujeres han sido traídas a España engañadas y son obligadas a tener sexo con todos los tipos que les meten en la habitación, esto llega al extremo. Un extremo no permitido, pero ampliamente tolerado e ignorado. Los ojos que no quieren ver, no verán jamás. «A menos que lo pongas delante de sus narices y no les quede más remedio».

Es entonces cuando se acuerda de Bruno: él es la persona que necesita. Un periodista con ganas aún de cambiar el mundo. Por tanto, con poco futuro, a menos que lo cambie pronto y mucho. Le propondrá que se curre un reportaje. Quizá si consigue que el tema llame la suficiente atención... Busca su número y teclea sin pensarlo. Al tercer tono alguien descuelga del otro lado.

—¿Bruno?
—¿Quién eres?
—Annika.
—...
—Annika Kaunda, la policía. Nos conocimos en aquella barbacoa...
—Claro, claro, qué despiste. ¿Cómo te va?
—Bien. —Ella traga su orgullo herido. ¿Es que ni siquiera la recuerda?—. Quería quedar contigo.
—...

—Es por un tema de trabajo —añade para no llevar a equívoco.
—¿No irás a detenerme?
Una sonrisa se adivina tras la frase, pero ella no contesta. No parece haberle hecho gracia.
—Oye, que era broma.
—¿Cuándo podríamos vernos?
Bruno deja pasar unos segundos.
—Estoy repasando la agenda. Lo tengo complicado.
—Vale, olvídalo.
—Espera... Tengo un hueco mañana por la noche. Quizá podríamos cenar algo mientras me cuentas.
—De acuerdo. —Annika no deja pasar la ocasión—. ¿Qué tal a las nueve en el Shangri-La?
—¿Qué es eso?
—El restaurante vegetariano. Cerca del Templo de Diana.
—Hecho.
Ella cuelga satisfecha. Ahora solo tiene que convencerle.

2.

Violeta se organiza mientras conduce.

Recoger a Celia del centro infantil y dejársela a su suegra, picar algo, ir a la peluquería, volver al despacho, reunirse con el comercial de esa nueva marca de cosmética, revisar el correo, pasarse por la tintorería antes de que cierren, regresar a por la niña y llegar a casa a tiempo para el baño.

Desde que tuvo a Celia su vida se ha desmadrado. Demasiados cambios, nuevas rutinas, nuevas exigencias y, sobre todo, nuevas prioridades. Pero, tras los primeros cuatro años, cree que empieza a adaptarse. Y en la empresa tampoco le van a permitir otra cosa. No si quiere seguir teniendo posibilidades de ascender.

Annika siempre le recrimina que cargue con todo el peso de la familia. Ocuparse de la niña, de la casa y de buena parte de los ingresos. *Superwoman*, la llama. «Antonio ya tiene bastante», contesta ella invariablemente. Los mínimos que tiene que cumplir en el negocio de automóviles ya suponen bastante presión.

La conversación siempre deriva hacia este punto en el que no se encuentran. A ella le gusta ser la responsable de su casa, la organizadora que lo tiene todo bajo control; se siente orgullosa de ello. Tampoco es que le quede tiempo para otra cosa: llega exhausta a los fines de semana, y ese es el momento para pasar algo de tiempo con Antonio y la niña. No da para más.

A pesar de esta y alguna otra diferencia, Annika es la mejor amiga de Violeta. En realidad, son mucho más que eso. Desde que se conocieron en el centro de menores, sin más apoyo que ellas mismas, la una se convirtió en la familia de la otra. Y así sigue siendo.

Debería llamarla. Cuando va a verles, Annika se pasa las horas jugando con Celia. Hace una eternidad que no hablan de ellas mismas. Se pregunta si tendrá alguna novedad. ¿Quizá un amorío entre manos? No, qué bobada. Estará centrada en su mundo de perseguir a los malos. Como siempre.

3.

La cita misteriosa con Annika le ha alegrado el día.

Ha hecho que las perspectivas del fin de semana mejoren sustancialmente y al menos en eso puede permitirse algo de optimismo. Porque es viernes y esa ha sido la primera vez que le suena el teléfono sin que sea su madre o algún operador que quiere cambiarle de compañía. Desde el periódico con el que colabora parecen haberse olvidado de él: ni una sola convocatoria que cubrir, ni una noticia que redactar. Lleva toda la semana sin mover un dedo y empieza a estar harto.

Su madre sí que le ha llamado para saber si iría al pueblo a verla y, cómo no, para preguntarle si se ha decidido con «lo de doña Paquita». Doña Paquita es una vecina octogenaria con tiempo y dinero que se ha empeñado en tener su propia biografía y quiere que el hijo periodista de su amiga se la escriba.

Pocas cosas le pueden apetecer menos que escuchar las batallitas de una señora aburrida, así que lleva tiempo dando largas a su madre. Sin embargo, sabe que se lo tendrá que plantear como no consiga pronto algo. Porque lo cierto es que anda muy mal de pasta.

Pasta, justo lo que lleva comiendo toda la semana. Excepto el día en que Edu, uno de sus compañeros de piso, hizo una caldereta para impresionar a Laura y se estiró invitándole. Qué menos, ya que su novia se pasa la vida allí. Otra que está en paro.

Piensa de nuevo en Annika. Le tenía echado el ojo desde hacía tiempo, y en cuanto la vio en la barbacoa fue a por ella. Lo pasaron genial aquel día y aquella noche. Pero después, nada. La siguió rondando durante un tiempo, hasta que se cansó. Uno no es tonto del todo, pilla las señales.

Sin embargo, ahora le ha llamado ella. Claro que sabía quién era. Nunca borró su número. Además, habría reconocido su voz en cualquier parte, aunque se ha hecho el loco incluso cuando ella le ha recordado su nombre. Una cuestión de orgullo. Absurdo, quizá. O tal vez no. Dicen que con las tías hay que hacerse el duro. Él es un blandito, y así le va. Se fijan en él, pero no conserva a las pocas que le han gustado de verdad. Como Annika.

Vuelve a repasar la conversación. Algo profesional, ha dicho. No importa. Una cena con ella es más de lo que a estas alturas podía esperar. Limpiará la casa, solo por si las moscas. Le toca a Edu, pero da igual. La casa y, sobre todo, su habitación. La dejará como los chorros del oro. Eso dice siempre su madre, como los chorros del oro. Pues así. Porque uno nunca sabe cómo puede terminar la noche. Y a su amigo Paco una tía le dejó con los pantalones bajados cuando vio la mugre que acumulaba su cuarto de baño. Eso no le pasará a él. Mucho menos, con Annika. Con Annika tiene que hacer las cosas bien.

4.

Juana oye gritos en el piso de enfrente.

Deja la cebolla a medio cortar y escucha con atención.

—Otra vez esos dos discutiendo —murmura contrariada—. ¿Es que nunca van a entenderse? Menos mal que las parejas conviven ahora antes de casarse, porque estos no tienen mucho futuro juntos.

Juana nunca habría acertado a imaginar lo premonitorio de su reflexión. Y es que Sara y Álvaro son una pareja muy respetuosa con ella. Más que eso. Cuando Juana se torció el tobillo, Álvaro le hizo la compra un par de veces. Y Sara le llevó una mañana churros para desayunar. A ella, que no había podido bajar al bar en dos meses, casi se le saltan las lágrimas al verla llegar con la bolsa aún calentita.

Si no fuera porque las paredes de esos bloques de pisos son como son, Juana diría que Sara y Álvaro son la pareja perfecta. Si no fuera por eso, Juana creería que él es un joven encantador y ella, una muchacha muy afortunada.

Pero ya no se construye como antes. Y Juana se entera de todo lo que ocurre en el piso de enfrente.

Sabe que a Álvaro le pierden los celos. Sabe que le monta un espectáculo a Sara cada vez que llega tarde, sobre todo si ha intentado localizarla y no lo ha conseguido. Sabe que él la ha distanciado de sus amigas y que se molesta cuando sale de casa sin él, aunque cuando ella se va a ver a su madre, él llega de madrugada. Juana sabe hasta que una vez metió a otra chica en su casa. Eso fue cuando Álvaro le levantó la mano a Sara y ella se fue al pueblo a esconder al mundo las pruebas de su vergüenza. Pero volvió, aunque Juana no acaba de entender muy bien por qué.

Todo esto sabe Juana porque las paredes de los pisos nuevos se hacen muy finas, demasiado finas. Pero queda entre esas paredes y ella. Porque Juana es una señora muy discreta, una que no se mete donde no le llaman.

Y porque una vez le trajeron churros.

SÁBADO, 15 DE OCTUBRE

5.

Annika acaba de prepararse.

Aunque su cita es estrictamente profesional y en su día ignoró todos sus intentos de acercamiento, le agrada la idea de cenar con Bruno. Es solo que ella no quiere complicarse la vida por nadie. Su prioridad es el trabajo, y el tiempo libre no lo va a malgastar sobrepensando en algún hombre.

Nada le hace sentirse tan bien como estar en su casa sin obligaciones ni ataduras; tan solo descansar la mente, ver una película clásica junto a su perra Tabita o hacer alguna tabla de ejercicios. Y si tiene ganas de tomar el aire, qué mejor que unas carreras por el parque con la galga para volver a casa llena de buenas vibraciones.

A veces puede apetecerle un poco de contacto social, pero en esos casos suele haber alguna conocida de quien tirar. Así fue como le conoció, en uno de esos días. Llamó a una excompañera de la universidad muy dispuesta siempre si de fiestas se trataba, que enseguida le informó del plan y pasó a recogerla.

La barbacoa no estuvo mal, aunque a esas alturas de la vida aún no ha conseguido desembarazarse del malestar al saberse observada. Y vaya si lo era. Porque Annika mide un metro setenta y cinco, tiene unas caderas generosas, unos profundos ojos negros y una bonita sonrisa con la que, no obstante, no obsequia demasiado a menudo. Pero lo que más destaca en ella es su color de piel y su pelo afro abultado, tan diferentes a los cánones de belleza del resto de las mujeres de su entorno.

En Mérida casi todo el mundo la reconoce; ser policía era justo lo que le faltaba para no pasar inadvertida, pero hace mucho que tomó la decisión de no dejarse influir por el pensamiento de los demás. O de intentarlo, al menos.

Lo malo es que ese reconocimiento no funciona al contrario. La gente de su edad va y viene según le cae el trabajo, y en círculos como aquel no suele conocer a nadie. Desconfió de Bruno cuando se acercó, aunque al poco tuvo que reconocer que se lo estaba pasando bien con él. Además, era atractivo. Pelo rubio ondulado, pirsin en la ceja, unos hoyuelos sexis cada vez que sonreía, y esos ojos color miel que la miraban de una forma tan diferente... Difícil resistirse. A pesar de la camiseta de superhéroe y el anillo de Linterna Verde que advertían de que era un friki de libro.

Pasaron juntos el resto de la tarde y ya entrada la noche se animó a ir a un bar del centro a bailar. Y de ahí... a meterlo en su cama. Un par de revolcones estupendos, y luego ella le invitó amablemente a irse. Una cosa era dejarse llevar y otra muy distinta aguantar los ronquidos de un extraño. Con los de su perra y los suyos propios le basta y le sobra.

Al día siguiente ya la estaba escribiendo. Aún hoy no sabe qué cable se le cruzó para darle el teléfono, pero él no desaprovechó la ocasión. Un SMS como en los viejos tiempos, porque Annika pertenece al exiguo grupo de personas que están fuera del circuito de los chats instantáneos. Ni WhatsApp, ni Telegram, ni por supuesto ninguna de esas redes sociales donde la gente se expone de una forma tan impúdica. Salvo las cuestiones profesionales en las que no tiene más remedio, limita el uso del móvil para llamar y recibir llamadas.

Así que ahí estaba, ese mensaje en espera de respuesta, reclamándola cada vez que miraba la pantalla. Ese mensaje que no permitía a la otra parte salir airosa sin quedar en evidencia que el interés no era recíproco. Y unas semanas más tarde, otro. Y otro más, casi a la desesperada. Hasta que, como era previsible, Bruno se cansó de intentarlo.

Consulta el reloj con apuro. Están a punto de dar las nueve. Rara vez cumple los horarios con precisión. Se mira en el espejo, satisfecha con la imagen que le devuelve. Se ha enfundado unos vaqueros pitillo que realzan su figura, combinados con una blusa amarilla. Los rizos, recién lavados, comienzan a tomar volumen tal y como a ella le gustan. Hace mucho que dejó de intentar domarlos. Qué liberación aquella. Ahora está orgullosa de mostrar esa parte de su identidad.

Se retoca el pintalabios color vino, agarra el bolso y repasa con la mirada la estancia. No se deja nada. Tendría que haber sacado a Tabita, pero ya no le da tiempo. Cierra la puerta con una punzada de culpabilidad.

6.

Sara comprueba que no hay nadie en casa.

El ambiente se ha enrarecido después de la última discusión. Siente que cada una de las decisiones de los últimos meses le ha ido conduciendo a un callejón sin salida, lo que aumenta una ansiedad ya cronificada. Cada día se mueve como una autómata, con la mente colapsada por las mismas ideas que giran a toda velocidad sin dejar espacio para más. Sabe que tiene que detener el flujo de pensamiento recurrente de una vez. Tiene que parar y actuar.

Hoy dispone de la tarde para ella. Álvaro está viendo el fútbol con los amigos y tardará en regresar. Seguro que se lían a copas después, tanto si gana su equipo como si no. Sabe que el fútbol es solo la excusa, pero, en momentos como este, se alegra de que exista.

Va a la cocina a prepararse una tila y se acomoda en la butaca del dormitorio. Aunque comparte la habitación con Álvaro, él rara vez pasa tiempo allí aparte del destinado a dormir y a sus cada vez más esporádicos encuentros sexuales. Los ratos que está en casa se tumba en el sofá delante del televisor, y esta butaca se ha convertido para ella en una suerte de refugio.

Agarra un bolígrafo y se coloca delante de un folio en blanco dispuesta a escribir. El papel le fuerza a seguir sus ideas con un orden lógico en lugar de ir vagando de una a otra. En algunas épocas de su vida ha llevado un diario, pero ahora no se atreve: Álvaro no dudaría en leerlo. Por eso rasga la hoja cada vez que acaba hasta convertirla en una especie de confeti que tira por el desagüe del váter.

La tinta fluye a buen ritmo cuando de repente oye la puerta de la entrada. Se sobresalta ante el ruido y consulta el reloj que descansa sobre la mesita de noche. Las 22.38. El partido ni siquiera ha llegado al descanso. Siente cómo se le acelera el ritmo cardiaco. Esconde el folio y espera a que se abra la puerta de la habitación para saber a qué se debe el cambio de rutina.

No tiene que aguardar más que unos segundos. Cuando eso sucede, sus ojos reflejan pánico e incredulidad a partes iguales.

7.

Bruno llega a las nueve en punto.

No ha estado nunca en ese restaurante, el único vegetariano de la ciudad; se considera demasiado carnívoro. Pero el sitio lo ha escogido ella y no era plan de empezar poniendo pegas.

Observa con curiosidad a su alrededor. Es un lugar coqueto, de esos en los que cada detalle está cuidado con mimo. Pide una cerveza en la barra y enseguida la camarera empieza a darle palique.

—Cómo mola tu chupa.

—Marvel, ¿eh? —Bruno sonríe. Es su chaqueta favorita, con el escudo del Capitán América. Y sirve para identificar a *True Believers* como él, seguidores de los cómics de Stan Lee.

—A muerte —dice la chica—. Pero yo soy más de Bruja Escarlata.

La chica saca un llavero del bolsillo y se lo muestra. Es un Funko de la superheroína hechicera. Bruno se echa a reír y le hace un gesto con la cerveza.

—Por Los Vengadores.

Ella está a punto de abrirse un botellín para brindar, pero alguien la reclama y ha de alejarse. Al poco, vuelve con las mismas ganas de conversación.

—Oye, pero no me suena tu cara. ¿Eres de Mérida?
—Me crie en Montijo.
—Buen pueblo. ¿Ahora vives aquí?
—Soy periodista. —Bruno se encoge de hombros—. En Mérida es donde más noticias se mueven.
—Yo prefiero Badajoz. Pero, claro, aquí están la mayoría de los políticos.
—Exacto. Ellos son los que fabrican las noticias. Nosotros poco más que las reproducimos.
—Qué cínico eres para ser tan joven, Peter Parker —bromea la camarera.

Ella sigue con sus tareas y Bruno se queda solo con sus pensamientos. Tiene parte de razón, se ha vuelto un poco descreído. E indolente. Reconoce que como periodista cada vez se esfuerza menos. Pero no es que tenga mucha motivación. La mayoría de sus colegas están como él: son pocos los que han logrado entrar en la plantilla de uno de los escasos medios extremeños. El resto pagan su cuota de autónomos y tratan de llegar a fin de mes entre colaboraciones, artículos, columnas y quién sabe qué más. Eso les hace sentirse hastiados, desencantados de la profesión, cuando no manifiestamente nihilistas. Él, el primero.

Si le toca cubrir un acto, se limita a acudir a la convocatoria. La mayoría de las veces se trata de una rueda de prensa de algún político. Se colocan medallas con una facilidad pasmosa, la misma que tienen para escurrir el bulto de los problemas. Pero él, como periodista, ¿qué hace? No es que no se les pueda poner en apuros, vaya si se puede. Con la que está cayendo. Pero la situación ya ha acomodado a todas las partes. Los altos cargos cuentan lo que hayan venido a contar, les pasan la palabra por puro trámite y les agradecen su asistencia. Si los periodistas fueran más críticos, quizá empezarían a temer sentarse en ese sillón. Y es que esa es su labor, sacarles las verdades y mostrárselas a la gente. Luchar por la transparencia. De repente se siente imbuido por una convicción: se ha amoldado, pero espabilará. Se especializará en algo. Tiene que destacarse, marcar la diferencia. Y, al mismo tiempo, cumplir con su misión como periodista. Al fin y al cabo, un gran poder conlleva una gran responsabilidad.

Da el último sorbo a su cerveza y consulta el reloj. Las nueve y diez. ¿Y si Annika ha cambiado de opinión y le deja plantado como a un ficus?

El restaurante se ha ido llenando y ahora la camarera no da abasto, aunque saca un momento para dejarle otro botellín al tiempo que le guiña un ojo.

—Invita la casa.

Lo agradece y tira de móvil para matar el tiempo. Enfrascado en un vídeo del reto viral de turno, no se da cuenta de que tiene a Annika delante hasta que ella le saluda. Da un respingo.

—Sí que estabas concentrado.

Bruno trata de controlar los nervios que le invaden al verla y se levanta para darle dos besos inseguros.

—Qué guapa estás.

—Tú también estás muy elegante —contesta ella sin disimular un fugaz escáner visual.

Bruno sonríe complacido. Le había dado mil vueltas a lo que se pondría, y al final optó por dejar en el armario sus viejas camisetas *geeks* y enfundarse una camisa de un rosa pálido y unos vaqueros menos raídos de lo habitual. Y los calzoncillos de la suerte, claro.

—Oye, perdona el retraso.

—No te preocupes, si yo acabo de llegar —miente a la vez que tortura a la etiqueta del botellín. De repente le sobran manos, no sabe dónde ponerlas—. ¿Nos sentamos?

—Vengo muerta de hambre.

Se acomodan en el interior. Bruno observa la estancia. Se nota una mano femenina, con una decoración agradable en tonos violetas.

—Me gusta el sitio.

—Pues ya verás cuando pruebes los platos.

—La verdad, soy más de carne —dice Bruno sin reprimirse por más tiempo—. Y tú, ¿cuándo te has vuelto vegetariana? En la barbacoa bien que comiste.

—¿Y a ti quién te ha dicho que yo sea vegetariana?

Bruno alza la ceja del pirsin en una mueca de sorpresa.

—Entonces, ¿qué hacemos aquí?

—Pegarnos un homenaje. La comida está buenísima.

—Si tú lo dices. —Se encoge de hombros—. ¿Qué tipo de lechuga ponen?

Annika deja escapar un sonoro suspiro de resignación que hace reír a Bruno. Luego toma una de las cartas.

—¿Me dejas elegir?

—Adelante.

—A ver... Pediremos las crepes de calabacín y la musaka de setas.

—Eso se me queda a mí en los zancajos.

—Muy bien, y el seitán con verduras. Pero te advierto que hay que comérselo todo. Insistirán para que lo termines.

—¿Y si no me gusta?

—Eso no va a pasar.

—Pero ¿y si pasa?

—Les romperías el corazón.

Bruno se echa a reír.

—En menudo lío me has metido, morena.

En ese momento la camarera viene a tomarles nota.

—¿Para beber?

—Yo tomaré una copa de Dulce Eva —dice Bruno.

—Vas fuerte, Peter —bromea la camarera—. ¿Y tu acompañante?

—Yo también.

—Pues trae una botella —pide él, envalentonado.

Cuando la chica se aleja, Annika le mira con curiosidad.

35

—¿A qué venía eso?
—¿Qué?
—Lo de Peter.
—Nada, una broma tonta...

Ella se queda con ganas de preguntar más, y también de decirle que vaya miraditas que le lanza la camarera, pero se muerde la lengua. No es a eso a lo que ha venido. De modo que toma aire y se lanza sin más preámbulos:

—Supongo que te preguntarás por la razón de todo esto.
—Tengo curiosidad.
—Ya imagino. No conozco a muchos periodistas. —Ahora es ella la que se siente algo insegura—. En realidad, solo a ti.

Bruno la mira con atención.

—Y quiero proponerte una historia.
—Ahora sí me has intrigado.
—Aunque ahora estoy en la UDEV, mi...
—¿La UDEV? ¿La UFAM?
—Perdona, a veces se me olvida que no todos habláis nuestra jerga. Ahora trabajo en la Unidad de Delincuencia Urbana, antes estaba en la de Familia y Mujer, donde se abordan los casos de mujeres que denuncian a su pareja por malos tratos, o de agresiones sexuales. Es fundamental que se afronten estos temas con perspectiva de género.
—Claro, lo entiendo.
—Pero en lo que me estoy centrando ahora —continúa ella con tono pedagógico— es en la mayor de las violencias hacia las mujeres: la trata con fines de explotación sexual.

Bruno la anima a seguir con un gesto de atención.

—¿Sabías que más del setenta por ciento de las mujeres prostituidas son víctimas de este delito?
—Pues... no.

Él no se esperaba que la conversación tomara esos derroteros. Mujeres prostituidas, traficadas... Nunca le ha tocado ocuparse de ese tema. Da un sorbo al vino. Es fresco, con un toque afrutado y dulzón. Podría beberse media botella y ni se enteraría.

—Y esto... ¿de qué forma abordáis exactamente el delito de trata?

Annika tuerce el morro. Ha supuesto que al ser periodista conocería esa realidad, y al parecer ha sido demasiado suponer. Igual no ha sido tan buena idea, después de todo.

8.

Violeta se acaba de desmaquillar.

El efecto de liberación es casi igual al de quitarse los tacones cuando llega a casa. Supone el fin de la jornada: su rostro por fin vuelve a ser su rostro y no el de la mujer perfecta, libre de uniformidad de tono, de pómulos rojizos, de párpados sombreados y pestañas ultralargas. Ahora es Violeta, la de las ojeras de mapache, el grano en mitad de la frente, las arrugas en la comisura de los labios; es la mujer cansada, la madre trabajadora —y cómo de trabajadora—, la esposa que solo quiere arrebujarse en el sofá con su marido a ver un capítulo de la serie de turno antes de caer rendida un día más.

Se pone el pijama, otra excarcelación más, sus curvas ya no se ciñen a nada, la celulitis campa a sus anchas en culo y muslamen, los pechos se bambolean bajo la tela de algodón con diseño de ositos de peluche. Vuelve al baño, falta algo aún, los cuidados de la piel antes de dormir para que siga tersa, aguante unos años más fingiendo ser más joven de lo que es. Extiende el sérum facial en el rostro, pasa un trapo por el lavabo mientras se absorbe, luego el contorno de ojos, vuelve al dormitorio, coloca las ropas que se acaba de quitar, regresa al baño y va a por la siguiente fase, crema hidratante de noche.

Se suelta las pinzas que le recogen el cabello —una opresión más que cae, la última—, lo cepilla con cuidado hasta que brilla casi casi como el de las chicas de los anuncios y se va al salón a reencontrarse con su marido.

Solo que su marido ya ronca en el sofá, inmune a los berridos que pegan los pseudoperiodistas de un programa nocturno. De mal humor, se da la vuelta y se mete en la cama. Por lo menos estará a sus anchas. Hasta que los gritos de los tertulianos, o quizá incluso sus propios ronquidos, saquen a Antonio del sopor y sus cuerpos se encuentren y disputen en sueños el espacio en el uno cincuenta del colchón.

9.

—*Estás más perdido que el barco del arroz, ¿no?*

Bruno se rebulle en su asiento.
—Mujer, tampoco es eso.
—A ver, empecemos desde el principio. —Annika se arma de paciencia—. La trata de personas es su explotación en contra de su voluntad.
—Hasta ahí llego —dice él con el orgullo tocado.
—Vale, pues este crimen suele ir aparejado al de tráfico de esas mismas personas. Captan a alguien, lo trasladan a otro lugar y le obligan a hacer algo para lucrarse. Cuando la trata es con fines de explotación sexual, se comercia con el cuerpo de esta persona. Se le priva de libertad y se le obliga a tener sexo con otras personas. Vamos, la compra y venta de sus cuerpos. La esclavitud del siglo XXI —sentencia.
—Todo eso ya lo sé —se apresura a decir él—. Entonces, ¿hay mucha en Extremadura?
—¿Que si hay? España está a la cabeza a nivel mundial en consumo de prostitución.
—¿Tanto?
—Muy por encima del resto de los países europeos.
—O sea, que somos los más puteros.

—Algo así.

—No sé, algo tan brutal y apenas se habla de ello.

—Eso es justo lo que deberíais hacer los periodistas, ¿no? —le desafía Annika.

—¿Y qué pasa con vosotros? —contraataca Bruno—. ¿No sois las fuerzas del orden y todo eso?

—*Touché*. Nosotros deberíamos velar para que no se produjera. Nuestra obligación es garantizar la seguridad ciudadana y proteger los derechos y las libertades de la gente. No hay ejemplo más claro de vulneración de estos derechos. Tendríamos que tenerlo como prioridad.

—¿Entonces?

—Pues que no puedo abrir un caso así, por las buenas. Yo estoy en Delincuencia Urbana, tendría que coordinarme con los compañeros de Extranjería. Y mi jefe dice que no piensa molestarles sin pruebas claras.

—Ya.

—El problema es que no hay interés, ni dentro ni fuera de la policía. La mayoría de la gente sigue sin ver que tiene la esclavitud al pie de la carretera por la que pasa cada día. O en la calle de al lado.

Bruno pincha un trozo de musaka.

—Oye, esto está increíble.

Annika le mira tan mal que enseguida vuelve al tema:

—Ya veo por dónde vas. Quieres que lo pongamos en el foco mediático.

—No soy ninguna ingenua, sé que con publicar una noticia no basta para cambiar las cosas. Pero si se hace un informe fiable y se expone públicamente, quizá se genere polémica, se cree un poco de conciencia social. Si mi jefe recibiera una llamadita de atención de sus superiores —añade con una media sonrisa—, se vería obligado a darme el visto bueno para que se abra, también, una investigación policial.

—Y tú quieres que yo me encargue de ese informe.

Annika da un trago a su copa de vino y lo confirma con un movimiento de cabeza.

—Pero te seré sincera: no puedo pagarte.

—¿Cómo?

—Lo que estoy haciendo es proporcionarte una historia que es necesario contar. Te pasaré datos, te asesoraré en lo que necesites, pero los gastos corren de tu parte. Ser capaz de colocarla en algún medio, también.

—Un encargo de trabajo, una chica guapa... Sonaba todo demasiado bien.

Bruno se toma unos instantes. Mastica un poco de calabacín, sirve un poco más de vino en ambas copas.

—¿Y yo qué gano con todo esto? —dice al fin.

Cuando Annika contesta, hay un poso de tristeza en el fondo de sus ojos:

—Tú, no lo sé. Pero si lo conseguimos, quizá podamos salvar a algunas de esas mujeres.

Él bebe un buen trago de su copa. Se acuerda de su madre, la pragmática de la familia. Está seguro de lo que le diría: no te metas en camisa de once varas, hijo; escribe la biografía de doña Paquita y hazte con un dinerillo. La verdad es que está sin blanca. Annika ha espoleado su vena idealista, le ha puesto en bandeja exactamente lo que se propuso hace un rato, luchar contra las injusticias haciendo periodismo de investigación. ¿De verdad va a rechazarlo por una cuestión material? Y ¿de verdad va a decepcionar a la portadora de esos preciosos ojos negros, esos ojos que brillaban de emoción al hacerle su propuesta pero que ahora se han apagado ante sus dudas?

No mientras siga llegándole para pasta con tomate.

—Cuenta conmigo.

El brillo regresa a su mirada, y una sonrisa realza la belleza del rostro de Annika. No es que se prodigue en sonrisas, esa chica. Casi se considera pagado ya.

10.

Juana está rematando una bufanda.

Es un encargo de los que hace para llegar con menos aprietos a fin de mes. Benditas jóvenes que vuelven a lo tradicional, o a lo «vintás», como dicen ellas. La sobresalta un grito proveniente del piso de sus vecinos. De inmediato le sigue un golpe y varios gritos más, ahora ahogados, junto a objetos que caen al suelo.

Un estremecimiento le recorre el cuerpo. No quiere pensar lo que está pensando. Los ruidos continúan y ella se escapa a la cocina y sintoniza música en la radio. Permanece inmóvil en mitad de la habitación, sin saber qué hacer. Entonces, un aullido espeluznante atraviesa la música y la alcanza de nuevo, calándosele hasta los huesos.

Su primera respuesta es subir el volumen. Después pensará que fue una cobarde y el sentimiento de culpa no llegará a abandonarla nunca, por mucho que se diga a sí misma que reaccionó de forma innata, que es una respuesta que sale de dentro para tratar de protegerse.

Rechaza lo que cree saber que está ocurriendo. Otra vez no. Y, a juzgar por los ruidos, mucho peor que las anteriores.

Al rato, apaga la radio. Solo le llega el silencio más absoluto. Vuelve al sillón que ha abandonado minutos antes y se sienta clavando la vista en la bufanda. Tras lo que parece una eternidad, se atreve. Abre la puerta, recorre los escasos metros que la separan de la de Álvaro y Sara y pulsa el timbre. Le tiemblan las piernas. Nadie responde. Vuelve a llamar con insistencia. A medida que transcurren los minutos y no hay respuesta, un sentimiento aterrador se adueña de ella.

Regresa a casa y se sienta una vez más. Recuerda los anuncios, las campañas que tantas veces ha escuchado en la radio. Le da vueltas a la idea una y otra vez, mientras continúa alerta por si oye algo más. Nada.

Por tercera vez esa noche se levanta. Ha tomado una decisión.

11.

No queda ni una miga en los platos.

Y Annika ya le ha dado a Bruno un cursillo acelerado sobre los crímenes que rastrearán. La velada no es como él imaginó, pero la ha disfrutado a su manera.

—Todo riquísimo —reconoce Bruno—. Y el postre, qué locura. ¿Cómo puede estar tan bueno un bizcocho de tomate? ¡De tomate verde!

—¿Verdad? Si me gustara cocinar, haría lo imposible por que me dieran la receta.

—Igual yo puedo conseguirla.

Ella le dirige una mirada burlona.

—Ya imagino.

—¿Qué?

—La camarera. Soy policía, no te creas que se me escapan los indicios, «Peter».

Bruno se sonroja y pone cara de no haber roto un plato.

—Me declaro inocente.

—No se te resisten las tías, ¿eh?

—Solo las que me interesan —dice, y se encoge de hombros con la misma cara de santo.

Annika cabecea disimulando una sonrisa que quiere colarse en sus labios. Ella también está disfrutando. Quizá ha subestimado a Bruno. No tiene formación en género, pero, siendo realista, ¿quién la tiene? En su propio trabajo, la mayoría son más brutos que un arado.

Al menos Bruno parece dispuesto a liarse la manta a la cabeza. Y tiene que reconocer que el tío es un guaperas, a pesar de ser tan blanquito. Tiene buena planta. Y el pirsin de la ceja definitivamente le favorece. El anillo verde, no tanto.

Se acuerda de lo bien que lo pasaron el día que se conocieron, y de repente le apetece saber más de él.

—Naciste en Italia, ¿no?

—Sí, en Nápoles, pero era muy chico cuando nos vinimos la *mamma* y yo. Me crie en Montijo hasta que me fui a estudiar periodismo a Madrid.

—¿A Madrid? Buen sitio.

—Para no estudiar, el mejor —bromea—. Conciertos todos los días, recitales poéticos, pero sobre todo fiesta, mucha fiesta.

—¿Recitales poéticos?

—Es mi afición secreta.

—Creía que eran los superhéroes.

—Esa también, aunque es menos secreta. —Bruno señala su anillo verde y Annika no puede evitar echarse a reír.

—Así que un poeta, vaya, vaya. ¿Y qué tipo de poesía haces?

—Ahora me ha dado por los haikus. Pero soy malísimo, ¿eh? Lo hago por entretenerme y ejercitar la mente, como otros juegan al ajedrez o hacen sudokus.

—Ya.

—Aunque tengo bastantes seguidores en Instagram, quién sabe por qué.

—Me lo tendré que creer. Ya sabes que las redes no son lo mío.

—Eso que te ahorras.

—Es lo que me dice todo el mundo, aunque luego ninguno soltéis el maldito teléfono —bromea ella—. De todas formas, me gustaría que me enseñaras alguno de esos haikus.

—No, te aseguro que no te gustaría.

Bruno ha conseguido sacarle una sonrisa a Annika. Ella rellena las copas con el vino que resta en la botella y le sigue preguntando:

—En fin, que entre poemas y fiestas, te sacaste la carrera, ¿no?

—Tardé lo mío, no te creas. Pero curraba los veranos para costeármela, que la beca no me duró ni un telediario.

—¿Por qué volviste?

—La tierra tira. —Se encoge de hombros—. Además, solo somos mi madre y yo. No quería estar tan lejos.

—Y acabaste en Mérida.

—Sí, pero primero me fui un tiempo a Italia, con una beca de esas de prácticas para recién graduados. Gané un puesto en la Universidad de Perugia, una ciudad medieval que me recordaba a Cáceres.

—Suena bien.

—Mi madre nunca quiso volver a Italia, así que me fui yo. Luego volví a Extremadura a buscarme la vida y no hay mucho más que contar —sigue Bruno—. Dando tumbos, currando aquí y allá, haciéndome adulto e intentando no perder por el camino toda la inocencia.

Ella asiente. Aunque vienen de mundos muy distintos, tienen más cosas en común de lo que está dispuesta a reconocer.

—Bueno, ¿y tú qué? Te toca.

El rostro de Annika se había ido suavizando, pero ahora recupera la dureza habitual. Le resulta difícil abrirse; supone dar al dolor la posibilidad de aflorar de nuevo.

—Tampoco tengo raíces extremeñas.

—No lo habría imaginado nunca —bromea él.

—Bobo. Nací en una aldea de Namibia.

—¿Cuándo viniste?

—Con siete años. Pero yo sí que tengo recuerdos de allí.
—¿Por ejemplo?
Annika deja vagar una mirada melancólica.
—En los días en los que había algo que celebrar, mi madre preparaba un asado de kudu junto al resto de las mujeres de la aldea.
—¿Kudu?
—Una especie de antílope.
—Eso sí que me gustaría probarlo.
Ella le mira con simpatía, y luego Bruno le pregunta cómo acabó en España. Annika evita responder. Hay recuerdos que una aísla en las más remotas mazmorras de su memoria, y ahí han de seguir. Sí le habla de lo difícil que fue adaptarse a esa ciudad donde no entendía nada de lo que le rodeaba, empezando por el idioma en el que hablaban esos desconocidos paliduchos.
Él se da cuenta de que a ella le cuesta regresar al pasado y decide no seguir hurgando. Además, va siendo hora de levantarse. El vino se ha terminado, no queda nadie en el restaurante y la camarera se asoma de vez en cuando sin disimular su impaciencia.
—Pago yo. —Annika se adelanta a sus pensamientos.
—Qué dices, déjame que te invite.
—Ni hablar.
—Venga, insisto.
Ella se mantiene firme:
—No puedo costear tu reportaje, pero me da para una cena.
Bruno acepta con un fingido conformismo y un más que auténtico alivio. No están las cosas para hacerse el galán antiguo.
Una vez fuera, sugiere dar un paseo que sí es bien acogido. En el fondo, ninguno tiene ganas de irse todavía. Deambulan por las callejuelas del centro de la ciudad, parándose ante algunos de los restos bimilenarios que hacen de Mérida una ciu-

dad de referencia turística. Se detienen ante el Foro Romano, toman una foto al Templo de Diana, se asoman a ver los mosaicos del Centro de Interpretación. Él va sopesando qué hacer después: ¿la invita a su piso a tomar una copa?, ¿lo considerará fuera de lugar? Ya le dejó claro en su día que no quería nada más. Después de aquella noche tan especial, como si solo él recordara la conexión que surgió entre ambos. Desde entonces no había vuelto a saber de ella. Hasta ahora. Ella le ha ofrecido un trabajo, él lo ha aceptado y han acordado los términos. Esos son los datos objetivos.

Pero está solo en casa y eso no sucede a menudo. Julio se ha ido a no sé qué encuentro de su asociación y Edu le ha regalado a Laura un fin de semana en el Valle del Jerte. Y han vuelto a conectar; no se le escapa cuándo atrae a una chica.

—Oye, no solo se me da bien la cocina. También sé algo de coctelería —se lanza.

—¿Ah, sí?

—Y tengo un balcón desde el que hay unas vistas increíbles del Teatro Romano...

Ella le observa fijamente y él vuelve a sentir los nervios aferrados al estómago. Es incapaz de desentrañar qué pasa por la cabeza de esa mujer. ¿Va a mandarle a freír espárragos? ¿A hacer gárgaras? ¿A montar en globo? ¿A algo peor?

No llegará a saberlo, porque en ese momento un ruido estridente emerge de su bolso.

Annika manotea hasta localizar el teléfono y da un respingo al ver el número.

—Qué raro, no estoy de servicio.

12.

Hay días, semanas, incluso meses, la mayoría a lo largo de nuestra vida, que transcurren dentro de la cotidianidad más absoluta.

Pueden ser más o menos felices, pero no sucede nada que los marque de forma indeleble en nuestra memoria.

Y hay, sin embargo, otros momentos en los que todo cambia. En los que, no uno, sino varios sucesos acontecen en paralelo, sucesos que determinarán nuestros destinos.

Esta noche es el principio de muchas cosas para Annika. Con el tiempo se convencerá de que todo ocurre por alguna razón, y es un entramado de circunstancias el que nos lleva hasta allí. Son los puntos conectándose, aunque solo podemos verlos hacia atrás.

La cena ha salido mejor de lo que esperaba. Una suave brisa les acompaña mientras pasean por las calles silenciosas, a pocos metros de la zona de marcha donde la noche no ha hecho más que comenzar y la música golpea con fuerza las insonorizadas puertas de los pubs.

Es entonces cuando el hechizo se esfuma y da paso a una Annika diferente. El deber la llama, aunque aún no sabe muy bien para qué. El inspector Jiménez no ha sido nada explícito.

«La necesitamos ahora mismo, agente Kaunda. Prioridad absoluta».

Bruno ve que un velo de preocupación surca su rostro.

—¿Todo bien?

—Tengo que irme.

—¿Ahora? —Es lo único que se le ocurre decir.

Pero ella ya se aleja en dirección al coche, dejándole con un palmo de narices.

13.

Juana ha tenido que ponerse seria.

Los hombres uniformados la han escuchado con cara de atención y han llamado a la puerta de Sara. Pero han obtenido el mismo silencio que ella y pensaban irse sin hacer nada más; darle una palmadita en la espalda y decirle que ha hecho bien y que se tranquilice. Tomarla por tonta, en definitiva.

Les clava una mirada severa, ya con un llavero en la mano.

—Pues yo voy a entrar porque tengo la llave que Sara me dejó por si alguna vez se necesitaba... ¿Y saben qué? Que ustedes dos harán bien en quedarse ahí a protegerme, que para algo les pagamos el sueldo.

Los policías se miran entre ellos. El que parece mandar ahí se encoge de hombros antes de contestar.

—La acompañamos, señora. Pero usted se hace responsable de esto.

Juana bufa y se dirige hacia la puerta de enfrente. Prueba un par de llaves hasta que da con la correcta y la cerradura comienza a girar. Ella siempre ha presumido de buena intuición: el escalofrío que se adueña ahora de su columna vertebral no augura nada bueno.

—¡Sara! Sara, cariño, voy a entrar.

El salón está desierto, la cocina también. Todo se ve limpio y en perfecto orden. Ya sabía ella que Sara era una mujer muy apañada. Lo único que altera la impecable disposición es una taza con una infusión ya fría sobre la mesa. El piso es tan pequeño como el suyo, no hay muchos lugares donde mirar. Avanza por el pasillo. La puerta del dormitorio está entreabierta. Golpea con suavidad. Nada. La abre sin vacilar.

El alarido de Juana consigue helar la sangre de los dos policías cachazudos que aguardaban tras ella. Ambos se abalanzan para ver qué lo ha provocado.

En la cama yace el cuerpo destrozado de una mujer. Su rostro conserva una mueca de horror y su torso, sus brazos, sus piernas e incluso su cuello han sido acuchillados como una muñeca de vudú con la que ensañarse. Las sábanas están teñidas de rojo, y las manchas de sangre aparecen dispersas por toda la habitación. Incluso el techo se ve salpicado del color del crimen.

14.

Annika llega a comisaría en siete minutos.

El propio inspector la está esperando en la puerta, lo que acentúa la mezcla de temor y fatalismo que se apodera de ella.

—Iremos en mi coche —dice él mientras desbloquea el seguro con el mando a distancia.

—¿Qué ha pasado?

—Un asesinato en el centro, en la calle Parejos. Los de Seguridad Ciudadana acaban de avisarnos.

Annika se queda boquiabierta. De repente, sus pensamientos se vuelven confusos, desordenados.

—Pero... si yo vengo de allí...

Jiménez se para en seco y la mira con desconfianza.

—¿Cómo que viene de allí?

—Quiero decir... Estaba paseando por la zona —balbuce, todavía sin asimilar la información.

—Ha ocurrido dentro de una vivienda. El operativo se está poniendo en marcha: juez de guardia, forense, todo. No hay tiempo que perder.

DOMINGO, 16 DE OCTUBRE

15.

Annika llega a casa exhausta.

El reloj de pared marca las siete de la mañana y aún falta un buen rato para que amanezca. Es lo triste de esta época del año. Cada vez hay menos horas de luz, y eso afecta a su estado de ánimo. Mucho más tras una noche como la que acaba de pasar.

Tabita se lanza a saludarla con tanto entusiasmo que casi le hace perder el equilibrio. Resignada, agarra la correa sin pensarlo. Unos minutos después, ambas regresan. Hoy no es día de carreras para la galga.

Sabe que si se sienta, se quedará dormida al instante. Y necesita aclararse las ideas. Va al baño, se desnuda y abre el grifo de la ducha. Al deslizarse el agua caliente por su cuerpo, se da cuenta de que se ha quedado helada. Es entonces cuando empieza a situar lo ocurrido.

En el poco tiempo que lleva en la UDEV, aún no había tenido que enfrentarse a un caso de asesinato. En la Unidad de Familia y Mujer ha lidiado con muchas agresiones, pero nunca habían llegado tan lejos. Nada que ver con el panorama devastador que han encontrado al llegar al piso de la calle Parejos.

Lleva las imágenes impresas en la retina y sabe que le costará olvidarlas. La mujer, identificada tras la necrorreseña dactilar como Sara Pineda González y que según la base de datos de la Policía Nacional tenía veintiséis años, ha sido acuchillada en pecho, abdomen y piernas. El agresor se ha cebado de una forma salvaje. Al rememorarlo vuelve a sentir un amago de las náuseas que le invadieron cuando se enfrentó con la escena del crimen.

No hay testigos, tan solo una vecina entrada en años que avisó a la policía. Pero tampoco ella ha visto nada. Cuando quiso hacer algo ya era demasiado tarde.

Lo ha pagado con esa pobre mujer. Le ha dicho todo lo que pensaba: que vivimos en sociedad, que una no puede mirar hacia otro lado cuando no le interesa. Que no puede pensar que son cosas de familia y cerrar ojos y oídos. Que podría evitarse tanto dolor si todo el mundo se comprometiera a denunciar estas cosas...

Ahora siente remordimientos. Nada cambia por haberle dicho a esa señora lo que quisiera gritar a los cuatro vientos. Pero ya es tarde, tiene que aprender a callarse lo que piensa alguna vez.

Suspira y se centra en los hechos.

Los datos que ha proporcionado Juana arrojan luz a los primeros pasos de la investigación: todo apunta hacia un asesinato por violencia machista.

Esa terrible lacra que en Extremadura hacía mucho que no golpeaba de cerca.

Sabe que muchos de los casos de asesinato a manos de la pareja o expareja se producen en el domicilio de ambos. Esto concuerda: Sara compartía con su novio el piso escenario del crimen. También lo hace el *modus operandi*, la paliza y el uso de un arma blanca. Por eso la llamó Jiménez: debido a su experiencia profesional, Annika es la indicada para encargarse de este tipo de delitos.

La víctima no había interpuesto ninguna denuncia. Pero ella sabe bien que la mayoría de las mujeres asesinadas nunca llegaban a hacerlo, ya fuera por el miedo visceral hacia su agresor, por la vergüenza de reconocer todo lo que habían llegado a tolerar o por el deterioro psicológico que las volvía incapaces de dar un paso de ese tipo.

Sin embargo, a poco que una bucee en su entorno más cercano, puede encontrar los indicios necesarios para corroborar que la mujer venía siendo maltratada. En el caso de Sara y a pesar de las reticencias iniciales a hablar del asunto, esto es lo que ha confirmado su vecina. No parece haber mucho más, porque la familia de la mujer se reduce a una madre en un estadio avanzado de Alzheimer y un padre con el que lleva años sin comunicarse. A raíz de un bolígrafo que le llamó la atención en la escena del crimen, ha puesto especial interés en encontrar alguna nota, quizá incluso un diario, algo que pueda esclarecer las circunstancias de la víctima. Pero ni en el dormitorio ni en el resto de la casa han hallado nada similar. Ni un cuaderno, ni un solo pedazo de papel que haya sido manuscrito.

De modo que ahora solo falta hablar con Álvaro. Pero esa es justo otra de las circunstancias que apuntan hacia él: se encuentra en paradero desconocido. Durante toda la noche han tratado de contactar con él sin resultado, de modo que han cursado con urgencia los trámites para una orden de búsqueda del que es ya, a ojos de todos los que han pasado esa noche en blanco, presunto culpable.

Annika solo espera que no aparezca muerto en cualquier momento. Sabe que muchos de los hombres que asesinan a sus parejas se quitan la vida a continuación. Es una forma de evasión ante la incapacidad de afrontar las consecuencias de su acto. Hay que encontrarle cuanto antes. Después, que la justicia se encargue de él.

Mientras se enjuaga el pelo, se acuerda de la velada junto a Bruno. Ahora le parece lejana e irreal. Piensa en la manera en que se ha expuesto ante él y compone una mueca de disgusto. Ha trabajado demasiado su coraza como para bajar todas las barreras a la primera de cambio. Podría achacarlo al vino, pero sabe que no todo es responsabilidad de la botella. El recuerdo le hace sentirse vulnerable, y eso no le gusta. No le gusta nada.

Pero tiene muchas cosas en que pensar como para perder el tiempo en reprobarse a sí misma. Sale de la ducha y ve varias llamadas perdidas de comisaría. Las devuelve de inmediato.

—¿Qué ha pasado?

—Annika, creía que te habías dormido. —Es el compañero de la centralita—. Te paso con Raúl.

—De acuerdo.

—¿Annika? Annika, ¿eres tú? —La voz del subinspector Raúl Valverde suena del otro lado.

—Sí.

—Vaya nochecita.

—¿Qué ha pasado? —repite Annika, seca como solo ella sabe serlo.

—Álvaro Vilas. Ha aparecido.

Ella respira y le pregunta lo único que ahora mismo necesita saber:

—¿Vivo?

16.

Bruno está tirado en el sofá con su libreta en la mano.

Como siempre que se siente confundido, trata de componer un haiku. Pero no se concentra, porque el abrupto final de la noche anterior vuelve a su mente una y otra vez.

Se pregunta qué bicho le picó a Annika para salir corriendo de esa manera. Tal y como el día que la conoció, todo había ido sobre ruedas. Se habían reído juntos, se habían entendido, incluso se habían contado algunas intimidades. Y entonces, cuando estaban dando un romántico paseo a la luz de la luna (de las farolas más bien, pero romántico al fin y al cabo), ella se fue corriendo sin darle ninguna explicación.

Son ya las cinco de la tarde y no tiene noticias suyas. Cree que al menos se merece una llamada excusándose. Y, desde luego, él tampoco piensa llamarla.

Se pregunta qué hará con el encargo. Nunca se había parado a reflexionar en serio sobre los motivos de cada una de esas chicas para alquilar sus cuerpos. Ahora no entiende cómo no lo ha hecho antes. En la televisión, en las novelas, en el imaginario colectivo, siempre aparece el tipo de chica que lo ve como un modo de vida fácil. Siente repugnancia al imaginar que él tuviera que dejar usar su cuerpo a cualquier señora dispuesta a pagarle.

Además, Annika había sido rotunda en eso: la prostitución en sí misma engloba muchas situaciones y realidades, pero la mayoría de las mujeres prostituidas son víctimas de trata, que es un delito muy grave contra el que hay que luchar.

Y eso es lo que Bruno quiere hacer. Currarse su reportaje y mostrárselo al mundo. Además, han cerrado un trato y él es una persona adulta. Cumplirá su parte.

En estas sigue cuando oye la puerta. Son Edu y Laura, que regresan de su escapada rural.

—Acho, qué fuerte. Nos vamos dos días y la que se monta —dice Edu por todo saludo.

—¿Qué pasa?

Edu le mira con incredulidad.

—¿En serio no te has enterado?

—Pues serás el único —tercia Laura.

Bruno se empieza a mosquear.

—Bueno, ¿me vais a contar, o qué?

—Se han cargado a una tía a cuchillazos aquí al lado.

—¿Qué?

—Por lo visto, la mató el novio.

—¿Y eso cuándo ha sido?

—Ayer por la noche.

Las piezas tardan apenas unos segundos en encajar en la cabeza de Bruno.

—¡Annika!

—¿Qué? Se llamaba Sara.

—Annika, eso es, eso es —repite Bruno para sí.

—Laura, este tío está fatal. —Edu mira a su chica—. A ver si le buscas ya una novia entre tus amigas.

—Eh, que son mis amigas, ¿por qué iba a hacerles algo así?

Bruno ni los oye. Está conmocionado por lo ocurrido, pero no puede evitar sentir una pizca de alivio. Annika tenía motivos de sobra para desaparecer. Ahora sí, el lápiz se desliza ágil sobre el papel.

> *Piel de ébano*
> *atraviesa la noche.*
> *Héroe nocturna.*

17.

—*Hola, Álvaro.*

Annika se sienta frente al sospechoso. No solo está vivo, sino que no para de moverse. Tamborilea con los dedos en la mesa al tiempo que agita ambas piernas como si tuviera el baile de san Vito. Por su deneí sabe que los treinta ya no los cumple, aunque aparenta ser más joven. Lleva el pelo rapado, una perilla de chivo al estilo de algún futbolista de esos que marcan tendencia, una chaqueta ajustada que le marca bien el torso y pantalones de chándal ajustados en la pantorrilla.

—Quiero verla.
—¿Cómo dices?
—Digo que quiero ver a Sara.

Álvaro acaba de descolocar a Annika y mandar a la porra el guion que llevaba en la cabeza para el interrogatorio.

—El cuerpo de Sara está en el Instituto de Medicina Legal.
—Pues llevadme allí.

Respira hondo. Va a tener que colmarse de paciencia con este tío.

—Estás detenido, no es así como funciona. Además, te aseguro que no es una visión agradable.

Álvaro baja la mirada.

—Pero igual eso tú ya lo sabes —sigue ella.
—Yo no sé nada.

Transcurren unos instantes. El sospechoso alza la cabeza y, como si hubiera estado reuniendo las fuerzas, la mira ahora con actitud desafiante. Tiene los ojos muy juntos, y el izquierdo se le traba cuando se queda fijo en algún punto.

—Seguro que le habéis hecho fotos.
—¿Qué?
—A Sara. Muerta.
—¿Te molesta?
—No. Enséñamelas.
—No estás para pedir mucho, tú.
—No voy a hablar mientras no las vea.

A tomar por saco la paciencia.

—¿Se puede saber de qué vas tú? Pegabas a tu chica, ¿verdad? La pegabas de lo lindo, se oía en todo el bloque.

Otra vez la cabeza gacha.

—Ayer se te fue la mano —continúa Annika, ya lanzada—. Se te fue la olla, más bien. Y después saliste por patas, porque te cagabas encima. Te cagabas porque no eres más que un puto cobarde, como todos los que pegáis a las mujeres.

—Quiero un abogado.
—Y yo una casa en la playa, no te jode.
—Tengo derecho a un abogado.
—Mírale, si ha visto películas y todo.
—Te puedo denunciar.
—Ah, tus derechos sí que te los conoces. ¿Y los de Sara, cabrón?

A Annika lo de respirar hondo y la paciencia y tal ya no sabe ni dónde le queda.

—Me estás insultando. Ni se te ocurra insultarme. —El tono de Álvaro suena amenazante.
—¿O qué?
—Es tortura psicológica.

—Y tú eres tonto del culo.

Él le lanza una mirada de odio con el ojo derecho. El izquierdo va por libre, aunque con la inquina que acumula con el otro le vale para acojonar a cualquiera. Lo haría si estuviera en una situación diferente. Pero tiene las esposas puestas y está en un calabozo de la Policía Nacional.

Annika deja escapar un suspiro que suena hasta en Valladolid.

—¿Empezamos de nuevo?

—Las fotos o el abogado.

Es la única respuesta que obtiene. La única que va a obtener.

18.

Penélope no puede creerlo.

La mujer asesinada es la novia de Álvaro, y él ha sido detenido como presunto culpable. De repente, todo da vueltas a su alrededor. ¿Cómo ha podido hacer algo así?

Y justo esa noche, después de lo que ha pasado entre ellos. En el fondo, una certeza le dice que tiene algo que ver. Es demasiada casualidad.

Quizá se sintió acorralado y perdió la cordura. A las personas hay que dejarles siempre una vía de escape. Ella no lo hizo.

Pero ¿por qué? ¿No se imaginaba su existencia sin Sara? ¿Tanto la quería? Entonces, ¿cómo podía haberle arrebatado la vida? También podría haberla matado a ella. Se sobrecoge ante la idea. Con su muerte se habrían acabado los problemas para Álvaro. Y ella se lo puso fácil esa misma noche.

La cuestión es que ella ha podido desencadenarlo, y nada le quitará esa sensación. Aquello estuvo mal, muy mal. Pero bastante complicado es ya mantenerse a flote cada día. Nada ha sido fácil en su vida, y no tenía intención de cargar con problemas y sufrimientos añadidos, no mientras pudiera evitarlo.

Por más que se diga a sí misma que ella no es la culpable, la duda está asfixiándola. Ojalá pudiera hablar con Álvaro, averiguar qué le ha movido a actuar así. Pero él está encerrado en un calabozo. Y hace mucho que es demasiado tarde para solucionar nada.

19.

Annika entra en casa.

Deja las llaves en el recibidor, se quita los zapatos y los lanza a la otra punta de la habitación. Sigue cabreada. No solo no ha dormido, sino que se ha pasado toda la jornada en comisaría sin lograr el menor avance.

Álvaro se niega a confesar; ni siquiera ha sido capaz de sacarle ninguna información de lo que hizo la noche de autos, de dónde estuvo todo ese tiempo. Nada. Cuando al fin accedió a mostrarle las fotos, permaneció largo rato con una mirada inexpresiva, vaciada de sentimientos. No había vuelto a hablar.

¿Por qué esa obstinación en verla? ¿Acaso no es consciente de lo que ha hecho? Pero claro que lo es. Si no, ¿por qué desaparecer de esa manera? Y, sobre todo, ¿por qué regresar?

Los ladridos de Tabita no la dejan pensar más. Lleva el día entero encerrada en casa. La acaricia y observa su mirada lastimosa: no sabe si compadecer más a la perra o a ella misma.

—Tú ganas, Tabita.

Arrastrando los pies, va en busca de sus zapatos para volver a calzarse. Le queda un rato hasta que pueda sucumbir al sueño acumulado.

LUNES, 17 DE OCTUBRE

20.

Antonio apaga el cigarrillo y entra en el concesionario.

Solo es media mañana y se le está haciendo eterna. Los lunes cuesta entrar en el ritmo, y cuando toca trabajar en sábado, el fin de semana con Violeta y Celia es demasiado corto. Le cuesta reanudar la rutina sabiendo que le esperan cinco días antes de volver a disfrutar de ese pellizco de felicidad.

Los días laborables casi no las ve. Eso le parte el corazón. Sabe que esos años no volverán y a esa edad cada día está lleno de descubrimientos. Por eso ahora espera con impaciencia que llegue de nuevo el viernes por la tarde.

Quién le iba a decir a él en su época de rompecorazones que iba a desear con tanto ahínco que llegara el fin de semana por otro motivo que las fiestas de los viernes y los sábados. Pero esa etapa en la que cada noche acababa con una conquista ha pasado a la historia. La sonrisa que seducía a quien se propusiera ha pasado a desempeñar otra función; ahora la utiliza para vender coches.

El día que conoció a Violeta cuando estaba a punto de irse ya a casa y se puso a charlar con ella, se sintió cautivado por esa chica regordeta con unas enormes gafas de pasta que le daban aires de intelectual. Pronto tuvo claro que sus años de búsqueda habían acabado y se dejó enamorar.

Antonio sabe que ha elegido bien. Está casado con una mujer que le adora, que cuida de su familia y de su hogar, y cuyo trabajo les proporciona una seguridad y un confort difíciles de encontrar en estos días. Nunca sería tan tonto como para abandonarla, aunque ella lo ponga en duda constantemente. Esa es la gran debilidad de Violeta: su inseguridad. No es consciente de lo que vale, ni de hasta qué punto Antonio la ama. Siempre está presente en Violeta el temor a que él cambie de idea en cualquier momento. Como hizo su padre, y luego su madre, tantos años atrás.

En el fondo sabe que eso tiene sus ventajas para él. Ella se esfuerza constantemente, pone mucho más en la relación. A veces se pregunta cómo puede con todo, pero se responde que las mujeres tienen una capacidad superior para esas cosas, sobre todo cuando se hacen madres. No se ha parado a preguntarse si es la comodidad la que le lleva a pensar así.

En cuanto a su debilidad, no la descubrió hasta bien entrado en la veintena. Después de haber conquistado a tantas chicas, de tantas relaciones que acababan casi antes de empezar, un día aceptó que le atraían también los hombres.

El sexo con los hombres le proporciona algo que Violeta no puede darle, pero de quien está enamorado es de su mujer y no querría compartir la vida con nadie más. Ella acepta a regañadientes sus escapadas esporádicas. En realidad, cada vez más esporádicas. Está tan sumido en la rutina familiar, que hace mucho que no piensa en un hombre.

Hasta hoy.

Ha pasado mucho tiempo desde su último encuentro nocturno, pero reconoce a Julio en cuanto le ve entrar por la puerta.

—Deja, ya voy yo —le dice a su compañera, adelantándola por la derecha.

Ella le lanza una mirada furiosa. Las ventas han bajado en los últimos meses y tiene unos mínimos que cumplir.

—Julio, cuánto tiempo —dice al tiempo que le da un beso en la mejilla—. ¿Qué tal te va la vida?

—Bueno, tirando —contesta sin mucho énfasis—. ¿Qué tal tú? ¿Y tu niña?

—Está preciosa. Ya tiene más de cuatro años.

Saca el móvil y le muestra orgulloso la fotografía de fondo de pantalla. Julio le echa un vistazo de cortesía, pero no parece muy interesado.

—Vaya. Apenas era un bebé la última vez que nos vimos.

Antonio se sonroja al evocar los detalles de esa última vez y cambia de tema:

—¿Y tú por dónde andas?

—En Mérida currando, aunque hoy voy a echar el día aquí con unos asuntos.

—Muy bien. ¿Y qué, dispuesto a cambiar de coche? —suelta Antonio, que no quiere parecer entrometido y no sabe qué más preguntar.

—En realidad, he venido a verte. Quería hablar contigo —dice Julio, muy serio.

—Entonces, ¿no estás interesado en comprar ningún coche?

Se siente tonto nada más acabar la frase. Julio no podía haber sido más explícito.

—No. ¿A qué hora sales del trabajo?

—Julio, mi vida ha cambiado mucho —dice, incómodo—. Ahora soy padre, mi mujer me estará esperando...

—Para el carro, no es lo que estás pensando. Luego te cuento. Estaré en El Rincón de Javi, la cervecería que pusieron él y su hermano. Sabes cuál es, ¿verdad?

Antonio asiente, aún desconcertado.

—Salgo a las ocho y media.

—Pues allí nos vemos. —Julio da media vuelta y se va.

Antonio se queda pensativo, pero no le dura mucho. Un nuevo cliente cruza la puerta y se lanza a por él. Su compañera está hablando por teléfono, este también se le va a escapar.

21.

Bruno lleva toda la mañana en el ordenador.

No es que la conexión sea demasiado buena, es la red de algún vecino que Edu piratea gracias a sus habilidades informáticas, pero suficiente para lo que ahora necesita: documentarse. En internet puede encontrar casi cualquier cosa sobre el tráfico de personas. Incluso ha dado con un informe que una asociación de mujeres ha publicado sobre este fenómeno en Extremadura. Con eso tiene bastante para empezar. Después pasará al estudio sobre el terreno.

Quién le iba a decir a él que su profesión le iba a llevar a un puticlub. Será la segunda vez que entre en uno. La primera fue guiado por la curiosidad, como la mayoría. Algunos se aficionaban, pero lo que todos querían era conocerlo. El velo misterioso que rodeaba ese mundo lo hacía demasiado tentador.

Fue en una despedida de soltero. Después de pasarse el día tomando copas y haciéndole alguna que otra gamberrada al futuro esposo, alguien había propuesto llevarle al club de carretera más cercano al pueblo «para rematar la faena». Algunos habían aprovechado el viaje; otros se habían limitado a seguir la fiesta y reírse de la experiencia y del novio, que, borracho como estaba, no les quitaba ojo a las chicas que se le insinuaban.

Su segundo y último contacto con ese mundo había sido en la Casa de Campo de Madrid, durante la época en que estudiaba en la capital. Un amigo le había insistido y fueron en su coche. Se dejó impresionar por los cuerpos de las chicas semidesnudas que se les ofrecían a través de las ventanillas del automóvil. Era tan fácil sentirse tentado. Pero había algo que no le hacía sentir bien en todo aquello; ahora se avergüenza de habérselo planteado siquiera.

Annika le proporcionó en la cena los datos del club del que anda detrás. Esa es una de las cosas que más le han impactado. Está en las afueras de Badajoz, y ha oído hablar de él muchas veces. Incluso sabe que alguno de sus colegas le ha hecho más de una visita.

Ese será su próximo paso. Pero primero tiene que fundamentar bien el estudio. Sigue navegando, cada vez más impresionado por la realidad en la que se va introduciendo.

Son más que cuerpos,
mujeres atrapadas.
Compraventa cruel.

22.

Antonio ficha a las ocho y media en punto.

Durante la tarde se ha estado planteando si acudir a la cita. Después del interminable lunes, lo que menos le apetece es retrasar aún más su llegada a casa. Pero puede más la curiosidad. Escribe un mensaje a Violeta en el que le escamotea las razones de su tardanza y se acerca a despedirse de su compañera. Entonces recuerda el desplante en la mañana.

—Ainhoa, que el chico ese había venido a verme —dice a modo de disculpa.

Ella acaba de rematar una venta y está de buen humor.

—Tranqui, si ya vi cómo te citabas con él —replica con sorna.

Antonio se sonroja por segunda vez ese día. Sus escarceos amorosos no son algo que comente con nadie, pero ya llevan muchos años trabajando juntos y a Ainhoa no se le escapan las miradas que algunos compradores le dedican al cuerpo atlético de Antonio, ni cómo reacciona ante ellas.

—Bueno, pues hasta mañana —contesta él por toda respuesta.

—Pásalo bien —dice ella con una sonrisilla cómplice.

Cuando llega a la cervecería, Antonio encuentra a Julio sentado a una mesa con una infusión.

—Sí que has cambiado, ¿ahora bebes tila?

Julio se encoge de hombros. Al parecer, sigue con el mismo humor sombrío que por la mañana.

—Pues yo me voy a tomar una birra —anuncia mientras hace un gesto al camarero. Luego se dirige de nuevo a su antiguo amante—: Bueno, ¿qué?

Julio alza la cabeza y le mira con fijeza.

—La verdad es que no existe una manera suave de decirlo. He repetido esto varias veces, pero no creo que uno se acostumbre nunca.

—Empiezas fuerte.

—Déjame hablar, por favor.

—Okey, okey. —Antonio levanta las manos en señal de rendición.

—Hace unos meses me hicieron una analítica en una de esas revisiones médicas del trabajo. Los demás encontraron sus resultados en la mesa, pero a mí me volvieron a llamar. Me hicieron preguntas sobre mi vida privada hasta que me incomodé y les dije que eso era ilegal. Entonces uno de los médicos me soltó que estaba infectado por el VIH. Así, a calzón quitado.

Antonio baja la mirada sin saber bien qué decir. Julio espera hasta que le puede la impaciencia.

—Entiendes lo que eso significa, ¿verdad?

—Lo siento, tío —murmura al fin.

Su amigo va a añadir algo, pero se le quiebra la voz. Siempre se angustia en ese punto. Da un sorbo a la tila y arranca, ya algo más sereno:

—A ver, no es tan grave. Los tratamientos han evolucionado mucho y la medicación hoy en día es muy eficaz. Y, quién sabe —añade con menos convicción—, igual pronto le encuentran por fin una cura.

—Claro que sí —acierta a farfullar Antonio.

—La cuestión es que estoy recibiendo asesoramiento para llevarlo de la mejor manera, ya sabes, psicológico y todo eso. Una de las primeras cosas que me han dicho es que tengo que ser responsable para evitar que se siga expandiendo —continúa Julio, que ya ha tomado carrerilla y parece dispuesto a largarlo todo de una vez—. Yo no sé cuándo me he infectado, así que estoy haciendo lo que toca: sentarme con cada tío con el que he tenido relaciones de riesgo para que lo sepa cuanto antes.

Antonio niega con la cabeza y mira horrorizado a Julio.

—No, no puede ser. Hace mucho de eso.

—No hace tanto, Antonio. Ya te digo que no sé en qué momento me infecté.

—¿Me estás diciendo que puedes haberme contagiado de sida? —Antonio empieza a perder los nervios—. Espero que sea una broma o no sé lo que te hago, Julio, te juro por Dios que no sé lo que te hago.

Julio se pone a la defensiva:

—Mira, guapo, igual eres tú el que me ha contagiado a mí. En tu vida de estudiante no eras precisamente un ejemplo de pureza y castidad.

—Pero si tú fuiste el primero.

—Lo que me faltaba. ¿Tú qué te has creído, que el sida solo se contagia entre maricones? —se exaspera Julio—. Apuesto a que no te ponías condón para todo. Yo que tú me iría planteando hacer lo mismo que yo, y me temo que tu lista va a ser bastante más larga.

Antonio no replica. Julio tiene razón, ha caído en un estereotipo absurdo. En las relaciones con mujeres se corre el mismo riesgo, y sí, él ha acumulado un buen repertorio.

—Me acordaba del condón para evitar embarazos, pero no para el resto —murmura casi para sí.

Ahora Julio se siente culpable por haber reaccionado así. Bien sabe él que esa información no es fácil de encajar.

—Oye, seguramente lo haya contraído después. Solo tienes que hacerte la prueba para estar tranquilo.

Antonio clava la vista en su vaso ya vacío. Su cerebro se niega a funcionar con normalidad. Julio acerca su mano a la de él y la acaricia. Quiere infundirle ánimos, pero lo único que consigue es que Antonio reaccione al fin. Con un gesto brusco, le aparta y se levanta.

—¡Ni se te ocurra tocarme! —dice antes de salir por la puerta.

Julio suspira, paga la cuenta y se va él también. Ya ha cumplido por hoy.

23.

Annika y Mati aparcan frente al bar Avenida.

Es el típico bar de barrio dominado por la testosterona: fútbol en las pantallas, barajas roñosas en las mesas y suelo plagado de cáscaras de frutos secos y palillos roídos.

—He estado aquí —dice Mati.
—¿En serio?
—En una final de la Champions. Echan todos los partidos de pago.
—Qué planazo.
—La verdad es que sí. Barato y con buen ambiente.

Annika dirige la vista al cielo. Es todo lo opuesto a lo que ella llamaría «buen ambiente».

—Nos tomamos algo y observamos el cotarro, ¿no? —sugiere Mati.
—Venga.

Sin embargo, como era previsible en un bar donde la única mujer es la cocinera, de inmediato todas las cabezas se giran hacia Annika. Varios empiezan a cuchichear. Las palabras «negra» y «maderos» llegan hasta ellos con claridad meridiana mientras esperan a ser atendidos en la barra.

—Ea, ya te han reconocido —se queja Mati—. Siempre igual.

—¿Qué quieres, que me pinte la cara de blanco?
—No importa. Total, así acabamos antes.
—Pues al lío.

Annika barre el bar de un vistazo y elige una de las mesas más concurridas, donde cuatro hombres echan una partida de cartas y otros tantos observan las jugadas mientras siguen con el chismorreo. Se planta al lado, saca la placa y la muestra al grupo.

—Buenas tardes.

Varios contestan al unísono. Un par de ellos se han puesto firmes, otro se aleja en un intento de pasar desapercibido, uno más se hace el loco como si no fuera con él.

—¿Hay alguien aquí que conozca a Álvaro Vilas?

Se hace un silencio tenso, que rompe un chaval de veintipocos:

—¿A quién?

—Preguntan por el Casimiro —le explica uno de los hombres mayores.

Annika y Mati se miran extrañados.

—¿Quién es Casimiro?

—Pues el que dicen que ha *matao* a la novia. ¿No es por ese por el que preguntáis?

—Se llama Álvaro —dice Mati.

—Aquí todos lo llamamos Casimiro. O Casi.

De repente, Annika cae en la cuenta.

—Por el ojo. Casi miro.

Un par de hombres se echan a reír.

—Pues claro, mujer.

—Agente, si no le importa. —Annika coge una silla y se hace un hueco entre todos esos tipos—. Y ahora hablemos de Casi, que no tenemos todo el día.

24.

Violeta se sienta a la mesa de la cocina.

Antonio aún no ha aparecido. Le escribió avisando de que llegaría algo más tarde, pero algo más tarde son quince minutos, no tres cuartos de hora. La cena está fría y a ella se le están quitando hasta las ganas de comer.

Celia duerme en su cama y ella, pragmática como se ha vuelto desde que el tiempo escasea, aprovecha para organizarse la semana.

Se ajusta las gafas en un gesto automático. Los beneficios del último trimestre le preocupan: la crisis está dejando huella también en su sector. La gente cada vez se lo piensa más a la hora de comprar sus productos. Antes era distinto. Bastaba algo novedoso, ya fuera caviar, baba de caracol o cualquier otra sustancia que no se hubiera oído hasta entonces, y pagaban un taco por poseer aquel nuevo remedio contra los signos de la edad. Pero las cosas no están fáciles para nadie. Violeta comprende que alguien no se gaste setenta euros en una crema. Su cuarto de baño está lleno de esos potingues, aunque solo porque ella tiene un descuento importante. Y porque ha de cuidarse: la imagen es fundamental en el sector en el que trabaja.

Sin embargo, empiezan a necesitar una idea. Una buena idea, más allá de las fotografías de las supermodelos de diecisiete años para cremas que usan mujeres de cuarenta y de las famosas fotochopeadas hasta el absurdo.

En estas anda cuando por fin oye la puerta.

—Hola, cariño. ¿Algún problema en el trabajo? —dice al tiempo que se acerca a dar un beso a su marido.

—No, no. Está todo bien en el trabajo.

—¿Entonces?

—Nada, que un amigo insistió en quedar a tomar algo.

—Ah.

Violeta esboza una mueca contrariada. Se quita las gafas y las limpia con escrupulosidad, como si no hubiera nada más importante que dejarlas impolutas. Una cosa es que haya transigido en que él pueda tener alguna aventura con hombres, y otra muy distinta que le guste. Lo tolera porque sabe que es el precio que ha de pagar para conservar su familia. Más allá de eso, prefiere saber lo mínimo. E intuía que hacía mucho que Antonio no tenía ninguna historia. Ahora lo único que puede hacer es apretar la mandíbula y seguir frotando con saña los cristales.

Cenan rápido y con pocas palabras. Luego recoge los platos y se quita de en medio argumentando que tiene que preparar unas reuniones. No soporta verle con esa cara de ausente, sabiendo que su cabeza está en algún lugar muy lejos de allí, inaccesible para ella.

25.

—*Aquí no estuvo.*

Lo afirma con contundencia el chaval joven.

—Venía siempre a ver los partidos, ¿no? —pregunta Mati.

—Casi. Y casi los veía. —El que lo ha dicho se ríe, y otro par de ellos secundan el burdo juego de palabras con sendas sonrisillas.

—Y aquella noche se jugaba el derby —sigue el policía.

—Eso fue lo que nos extrañó, que era un partidazo —tercia otro de los hombres—. Además, había jugado a la porra.

—Cuatro a uno puso el muy flipado.

—¿Nadie le llamó para ver qué le había pasado?

La pregunta la ha hecho Annika, y ahora todos la miran como si fuera una extraterrestre.

—¿Usted qué se cree, que somos sus nanis? —dice uno—. Aquí cada uno va y viene como le da la gana.

—Entonces ¿nadie sabe dónde estuvo? —la ayuda Mati.

Hay gestos de negación.

—Si el Casi tenía otros asuntos, pues no vino y punto —añade otro más.

—Ya lo creo que tenía otros asuntos.

Lo ha murmurado un hombre de unos cincuenta años que se había mantenido en silencio hasta el momento. Annika se lanza como un toro a por un pañuelo rojo.

—¿Qué quiere decir?

—Nada, yo no quiero decir nada —recula el tipo de inmediato.

—Ha dicho que tenía otros asuntos.

—Que yo no sé nada, señora.

—Agente.

—Pues agente. Yo sé lo que todo el mundo, que lo tienen *encerrao* por lo de su parienta, ¿o es que no es verdad?

Annika no contesta.

—Y si lo tienen *encerrao*, por algo será, digo yo.

—¿Cómo es el Casi? —Mati redirige la conversación.

Los hombres se quedan pensativos.

—¿Cómo es de qué?

—¿Buena gente?

—Sí, hombre —dice uno.

—Aunque un poco fanfarrón —agrega otro.

—¿Cuánto de fanfarrón?

—Depende. Si pierde su equipo, todo va bien. Si no, mejor que no hagas bromas —explica el cincuentón.

—O sea, que se podía poner un poco violento —dice Annika.

El resto de los hombres miran con desaprobación al que ha hablado más de la cuenta. A uno de los suyos se le guardan las espaldas; es una ley no escrita que todos deberían saber.

# MARTES, 18 DE OCTUBRE

26.

Annika deja el informe del forense sobre la mesa.

Tiene cara de decepción.

—No dice nada nuevo.

—Bueno, confirma que había huellas dactilares de Álvaro por todas partes —le recuerda Mati.

—Dormía allí, ¿qué esperabas?

—Pero no hay de nadie más. Solo de la víctima y de él.

—Existe una cosa llamada «guantes» —dice ella con sorna—. Incluso otra llamada «limpiar la escena del crimen».

—Tú has visto mucho *CSI*.

—No. «La gente» ha visto mucho *CSI*. A nadie se le ocurriría dejar sus huellas.

—También confirma el arma utilizada. —Mati coge el informe, localiza el párrafo que busca y lo lee—: «Hoja de acero de unos veinte centímetros, muy probablemente un cuchillo de cocina».

—¿Y qué? A estas alturas, el agresor se habrá desecho de él. No doy el canto de un duro por encontrarlo. Mucho menos, con vestigios que ratifiquen que se utilizó para dar muerte a Sara.

—Venga, ánimo. Te invito a un té de esos tuyos. Es mi hora del café.

—Mati, siempre es tu hora del café.
—Pues por eso.

Annika accede. Necesita despejarse. Pero no llevan ni dos minutos en la máquina cuando Raúl va a su encuentro.

—Te está buscando el jefe.
—Me tomo el té y voy —rezonga ella.
—Yo que tú iría ya. Se ha quejado al no encontrarte.

Annika deja escapar un bufido. Raúl es el subinspector del grupo, aunque ejerce también como perrito faldero de Jiménez. No es que el resto de los compañeros suelan llevar la contraria al inspector, pero él obedece sin rechistar cada cosa que sale de sus labios. Por no hablar de sus funciones de correveidile en cuanto necesita algo. Y eso ella lo lleva fatal. De mala gana, se despide con un gesto y se encamina hacia el despacho.

—Buenos días, jefe.
—¿Tiene ya esa confesión? —contesta Jiménez por todo saludo.
—El detenido sigue sin hablar.
—Kaunda, esa mujer murió el sábado, estamos a martes y no tenemos nada —replica el inspector con su tono más impaciente—. Sabe que no podemos retenerle ni un minuto más.
—No puedo obligarle a admitirlo.
—No empiece con remilgos. Este caso está claro como el agua, ya ha visto el informe del forense. Vuelva a sentar a ese jodido asesino y sáquele la verdad de una vez. ¿No es usted tan feminista? Pues venga, coño.

Annika suspira. Sabe que si Jiménez la presiona es para cerrar el caso ahora que está en boca de todos. Se apuntaría un buen tanto ante el comisario y el jefe de brigada. Pero sabe también que en algo tiene razón el inspector: si Álvaro confesara, el procedimiento se simplificaría y se podría dictar sentencia y resarcir a la madre de la víctima en lo único posible ya: el aspecto económico. Reflexiona por un momento antes de contestar.

—Lo intentaré.

Se bebe el té de un trago, maldice para sus adentros al quemarse la lengua y se dirige a la sala habilitada para los interrogatorios.

27.

—*Qué hay, Álvaro.*

Tiene peor aspecto que la última vez. A sus ropas comienza a pasarles factura el calabozo. También a él. Sus párpados están hinchados y un cerco oscuro le ha crecido bajo los ojos. Annika no se anda por las ramas:

—Hemos recibido los análisis forenses y adivina qué.
Silencio.
—Todo te señala como el causante de la muerte de Sara. Sorpresa, ¿eh?
Más silencio.
—Mira, sé que jode, pero a todos nos toca aceptar las consecuencias de nuestros actos.

Él se limita a clavarle una de sus miradas glaciales con su ojo derecho. Inspira y se dispone a quemar su último cartucho.

—Como imagino que ya sabrás, porque tú sabes mucho, la confesión es una circunstancia atenuante.
—Me lo ha dicho el abogado de oficio —dice él por fin.
—Muy bien, hace su trabajo. Pues también te habrá dicho que si se te aplicara, tu responsabilidad criminal se vería reducida. Vamos, que te rebajarían la pena.

Otra vez Álvaro vuelve a su mutismo.

—Si por mí fuera, pasarías en el trullo hasta el último puñetero minuto de tu puñetera condena. Pero así funcionan las cosas. Tú sabrás si lo aprovechas o no.

Transcurren varios minutos hasta que Annika se da por vencida.

—Tú mismo. Ya que no tienes nada que decir, iniciaremos los trámites. Serás formalmente acusado de asesinato y pasarás a manos de la autoridad judicial. El Juzgado de Instrucción se encargará del sumario y después la Audiencia Provincial de Badajoz fijará la fecha del juicio. Y a cascarla. Clarito, ¿no?

Acaba de darse la vuelta cuando oye un susurro:

—Yo no lo hice.

—¿Cómo dices?

—Yo no lo hice —repite Álvaro, ahora con más firmeza.

Annika le mira con sorna.

—¿No hiciste qué?

—Yo no la maté. Y no me da la puta gana admitir lo que no he hecho.

El ojo bueno de Álvaro la mira con más ferocidad que nunca. Si las miradas mataran, estaría claro que es un asesino de manual.

28.

Son casi las dos de la tarde.

Bruno da la mañana por bien empleada. Guarda los últimos cambios, pone el ordenador en reposo y se va a la cocina a ver qué encuentra.

Los estantes del frigorífico le brindan una imagen bastante desalentadora: un par de yogures a punto de caducar, tres latas de cerveza, mantequilla y un paquete de salchichas. En las baldas del armario tampoco hay más suerte. Como última opción, abre la puerta del congelador y empieza a remover hielos y pizzas congeladas.

De repente se le ilumina la mirada: ¡croquetas de su madre! Se pregunta desde cuándo estarán ahí. Las saca, vierte aceite en una sartén y la pone a calentar al fuego.

Julio asoma por la puerta de la cocina. Lleva el pijama todavía puesto, el pelo aplastado y la barba sin afeitar. Solo le faltan las legañas.

—Ey, tío. ¿No has ido a trabajar o qué?
—No me encontraba bien —contesta él con apatía.

En las últimas semanas le ha visto más decaído, pero hoy está especialmente mustio.

—Pilla una croqueta, es mano de santo.

—No tengo hambre. —Julio llena un vaso de agua del fregadero y le da un trago largo.

—Que yo esto no lo comparto con cualquiera, ¿cómo te atreves a hacer semejante desprecio? —bromea.

—Si es que no tengo cuerpo para nada. Oye, ¿y tú qué? ¿Sigues sin curro?

—Algo me ha salido.

—Menos mal, porque este mes pasan el recibo del gas.

Bruno tuerce el gesto. Ni se acordaba.

—¿Y en qué estás trabajando? —se interesa Julio.

—Tráfico de mujeres en Extremadura.

—Toma ya, temazo.

—¿Verdad? Cuanto más me meto, más flipo. ¿Sabías que solo en la región hay como sesenta clubes?

—No está mal.

—Súmales los pisos alquilados y las tías que están en la calle. Más de tres mil mujeres con el sexo como vía de supervivencia —relata Bruno—. Lo que se ha podido rastrear, que seguramente será mucho más. Y lo peor es que muchas de esas mujeres están en condiciones terribles y a los tipos se la pela.

—Los heteros sois unos capullos.

—¡Eh! No nos metas a todos en el mismo saco.

—¿Qué? ¿Me vas a decir que tú nunca has ido a un puticlub con tus amigotes?

Bruno calla avergonzado.

—¿Ves?

—En realidad, es cosa de toda la sociedad —refunfuña—. Yo creo que tiene que ver con la banalización del tema. Lo del dinero fácil y todo eso.

—Ya ves. Dinero fácil chupársela a un viejo —dice Julio—. Pero qué quieres, si es lo que nos venden. Mira *Pretty Woman*.

—¿Qué pasa con *Pretty Woman*?

—Pues qué va a pasar, que te lo envuelve como si fuera la

hostia. El putero exitoso y romanticón, todo respetable y que encima está como un queso, y la tía que se deja follar porque está empoderada, no te jode.

—Pues a mi exnovia le encantaba esa peli.

—¡Es que ese es el problema, maricón, que no lo ven! Anda, trae una croqueta, me está dando hambre.

Bruno le acerca el plato al tiempo que se zampa una de un bocado.

—Es verdad, miramos para otro lado —admite con la boca llena—. Hasta las inmobiliarias se prestan al juego. Muchas conocen el destino de los pisos que alquilan, pero prefieren lucrarse con el negocio.

—Pues eso, tío. Mucho sistema heteropatriarcal y mucha gaita. Hacen falta más maricones en este país.

Bruno niega con la cabeza. Al menos ha conseguido cambiarle el humor a su compañero.

29.

El inspector Jiménez ha convocado a su grupo.

Los compañeros que están de turno se encuentran ya esperando en torno a la mesa ovalada. Raúl, el subinspector pelotillero; Mati, el agente vaguete pero majo; Sonia, la oficial siempre aplicada; Oriol, prudente como el que más, o lo que es lo mismo, con la virtud de pasar desapercibido como un mueble, y ella misma, Annika, que se caracteriza justo por lo contrario.

Jiménez toma asiento sin molestarse ni en saludar. Por su expresión, cualquiera diría que le acaban de meter un palo por el culo. O eso, o que desde arriba le han llamado para pegarle algún tirón de orejas.

—Enhorabuena.

El comienzo de discurso del inspector pilla a todos desprevenidos. Le miran con un mal disimulado recelo. Y aguardan, porque nadie se atreve a preguntar qué han hecho para merecer una felicitación. No es que estén precisamente acostumbrados.

—Hemos resuelto en tiempo récord el caso Parejos.

—¿Lo hemos resuelto?

Es Annika, claro, la que pone en palabras lo que todos piensan. Se gana una mirada censora por parte del jefe.

—Atrapamos al sospechoso con tan solo siete horas desde el descubrimiento del cadáver. Una vez contrastadas nuestras pesquisas con el informe del anatómico forense, todo concuerda. Por tanto, enhorabuena —insiste—, solo falta rematar los informes y pasarlo todo al juez. Nuestra intervención acaba aquí.

—Pero...

Seis pares de ojos se clavan en Annika. Ella traga saliva.

—Pero el sospechoso sostiene que no tuvo nada que ver con el asesinato de Sara Pineda.

—Claro, agente. Y yo soy Papá Noel. —Una sonrisa sarcástica se esboza en el rostro de Jiménez. Una sonrisa que trata en vano de enmascarar la irritación que delatan sus ojos—. Las cárceles están llenas de inocentes, Kaunda. Todos son angelitos que no han roto nunca un plato. ¿No lo sabía?

—Solo tenemos pruebas circunstanciales —persevera Annika—. Creo que es pronto para dar por finalizada la intervención...

Un palmetazo en la mesa la interrumpe.

—¿Para esto queremos una experta en violencia de género? ¿Una tía que viene de la UFAM, que se supone que se encarga de proteger a las mujeres? Y resulta que para una vez que puede hacerlo, al único que se empeña en proteger es a ese desgraciado. Vergüenza me daría, Kaunda. Vergüenza.

El silencio que viene a continuación podría cortarse a cuchillo. Annika se muerde la lengua, y nadie se atreve a salir en su defensa. Tampoco lo espera. Todos se han acomodado al proceder tiránico del inspector: no tienen intención de ponerse a tiro y ganarse más problemas de la cuenta. No la tiene el subinspector, el único que por rango podría quizá debatir con Jiménez, pero que está más centrado en adularle y darle la razón. No la tiene Oriol, un objeto meramente decorativo en la sala de reuniones. No la tiene Mati, especialista en rendir lo mínimo, lo que implica no involucrarse en batallas perdidas de antemano. Ni la tiene Sonia, que disentía en sus primeros tiempos, pero hace mucho que se resignó y ahora se limita a hacer lo que le mandan y cobrar a fin de mes. Han asumido una verdad tristemente universal: son demasiadas horas al cabo del día, al cabo de la semana, al cabo de la vida las que uno ha de dedicar a su trabajo; mejor tener la fiesta en paz.

Luego están las excepciones. Las personas como Annika. Las que no saben o no quieren callarse. O un poco de ambas. Y, fruto de ello, tropiezan una y otra vez. Daniel Jiménez la caló a la primera, por eso la tiene bien enfilada. Sobre todo si por su culpa queda en evidencia delante de su equipo. ¿Puede haber algo más imperdonable que eso? ¿Puede haberlo para una persona que, en el fondo, se siente amenazada por todos? ¿Para una persona que ve reflejado en el espejo que son los demás todas sus debilidades, toda la mediocridad que le gustaría no ver, no tener?

Es esa torpeza que Annika sabe presente en tantas organizaciones. Líderes grises que prefieren rodearse de personas que no puedan hacerles sombra. Si la persona en cuestión es un hombre y la que tiene delante, una mujer joven, las probabilidades de sentirse amenazado aumentan, y con ello, la represalia. «Micromachismos», los llaman ahora. No «micros» porque sean pequeños, sino porque pasan desapercibidos al ojo humano.

Y si, como ella, además es racializada, toma bingo. Se añade algo de la xenofobia que va en la mochila de los prejuicios. La experiencia de toda una vida le hace a Annika detectarla al instante.

—¿Alguien tiene algo más que decir, o podemos volver al trabajo?

Una mosca revolotea en la estancia. Su zumbido es lo único que se oye por toda respuesta.

MIÉRCOLES, 19 DE OCTUBRE

30.

Annika se despierta con el sonido del móvil.

Siente un nudo en el estómago al ver el nombre que le anuncia la pantalla: Bruno.

No se ha tomado ni el primer té del día y no se ve con fuerzas para hablar con ese chico que azota sus inseguridades. Deja el teléfono sobre la mesita, pero le remuerde la conciencia. Han hecho un trato y no es justo que se desentienda. Además, esas mujeres necesitan de toda la ayuda que les puedan prestar. Se anima a descolgar justo antes de que se corte la llamada.

—¿Te he despertado?

—Por supuesto que no —miente.

—Pensé que si llamaba más tarde te cogería en el curro y no podrías hablar, y...

—¿Qué ocurre? —le interrumpe con su sequedad habitual.

—Si tienes un minuto, me gustaría compartir contigo mis avances.

Annika se incorpora en la cama, pega la espalda al cabecero y se dispone a escuchar con un suspiro.

Minutos más tarde, han desaparecido sus reticencias iniciales. El desconocimiento inicial de Bruno ha sido sustituido por un enfoque bien estructurado de cómo abordar la trata de mujeres desde un reportaje periodístico. Permanecen largo rato afinando aquí y allá, y acaban conviniendo en la necesidad de realizar una visita al club para comprobar si tras él se esconde una red que trafica con mujeres.

—Iré esta noche a dar una vuelta —promete Bruno.
—Ten cuidado, por favor.
—Solo una primera batida de reconocimiento.
—De acuerdo.
—Ya te contaré qué tal me va.

El periodista está a punto de colgar cuando escucha de nuevo la voz de Annika:

—Oye, Bruno.
—¿Sí?
—Gracias. Por todo lo que estás haciendo.

Al colgar se da cuenta de que le ha cambiado el ánimo. No sabe cómo, pero ese Bruno siempre lo consigue.

31.

No hay más que hablar.

Se presentará en ese tugurio a ver qué se cuece. Aprovechará su viaje a Badajoz para detenerse en Montijo, a medio camino, y así pasar el día con su madre. La llama para informarla. Carla, encantada de recibir su visita, refleja la alegría a través del teléfono. Le dice que comerán migas con huevo frito, uno de sus platos preferidos, y que le tendrá preparada tortilla de espaguetis para que se lleve. Es una más de las especialidades de su madre, una mezcla inventada entre la pasta italiana y la tortilla de patatas española.

Trabaja un par de horas más y después se mete en el baño para afeitarse. Quiere tener contenta a su madre, y esa es una de sus obsesiones. Ya le molesta bastante su pendiente en la ceja, pero no se corta a la hora de llamarle «guarrete» si al menos no lleva la barba bien rasurada.

Se embadurna con la espuma, toma una cuchilla y se dispone a iniciar la faena cuando alguien aporrea la puerta.

—¿Sí?

—Soy Julio, ¿puedo pasar?

Qué oportunos son siempre sus compañeros. Eso es lo que peor lleva de compartir piso.

—¿Qué pasa, tienes un apretón? Acabo de entrar.

—Solo tengo que coger unas cosas.

Bruno descorre el pestillo con un resoplido.

—Perdona, es que me estaba preparando y me llamaron por teléfono. Pillo el neceser y termino en la habitación.

—Dale. —Bruno vuelve a concentrarse en el espejo.

Julio echa una ojeada para revisar que no deja nada y de repente le cambia la expresión.

—¡¡¡Suelta eso!!!

Bruno pega un respingo. A punto está de cortarse en el gaznate.

—¿Qué pasa?

—¡¡¡¡Esa cuchilla es mía, imbécil!!!! —Julio se la arranca de las manos.

—¿Se puede saber a qué viene eso? —Bruno pasa del sobresalto a la ira—. No me he dado cuenta. ¡Son casi iguales, joder!

—Imbécil, imbécil, imbécil. —Julio se va refunfuñando.

—¡Y sigue el tío! ¡El imbécil eres tú! ¡Que no hay quien te aguante! ¡Anda y vete ya a tomar por culo, que es lo que te hace falta! —le grita dando un portazo.

Se arrepiente enseguida del comentario, pero el mal humor ya se le ha instalado en el cuerpo.

—En cuanto me saque unas perras, alquilo un apartamento para mí solo —se promete a sí mismo.

Inspira y busca una nueva cuchilla para, esta vez sí, iniciar la operación.

Gritos de loco.
Mis barbas en remojo,
¡soledad quiero!

32.

Antonio lleva dos noches sin apenas dormir.

Hasta la tarde en que quedó con Julio en aquel bar, su vida parecía perfecta. Todo iba como tenía que ir, con los problemas normales de cualquiera, pero tal y como él sentía que quería. Sin embargo, desde ese momento ha experimentado con una fuerza casi física cómo se derrumba el suelo bajo sus pies. Toda la seguridad que había dado por descontada desaparece de un plumazo.

No es solo que pueda estar infectado de una enfermedad para la que no se conoce cura. Es la posibilidad de que haya infectado también a Violeta. Y a Celia, su Celia. A esa pequeñaja de cuatro años que aún no ha tenido tiempo de vivir y a la que puede haber condenado. Se siente tan culpable que no es capaz de afrontarlo con Violeta. Por eso ha preferido que siga creyendo cualquier cosa antes que la verdad. Y lo único que él es capaz de hacer es pensar. Fumar y pensar. Porque no es mediodía y ya se ha ventilado casi medio paquete. Pero sabe que ella tiene derecho a saber.

En un arrebato de valentía, agarra el teléfono y la llama.
—Gordi, ¿comemos juntos?
La pregunta sorprende a Violeta.

—Claro, amor. Hace mucho tiempo que no nos escapamos.
—¿A las dos en Casa Guadalupe?
—Vale. Oye, ¿cómo es que te ha dado por ahí?
—Así podemos hablar tranquilos —contesta él, enigmático.
—Eeeh. Ya. Tengo que dejarte, me esperan para una reunión.

Violeta cuelga y Antonio se pregunta si será capaz de perdonarle. Su mujer le ha demostrado que su amor está por encima de las situaciones difíciles, pero todo tiene un límite. Si las ha condenado a ella y a la niña, eso nadie podrá enmendarlo.

33.

Julio se encierra en su habitación.

El ataque de pánico al ver a Bruno con la cuchilla en la mano ha sido sustituido por esa sensación, recurrente ya, de que esto le sobrepasa. Se tumba en la cama y da rienda suelta al llanto que bregaba con todas sus fuerzas por escapar.

La terapeuta insiste en que debe normalizar lo que le está pasando. Normalizar. Como si fuera posible. Pero ella sigue, sesión tras sesión, tratando de convencerle de que no tiene nada que ocultar. Que el rechazo social es inevitable, pero que no gana nada con esconderse, sino que se lo pone más difícil.

Sabe que tiene razón porque ya ha pasado antes por algo así. Pensar en ello le transporta a su adolescencia, cuando empezó a comprender que se sentía atraído por los chicos. Cuando sus compañeros ideaban fórmulas para asomarse al baño femenino después de las clases de gimnasia y él, en lugar de estar interesado en el resultado de aquellas artimañas, les lanzaba miradas furtivas a ellos. Cuando soñaba por las noches con Pedro, el capitán del equipo de fútbol, sabiendo que cualquier gesto por su parte lo único que haría sería garantizarle una buena paliza.

Todo lo que penó esos años, disimulando, mintiendo, engañando, incluso llegando a quedar con alguna mariliendre para acallar rumores. Hasta que comprendió que por ese camino no tendría oportunidad de probar las cosas que soñaba con probar. No sabía qué iba a suceder después y tampoco dónde encontraría a alguien como él; todos los chicos que conocía estaban interesados en las chicas. Si había alguno, estaba tan escondido como él. Pero si tenía una oportunidad, pasaba por dar la cara.

El nudo en el estómago, los nervios y el miedo le acompañaron en ese paso. Se topó con mucho rechazo, muchas burlas, perdió amistades, y gente en la que de verdad confiaba le apartó de su lado. Su propia familia tardó en aceptarlo. Eran los años noventa, y un pueblo pacense no era el mejor entorno para airear las orientaciones sexuales que se salieran de la norma.

Pero también encontró alegrías en el camino. La de las amistades que no solo conservó, sino que le apoyaron sin fisuras en los momentos difíciles. La de que, tras un primer periodo de decepción por parte tanto de su madre como, en especial, de su padre, ambos habían comprendido y habían empezado a quererle como era y no como ellos deseaban que fuera. Y, por supuesto, la de encontrar por fin a chicos como él. La de enamorarse y ser correspondido por primera vez. Y por segunda, y por tercera, y por cuarta...

Porque, aunque ningún hombre ha pasado por la vida de Julio para quedarse, él sigue enamorándose a menudo, con la misma rapidez con la que se desenamora y vuelve a enamorarse nuevamente. Y ahora que disfrutaba de su vida a su manera, ahora que incluso estaba luchando por erradicar prejuicios e intolerancias desde su posición de activista, un nuevo armario le ha atrapado. Y no siente fuerzas para comenzar otra vez de cero. Por eso solo lo ha compartido con las personas con las que no le ha quedado más remedio para que el virus no se siga expandiendo. Más allá de esa penosa ruta de portador de la terrible noticia y de la propia terapeuta, no se lo ha confesado a nadie. Ni siquiera a su propia familia. Y es que sabe lo que supone: la incertidumbre de que las personas a las que quiere se alejen de él.

La terapeuta dice que se puede llevar una vida normal junto a alguien infectado, que solo hay una serie de conductas de riesgo a evitar. Pero la realidad es que la palabra «sida» genera pánico a su alrededor. Y la realidad es, también, que él mismo no se cree las palabras de su terapeuta. Porque ha bastado un descuido por su parte para que Bruno haya tomado su cuchilla. Si hubiera empezado a afeitarse, si se hubiera cortado, ¿quién sabe?

Tiene que ser sincero con sus compañeros de piso. No puede negarles la verdad después de ese incidente. Y es probable que no quieran compartir más su vida con él.

Concluye que la única vía para no hundirse más es la que siempre ha sido. Enfrentarse a ello para sentirse bien consigo mismo. Y para saber con quién puede contar y con quién no. Y esos, los segundos, mejor que desaparezcan de su vida cuanto antes.

Se endereza, se coloca frente al espejo y observa su nariz colorada y sus párpados inflamados. Acabará de arreglarse e irá a encontrarse con Juanvi. Es el único que le falta. Ya casi está.

Y después reunirá a Edu y a Bruno y les contará todo. Saldrá adelante. Aunque tenga que hacer tabla rasa una vez más.

34.

No puede quitarse de la cabeza la llamada de Antonio.

Normalmente se le pasan volando las horas de trabajo, concentrada en e-mails, llamadas de teléfono y empleados que entran y salen de su despacho con algo —siempre— inaplazable.

Pero uno de sus mayores miedos ha tomado forma: Antonio va a dejarla. Probablemente le mintió cuando le dijo que había quedado con un viejo amigo. Probablemente era una mujer. Porque él nunca la dejaría por un hombre, pero ¿y por una mujer? ¿Qué va a pasar ahora con ella? ¿Qué va a pasar con Celia?

En cuanto el reloj da las dos, agarra el bolso y sale a todo correr. Disponen de una hora antes de que Antonio tenga que volver al concesionario.

Entra en Casa Guadalupe con la convicción de que dejará de asociar ese pequeño restaurante casero a los buenos recuerdos. Acaba de tomar asiento cuando Antonio aparece.

—Hola, amor —saluda él con un beso.

—Vaya mañanita me has hecho pasar con tanto misterio.

—Vamos a pedir, así nos van trayendo la comida —se limita a decir Antonio.

—Tienes razón —conviene ella. Empieza a tener hambre

y el tono cariñoso de su marido la reconforta. Quién sabe si ha exagerado su reacción.

Piden a la dueña sus platos favoritos: bacalao con nata para ella, un plato de caldereta para él. Al verla alejarse, Violeta posa sus ojos en Antonio, dispuesta a saber de una vez qué se trae entre manos.

Él es incapaz de mantener la mirada que le clava su mujer a través de los cristales de las gafas. Cuando consigue arrancar, le cuenta todo del tirón. Le confiesa también que no sabe cómo afrontarlo, que se le ha venido el mundo encima, que no se lo ha dicho antes porque está muerto de miedo.

Cuando termina, mira a Violeta a los ojos y se da cuenta de que está llorando. No ha dicho una palabra, se ha limitado a quitarse las gafas y sollozar en silencio. Las lágrimas le ruedan por las aletas de la nariz y caen sobre el mantel. Entonces nota su rostro húmedo; se da cuenta de que él también llora.

Doña Guadalupe se acerca con los platos y se retira sigilosa sin que apenas reparen en ella.

Al final es Violeta quien habla:

—Pues habrá que salir de dudas.

—No me atrevo ni a pedirte perdón porque no sé si yo mismo podría perdonarte a ti algo así —dice él con la voz rota.

Ella le observa en silencio.

—Voy a afrontar esto solo, eso quiero que lo sepas.

Ella acerca las manos por encima de la mesa y agarra las suyas. Él tiene los puños apretados; tanto, que las uñas se le clavan muy hondo en las palmas. Pero Violeta se las abre, dedo a dedo, y las entrelaza con las suyas.

—De eso nada. Pasaremos por esto juntos, como siempre.

Después permanecen callados, mientras un clima de aflicción se apodera del lugar y las lágrimas de ambos siguen derramándose sobre la mesa.

35.

Bruno se despierta de la siesta en Montijo.

Ha dormido tan profundo que le cuesta recordar dónde está. En ningún sitio descansa como en su cama de toda la vida. Se estira cual gato perezoso y sale de la habitación.

Su madre está en la salita, arropada con la falda de la camilla.

—¿Te has dormido?

—¿Tú qué crees? —dice él, aún con la marca de las sábanas dibujada en la cara.

—Te prepararé un café para que te espabiles.

—Deja, ya lo hago yo.

—De eso nada, *caro*. Estate quieto ahí.

Bruno protesta aún un poco más antes de dejarla que se encargue. En el fondo sabe que a ella le ilusiona hacer esas pequeñas cosas por su hijo, así que se deja mimar. El brasero está encendido y agradece la calidez del picón, pues la cercanía del invierno cada vez se deja sentir con más fuerza.

—¿Qué pasa con doña Paquita entonces? —Carla lo deja caer al tiempo que coloca la taza frente a su hijo.

—*Mamma*, otra vez no.

Ella levanta las manos en señal de defensa.

—Solo he preguntado.

—Tengo otro proyecto entre manos.

—¿Remunerado?

Bruno suspira. ¿Por qué su madre pondrá siempre el dedo en la llaga?

—Esa es la idea.

—O sea, que no te lo han pagado todavía.

—Acabo de empezar.

—Pero ¿habéis cerrado un precio?

—Ay, ya. No me trates como si fuera un niño chico.

—Vale, vale. —Otra vez las manos de Carla en alto—. Yo solo te recuerdo que doña Paquita sigue ahí.

—Recibido. Me voy a poner en marcha, que quiero llegar a Mérida antes de que se haga de noche —miente.

—Espera, te he preparado comida.

Bruno carga las fiambreras en el coche, abraza a su madre y tras recibir todos sus consejos —«ve con cuidado», «limpia esa luna, que está llena de mosquitos», «acuérdate que el puré no se puede congelar», «abrígate bien»—, se pone en marcha.

Introduce la dirección del club en el GPS y se dispone a conducir mientras escucha su pódcast favorito.

Al llegar se sorprende de su lobreguez. Es un club bastante frecuentado, pero los que lo hacen no necesitan claridad. Un neón rojo en forma de curvas femeninas con el nombre del que está catalogado como hostal es más que suficiente. Aparca el coche y se encamina hacia la puerta.

Dentro, el panorama es muy similar al que recuerda del club en el que estuvo con sus amigos de Montijo unos años atrás.

En la barra se encuentran apoyados un par de hombres que rondan los cincuenta junto a dos chicas jóvenes, y otras dos charlan entre ellas en unos sillones al fondo. Una quinta mujer está reclinada en una esquina de la barra.

Se acomoda en la barra él también y pide una cerveza.

Enseguida siente encima varios pares de ojos. Las dos chicas han dejado de hablar y le radiografían sin disimulo. La de la barra le lanza una sonrisa libidinosa. Las otras, tras una mirada apreciativa, siguen dando coba a los hombres.

La mujer que bebe sola no tarda en aproximarse.

—Hola, guapo. —Bruno se percata enseguida de que está como una cuba—. Eres muy guapo.

—Tú también.

—¿Me invitas? —Ella señala el botellín que le acaban de poner.

Él hace un gesto al camarero para que abra uno más.

—¿De dónde eres? —le pregunta.

—*Do* mundo. —Ella ha agarrado la cerveza de Bruno sin esperar a que llegue el camarero.

—De un sitio del mundo donde se habla portugués. ¿Brasil, quizá?

—*Do* mundo —repite—. *Quem se importa? Te posso fazer muitas coisas...* —Le pasa la mano por el pecho para acompañar la sugerencia.

—Yo... en realidad me gustaría conocerte un poco antes. ¿Llevas mucho tiempo por aquí?

—No *muito*, no. —Ella se arrima más. Bruno intenta zafarse, pero ya está encima de él.

El camarero, que no ha dejado de vigilar de reojo, se acerca.

—¡Luci, deja en paz al caballero y vete a dormir la mona!

Ella obedece con desgana.

—Gracias... No estoy muy acostumbrado.

—No te preocupes. —El otro se ríe, habituado a los primerizos—. A algunas les da por beber y se ponen pesaditas.

—No hablaba mucho español.

—Ah, no te fíes. Cuando les viene bien, te entienden; cuando no, no.

—Y... ¿de qué más sitios hay?

—Un poco de todo. ¿A ti qué te gusta?

—No sé. Digamos que querría conocer la oferta primero.

El camarero suelta una carcajada.

—Vaya con el nuevo. A ver... siempre tenemos a alguna española que va y viene. Pero supongo que te apetecerá algo más exótico. —Le observa y Bruno asiente con expresión tímida—. Hay un par de negras que están muy bien. Sudacas también tengo. Luci y una de las de allí, la de la derecha, ¿la ves? Es colombiana, Claudia. Tiene un culazo que me los vuelve locos a todos.

—¿Y la de al lado?

—Esa es española, Penélope. Ya solo lo hace cuando anda mal de pasta, pero viene de vez en cuando porque se ha hecho amiga de algunas, o porque le dan pena o yo qué sé. A veces saca a Claudia a dar una vuelta por la ciudad. Así le da el aire, porque todo el día aquí, ya sabes, luego acaban como Luci. Ahora están ahí las dos con el palique. Pero si te gusta la Pe, le digo que venga para acá ahora mismo. Y te la presento, que pareces un poco cortadillo —dice divertido.

Bruno sopesa cómo continuar. No es lo que busca. La realidad de esas mujeres podrá ser desesperada, pero él va detrás de otra cosa. La red a la que le sigue la pista Annika trafica con mujeres de Europa del Este.

—Si te soy sincero, no me gusta mucho —tantea—. No es por desmerecer, ¿eh? Lo que pasa es que la veo muy curtida y me apetecía alguna menos espabilada, no sé si me entiendes...

Al camarero se le dibuja una sonrisa picaruela.

—Ahora vuelvo.

Desaparece tras unas cortinas. Bruno siente el golpeteo de su corazón acelerado al tiempo que las manos comienzan a sudarle. Espera con ansiedad por comprobar en qué deriva aquello.

Al poco, el camarero regresa y le hace un gesto para que le acompañe hasta el fondo del bar. Atraviesan una puerta y dan a lo que parece la zona del hostal. Suben unas escaleras, luego otras de cemento en bruto, y llegan a una especie de buhardilla en la que hay solo tres puertas.

—Esto es lo que buscas. Son cincuenta.

Bruno perjura para sus adentros y saca la cartera. Pensaba tirar con ese dinero toda la semana. El hombre hace desaparecer el billete entre sus dedos con la rapidez de un prestidigitador.

—Ahora el móvil.

—¿Cómo?

—Que me des el móvil.

Bruno va a resistirse, pero él no le da tiempo.

—Hay mucho listillo que se cree un Rocco Sifredi y quiere hacer dinero a nuestra costa. Aquí se viene a follar, no a grabar. Te lo devuelvo a la salida.

—De acuerdo. —Bruno se lo entrega de mala gana.

Solo entonces el tipo abre una de las puertas.

—Cuando acabes, cierras y me la devuelves —dice al tiempo que le hace entrega de la llave—. Estaré en la barra.

Bruno pasa adentro con el corazón desbocado. La puerta se cierra tras él.

36.

Annika no ha parado en todo el día.

Le han endilgado una serie de trámites burocráticos y ha llegado a la hora del almuerzo sin enterarse. Como hace siempre que las circunstancias se lo permiten, se va a casa a comer. Prepara unos tallarines ramplones con tomate y atún, los engulle mientras escucha de fondo las noticias en la tele y luego da un buen paseo junto a Tabita. Y hasta rasca algunos minutos para una cabezada en el sofá.

De vuelta en la comisaría, aprovecha la tranquilidad de primera hora de la tarde para volver a centrarse en el asesinato de Sara. Se le presenta un dilema: obedecer o no. El sentido común le dice a gritos que debería hacer lo mismo que todos los demás. Tener contento al jefe, ganarse el sueldo y no complicarse. Pero hay otra voz en su cabeza, la que no deja de traerle problemas. Con los años ha tratado de domeñarla; a veces lo consigue y a veces no. Abre el informe del caso Parejos en el ordenador. Empieza a teclear a fin de rematarlo. Lo intenta, de verdad que lo intenta. O quizá no tanto. Porque su mente se bloquea, sus dedos se agarrotan y todo su cuerpo se rebela ante la idea de dar carpetazo sin más.

—Al diablo.

Se levanta y se dirige a los calabozos en busca de Álvaro.

37.

La habitación está en penumbra.

Una única luz proviene de una lamparita situada en una de las esquinas. Bruno necesita unos segundos para habituar sus pupilas a la oscuridad. La habitación es minúscula, con un acceso a un cuarto de aseo. Una cama ocupa la mayor parte del espacio. Frente a ella, una silla y una mesita. Una chica yace tumbada, cubierta por un camisón de encaje transparente que deja poco a la imaginación. Tendrá dieciséis, diecisiete años como mucho. No puede evitar un conato de rabia al darse cuenta de que es una menor.

Se sienta en la silla y la saluda, pero ella se limita a mirarle con apatía y un fondo de desprecio. Él, nervioso como está, empieza a hablar:

—No voy a hacerte nada, no he venido a eso. Solo quiero saber lo que está pasando.

El desdén en los ojos de la chica no mengua. Él le pregunta si le entiende. Tan solo obtiene la misma indiferencia.

Tras varios intentos en vano de iniciar una conversación, comienza a frustrarse. Si la chica no habla español o si se niega a dirigirle la palabra, todo será en balde. Y sin el móvil, no tiene forma de documentar nada. Además, está demasiado incómodo viendo su cuerpo prácticamente desnudo. Desvía la vista hacia el trébol de la suerte que tiene tatuado en el hombro.

—Es bonito.

Tiene unas letras grabadas en cada una de las cuatro hojas. Se acerca para verlas mejor. Hay dos «S» y dos «A». Entonces repara en un cardenal que le baja por la espalda.

—¿Quién te ha hecho eso? —pregunta indignado al tiempo que la toma del brazo a fin de examinarlo.

Ella se zafa y grita en una lengua incomprensible. Bruno retrocede.

—Tranquila, tranquila.

Al incorporarse para cubrirse con la sábana, él ve que tiene todo el costado lleno de marcas.

—Te han pegado, ¿verdad? Han sido ellos.

Ella musita algo en un idioma que Bruno desconoce.

—No te entiendo. ¿Español? *English?*

De nuevo el desdén y el silencio, y la cabeza rubia de la muchacha que se gira hacia la pared.

—¿De verdad no entiendes nada de lo que te digo?

—Qué quieres —masculla al fin en un castellano con marcado acento extranjero.

—Quiero que me cuentes por qué estás aquí —pide Bruno, esperanzado tras oírla hablar.

—Déjame en paz.

—Quiero ayudarte.

—«Ayudarte». —Hay repulsa, descreimiento en esa palabra—. Déjame en paz. Déjame en paz. ¡Déjame en paz!

—Está bien, calma —contesta en un susurro, atemorizado ante la idea de que alguien entre a ver qué sucede.

Le repite que quiere ayudarla. Lo hace eligiendo bien el tono y las palabras, modulando la voz como si hablara con una niña pequeña asustada ante el monstruo que se esconde bajo la cama. Le explica que tiene derechos, que la justicia les hará pagar a esos tipos por sus tropelías. Le pide que no pierda la esperanza. Aunque no tiene la certeza de que comprenda, su tono logra que la muchacha baje las defensas. Ahora le observa con una expresión diferente. No es de confianza, pero tampoco de repudio.

Puede ser que no le entienda. Puede ser que no le crea. O que, simplemente, esté muerta de miedo.

—¿Cómo te llamas? —pregunta con suavidad.

—Alma. —Por primera vez, ella le mira directamente a los ojos.

A Bruno le sacude su respuesta. La observa durante un minuto largo.

Alma te llamas.
Como vacío cuerpo
los hombres tratan.

Ella no dice nada, pero le observa ahora con una pizca de interés, y también de desconcierto.

—¿Hay más como tú, Alma?

Repite la misma pregunta de formas diferentes, pero ella no vuelve a abrir la boca. Al poco entiende que no puede hacer nada más. Maldice de nuevo al tipo que le ha quitado el teléfono e intuye que es el momento de marcharse.

—Voy a regresar, Alma. ¿Me oyes? Volveré y te sacaremos de aquí.

38.

—¿*Tú otra vez aquí?*

Álvaro mira a la agente con cara de pocos amigos. Es un decir, claro. Sería más acertado afirmar que la mira con cara de querer darle una paliza.

—Vengo en son de paz.

—Ya, y vienes con las plumas y la pipa, ¿no?

—Pues mira, la pipa no, pero me puedes aceptar un cigarrito.

Annika saca del bolsillo un paquete de Marlboro que acaba de comprar, le quita el plástico y se lo ofrece a Álvaro. Ahora sí, la cara de él se ha reducido hasta el nivel de pocos amigos. Agarra el paquete y saca dos.

—El otro, para luego.

Annika conviene con un gesto y le enciende el pitillo con un mechero también recién comprado. Álvaro aspira con fruición. Ella le deja deleitarse un par de caladas más y luego arranca.

—Sabes que todo está en tu contra; sin embargo, sigues defendiendo tu inocencia.

—Es que SOY inocente.

—Para qué mentirte. Ni siquiera yo te creo.

Otra calada, más larga si cabe.

—Joder con el son de paz. Y entonces ¿para qué coño vienes?

—Vengo porque no me gusta que las cosas se hagan a medias. Y porque lo que me haría dormir con la conciencia tranquila sería tener la certeza de que el asesino de Sara pague por ello.

Álvaro sigue concentrado en su cigarrillo, aunque ella sabe que está muy pendiente.

—Pero esa certeza —sigue Annika— solo puedo conseguirla con una prueba que no deje lugar a ninguna duda. Necesito la verdad.

Él levanta la cabeza y la mira a los ojos. Da la impresión de estar calibrando la honestidad de sus palabras.

—La verdad —dice él— es que tú y tu conciencia me la refanfinfláis lo más grande.

Annika está a punto de replicar cuando Álvaro levanta la mano para pedir silencio.

—Ya he dicho que yo no la maté. Si no he dicho nada más es porque no sé nada más. Punto pelota.

—Podrías ayudar. No por mí, ni por mi conciencia. Por Sara.

Él apaga el pitillo.

—No se me ocurre cómo.

—Esa noche no fuiste a ver el partido.

—No, no fui —reconoce él—. Pero tampoco maté a Sara.

—¿Dónde estuviste?

—Eso no te importa. Tenía otros asuntos.

—Así vas mal.

—No, mal vas tú. Pinchas en hueso.

Se cruzan miradas calibrándose el uno al otro. Es Álvaro quien cede un par de milímetros.

—Pregunta otra cosa si quieres.

Annika se toma un momento para pensar.

—¿Por qué tanto empeño en ver las fotos de Sara?

—Porque no me lo creía. —Por primera vez hay debilidad en el rostro de Álvaro—. ¿Cómo coño reaccionarías tú? Llego a mi casa y me encuentro con la puerta acordonada en plan película y con unos maderos que me dicen que soy sospechoso de homicidio.

Saca el otro cigarrillo y le hace un gesto a Annika para que se lo encienda.

—No entendía una mierda. En la comisaría escuché que alguien había apuñalado a Sara, a mi Sara. No podía creerlo, joder. Necesitaba verlo con mis propios ojos.

—Comprendo.

—Nunca podría haberle hecho algo así.

—Supongo que tú también querrás que encontremos a su asesino.

—Con todas mis fuerzas.

Annika se siente tentada de volver a preguntarle dónde se metió la noche de autos, pero teme que se encierre otra vez en su caparazón.

—Háblame de Sara —dice en su lugar.

Álvaro suspira. Ella se da cuenta de que hace esfuerzos por contener la angustia.

—La conocí hace seis años. Nos gustamos y empezamos a salir. Desde entonces nunca nos habíamos separado, excepto por algunas peleas.

—¿Cómo era?

—Guapa, simpática. Una tía guay. —Él calla un momento, se le ensombrece el rostro—. Aunque con el tiempo se fue volviendo más amargada.

—Por qué sería.

—A veces me sacaba de quicio. Pero era la mujer de mi vida. Eso nada podía cambiarlo.

—¿Dirías que estabais bien juntos?

—Últimamente nos habíamos alejado —admite él—. Yo intentaba que volviera a ser como al principio, pero cuando lo hacía, las cosas salían mal.

—¿Cómo de mal?

Álvaro sopesa su respuesta. Da una calada larga al cigarrillo.

—No nos entendíamos. Yo me cabreaba, me entraba el calentón y... tenía que pirarme hasta que me tranquilizaba. A veces Sara era muy difícil. Las mujeres siempre lo sois.

Annika aprieta los dientes. Si dice algo, la lía.

—Estoy seguro de que era solo una mala racha. Nos habríamos casado, habríamos tenido hijos... —Se le quiebra la voz, y un momento después, cambia el tono—: Sí, quiero que quien lo haya hecho pague por ello.

La agente está confundida. El testimonio del acusado no hace más que confirmar el perfil de un maltratador. Sin embargo, parece sincero.

—Háblame de ella —insiste—. No de vuestra relación, sino de ella.

Él vuelve a quedarse pensativo. Se le ha acabado el segundo cigarrillo, así que arremete contra una uña y la mordisquea hasta dejarla tiritando.

—Tenía algunas amigas, pero eran unas petardas. De esas que están todo el día metiendo las narices en la vida de los demás. Ya sabes.

—No, no sé.

—Un día pillé a una criticándome por WhatsApp.

—¿Leías los chats privados de tu pareja?

—Si no hay nada que ocultar, no sé cuál es el problema.

Annika vuelve a morderse la lengua. Solo ella sabe cuánto esfuerzo le cuesta.

—Sigue.

—¿Quiénes se creían esas niñatas para juzgarme? Pero yo sé lo que les pasaba.

—¿Qué les pasaba, Álvaro? —Ahora la cara de Annika es el puro reflejo de la candidez.

—Pues que tenían una envidia que se morían. Al paso que iban, se quedarían para vestir santos.

—Pobres.

—No soportaban que Sara hubiera conocido a un hombre como yo.

—Mira, eso me lo creo.

—Sara era una persona fácil de convencer, y estas tías le metían ideas raras.

—Por eso preferías que no las viera.

—Mejor sola que mal acompañada, como se suele decir.

—En eso también estoy de acuerdo —replica Annika—. Apúntame aquí sus nombres, anda.

Álvaro obedece y ella decide cambiar de tema:

—¿Qué hay de su trabajo?

—Tenía un curro desde hacía un tiempo.

Ella echa un vistazo a su carpeta.

—Auxiliar administrativa, ¿verdad? En... Pharma Kim.

Al pronunciar el nombre de la empresa, a Annika le viene un flash. La imagen del bolígrafo publicitario que llamó su atención en el escenario del crimen. Con forma de tubo de crema, verde y blanco y con esas mismas letras: Pharma Kim.

—Reconozco que al principio no le vino mal —dice Álvaro—. Volvía a casa contenta y por un tiempo pareció que las cosas mejoraban. Pero luego empezó a echar más horas, llegaba cansada para preparar la cena y decía que nos apañáramos con cualquier cosa. A mí eso me tocaba los cojones. Con mi sueldo era suficiente para los dos, ¿por qué trabajar fuera y luego no tener ni qué comer?

—Claro. Cuéntame más de ese trabajo.

—No sé mucho. Solo que era de la industria farmacéutica y poco más. Como no me hacía ni puta gracia, evitaba el tema.

—¿Qué era lo que le ocupaba tanto tiempo?

—Yo qué sé. Papeleo. Le metían presión para cumplir los plazos.

Ambos permanecen en silencio unos segundos.

—¿Algo más que se te ocurra? ¿Algún enemigo, alguna relación peligrosa? —sugiere Annika.

Él se rasca la cabeza como si eso le ayudara a pensar.

—Sara no era una persona que se buscara enemigos. Conmigo se ponía un poco gallita, pero fuera de casa era muy parada.

—Está bien. —La paciencia de Annika ha llegado al límite—. Te agradezco que hayas compartido todo esto conmigo.

—Yo lo que quiero es que cojan al asesino.

—Y que te soltemos a ti.

—Nos ha jodido. Eso también.

39.

Bruno sale de la habitación con pesadumbre.

Piensa en cuántas palizas, en cuántas violaciones más tendrá que sufrir Alma hasta que logren rescatarla, y siente cómo la ira le sube hasta la cabeza.

Está a punto de descender las escaleras cuando su atención se enfoca en las otras dos puertas. Se encuentra en la última planta, la buhardilla con pinta de estar a medio construir. La zona más oculta del prostíbulo. Se pregunta si habrá otras chicas ahí. Otras menores traídas con engaños y encerradas como Alma. Vejadas, humilladas, golpeadas y sistemáticamente violadas. No quiere saberlo y al mismo tiempo no puede dejar de hacerlo. Se acerca hasta una de las puertas y agarra el pomo. Trata de girarlo, pero también este tiene la llave echada. Pega la oreja a la madera. Nada.

Entonces se le ocurre algo. Saca del bolsillo la llave que el camarero le ha dado, la introduce y... gira. Bingo. Es una llave maestra.

La cerradura se desbloquea tras una vuelta completa. Respira hondo antes de empujar la puerta hacia dentro.

Las bisagras comienzan a chillar, pero callan a los pocos segundos. Callan porque Bruno no empuja más. Alguien le ha agarrado por la espalda.

40.

Jiménez va hacia ella con cara de malas pulgas.

—Kaunda, a mi despacho.

Su tono de voz no augura nada bueno. Como tampoco lo hace el hecho de que cierre la puerta tras ella.

—¿Se puede saber qué cojones está haciendo? —suelta en cuanto se encuentran solos.

—¿A qué se refiere, inspector?

—No se haga la tonta conmigo. ¿Quién le ha dado permiso para interrogar al acusado? Creí que lo había dejado claro.

—Quedó claro que íbamos a pasarle los informes al juez. Pero pensé que un último intento...

—¡Qué último intento ni qué hostias! —la interrumpe—. Ayer ordené que este asunto quedara zanjado. Y usted va y se encierra con ese miserable en la sala de interrogatorios, sola y sin grabaciones. Debería expedientarla ahora mismo por obstrucción de la investigación.

—¿Cómo que obstrucción de la investigación? —protesta—. Solo quise darle una última oportunidad.

—¡Lo que me faltaba por oír! Pero ¿usted qué se ha pensado? ¿Que puede hacer lo que le dé la gana? El jefe de grupo soy yo, y si no es capaz de asumir eso, ya sabe dónde está la puerta.

La reta con la mirada, pero ella calla. No se le ocurre nada que pueda mejorar la situación y unas cuantas cosas que podrían empeorarla.

—Salga de mi despacho. No quiero ni verla.

Annika vuelve a su puesto disgustada. Está claro que ha metido la pata hasta el corvejón. También que Jiménez no la soporta. Cuando le conviene, el inspector puede pasar por una persona bastante pacífica. Solo muestra su verdadero ser si alguien no le da la razón. Si no consigue salirse con la suya con la piel de cordero puesta, se la quita. Y al cerrar la puerta del despacho, fuera de la vista y los oídos del resto, bien sabe ella cómo se quita esa piel.

Tarda un rato en apaciguarse. Cuando lo hace, vuelve a pensar en la víctima. La que le ha dibujado Álvaro parece una vida nada excepcional. Un trabajo anodino, unas amistades cada vez más distantes, una pareja absorbente. Sin embargo, cuanto más rememora la conversación con él, más aumenta en ella la sensación de que debe haber algo más.

Y luego está la pregunta del millón. ¿Dice Álvaro la verdad? Cuando se formó en psicología del testimonio conoció casos que confundían a voluntad incluso a un detector de mentiras. Si es lo que sucede con él, no hay duda de que tiene ante sí a un impostor de categoría. Pero ¿y si no miente? Podría ser un caso de bipolaridad, en el que él mismo no se reconozca como el asesino.

Hay, por supuesto, una tercera opción. Puede ser que Álvaro esté diciendo *literalmente* la verdad. No tienen un arma del crimen que le vincule y tampoco testigos directos. Si así fuera, estarían cometiendo un grave error. Con el paso de los días cada vez se alejarían más de la posibilidad de atrapar al verdadero culpable.

Aún influida por la bronca que le acaban de endilgar,

toma una decisión: rastreará la vida de Sara hasta el día de su muerte. Irá a la empresa donde trabajaba, conocerá a sus compañeros, a esas amigas petardas, todo lo que formó parte de su vida. Y aunque solo sea para quedarse tranquila, saldrá de dudas sobre lo que ocurrió en realidad aquella noche.

41.

—*¿Qué cojones estás haciendo?*

La voz brama en su oído al tiempo que unos brazos corpulentos le sacuden con fuerza.

Al volverse, ve a un tipo malencarado de complexión recia. Lleva una boina de las que suelen ocultar una calvicie mal tolerada y tiene unos rasgos que no parecen españoles, lo que confirma el acento de su voz.

—Yo... quería saber si...

—¿Qué pasa? ¿No has tenido bastante con una? ¡Fuera de aquí! ¡Vamos, fuera!

El hombre le lleva a empujones hacia las escaleras. Allí le agarra por el cuello y le zarandea sin miramientos.

—No sé qué hostias hacías, pero si vuelvo a verte, te juro que no lo cuentas, ¿te enteras?

Le pega un puntapié y Bruno rueda escaleras abajo. El tipo va tras él, le levanta de nuevo y le lleva en volandas hasta el piso inferior. En lugar de salir por la zona del bar, abre una puerta trasera y lo arroja a la calle como un despojo.

El camarero se asoma por la puerta que conecta con el bar.

—¿Qué pasa, Val? ¿Qué jaleo es ese?

—Que sea la última vez que veo a este tío.

—¿Por qué?

—Estaba husmeando en las habitaciones.

Al camarero le cambia la expresión. Ahora es tan poco halagüeña como la del matón.

—¡Eh, tú, desgraciado, devuélveme esa llave! —grita furioso a Bruno.

—Ya la tengo yo —replica el extranjero—. A ver si cuidamos más a quién le damos las llavecitas. Y ahora, ¡¡largo!! —exclama dirigiéndose a Bruno. Después cierra de un portazo.

Bruno permanece en el suelo, dolorido. No se atreve a hacer un solo movimiento, en parte por el dolor y en parte por lo aterrado que está. Tras unos minutos, el camarero regresa. Ve sus botas militares desde abajo y se tapa la cabeza con las manos, convencido de que él también va a sacudirle. Pero lo único que hace es tirarle el teléfono encima.

—Debería quedármelo, por imbécil y por desagradecido.

42.

Violeta no aguanta más.

Ha querido guardar el secreto, se ha repetido una y otra vez que son cosas que solo incumben a Antonio y a ella, pero necesita desahogarse. Se ha pasado el día dando órdenes en el trabajo, exponiendo resultados en reuniones por videollamada, sonriendo cuando toca o poniendo cara de circunstancias al escuchar algún problema. Y ahora, ya en casa, haciendo como que juega con la niña. Pero en realidad no presta atención a ninguna de esas cosas. Su mente está ocupada por un único pensamiento que lo engulle todo. Siente que se va a volver loca.

Por eso marca el número de Annika. Ella es su familia, la persona a la que siempre se lo ha contado todo, al menos todo lo importante. Y sabe controlar las emociones, seguro que la ayuda a mantener la cabeza fría. Pero no le coge el teléfono, se habrá ido a correr con la perra y lo habrá dejado por ahí. Ella y su aversión a las tecnologías, a estar en contacto, a todo lo que pueda atarla a algo más que la correa de Tabita.

Un alarido que traspasa la pared le encoge el corazón y consigue lo que no ha conseguido nada hasta ahora: hacerle olvidar su preocupación actual. Corre a la habitación contigua, de la que se había alejado para marcar el número de Annika. Celia está en el suelo llorando como una descosida. Ha trepado a la mesa y se ha caído. Se abalanza sobre ella, la revisa para ver si se ha hecho algo. Sí, le va a salir un buen chichón. Abraza a la niña y le canta la del culito de rana con un sentimiento inmenso de culpabilidad. Ahora, encima, se siente mala madre.

43.

Bruno se levanta aturdido y echa a andar.

Se arrastra como alma en pena hasta alcanzar su vehículo. Cuando se dispone a montarse, oye que alguien le chista desde algún punto en la oscuridad. Deja escapar un suspiro. Y ahora qué. Mira a su alrededor sin ver a nadie. Va a reemprender la marcha cuando suena de nuevo y, tras él, una voz femenina:

—Métete en el coche y abre la ventanilla para que puedas oírme.

Bruno hace lo que la voz le indica sin oponer resistencia.

—Quita el seguro, voy a sentarme en el lado del copiloto. Es lo mejor para que nadie me vea.

Obedece una vez más y una mujer surge de detrás de la furgoneta aparcada frente a su coche y se desliza al interior. Es la misma que conversaba con la colombiana en los sillones cuando llegó. De cerca le parece más guapa, aunque unas ojeras violáceas y algunas arrugas en torno a unos profundos ojos negros dan a entender que ha visto y vivido mucho.

—¿Eres Penélope?

Ella le mira con desconfianza. También con un fondo de terror.

—El camarero mencionó tu nombre al hablarme de vosotras —se apresura a tranquilizarla.
—De todas formas, da igual quién sea yo. —En la voz de ella se sigue colando el recelo—. Mejor me olvidas, porque nunca he estado aquí, ¿lo pillas?

Bruno asiente con la cabeza.

—Supongo que eres periodista o algo así.

Ahora es él quien se sorprende.

—¿Cómo lo sabes?

—Te he estado observando desde que has entrado. Has hecho demasiadas preguntas.

Él chasquea la lengua, disgustado. Qué principiante.

—No creo que Pepe se haya pispado, ¿eh? Todo lo que le sobra de chulería le falta de inteligencia. Pero a Val le gusta tenerlo todo bajo control. Un tipo que viene por primera vez y que convence a Pepe para pasar a la planta de arriba... —Pone una mueca burlona—. Supongo que te vigiló para asegurarse de que solo habías venido a follar.

—Ya.

—Viendo la que se ha montado, parece que te descubrió, ¿eh, lumbreras?

—...

—Has tenido suerte de que la cosa haya quedado ahí.

Bruno se agarra el costado con gesto de dolor. Penélope se da cuenta de que le cuesta respirar.

—Te ha roto una costilla.

—¿Tú crees?

—Sé de lo que hablo —dice ella con amargura—. Pero, tranquilo, no es grave. Te pones hielo y a aguantar.

—A él no se le ha caído ni la boina —masculla Bruno.

—Poco tienes para lo que podría haberte hecho.

El periodista respira hondo y vuelve a la carga:

—Hay más chicas como Alma, ¿verdad?

—¿Qué?

—Encerradas contra su voluntad.

Penélope niega con la cabeza.

—Oye, superhéroe, aquí nadie está por voluntad propia. O qué te has creído. Te obligan a hacer lo que quieren, tienen mil maneras de conseguirlo. Sé un tipo listo y olvídate de este lugar.

Él la mira poco convencido.

—En serio, colega. Si hay una próxima vez, no escaparás con una costillita jodida.

—Podrías testificar —tantea—. Mantendría tu identidad oculta.

—Tío, ¿se te va la olla o qué? Bastante hago avisándote. Si quieres ayudar a esas niñas, tira millas, pero no pongas a nadie más en peligro.

Ante el silencio de Bruno, Penélope da por concluida su incursión.

—Ahora voy a salir del coche. Tú arrancarás y te irás sin hacer nada que llame su atención.

—Espera...

—¿Qué quieres?

—¿Por qué haces esto?

Ella esboza una sonrisa burlona.

—Porque me gustan los rubitos buenos como tú.

Entonces hace algo que Bruno no comprenderá hasta mucho después. Le abraza con fuerza, apenas unos segundos. Él se retuerce de dolor por la costilla, pero antes de que pueda protestar, Penélope abre la puerta y desaparece en las sombras de la noche.

Tunda de palos,
peligro en la noche.
¿Por qué un abrazo?

JUEVES, 20 DE OCTUBRE

44.

Una vez que toma una decisión, pocas cosas pueden detenerla.

Annika parece estar centrada en los papeles que tiene delante, pero en su mente va tomando forma la estrategia a seguir. Ve al inspector Jiménez salir de la comisaría y no pierde la ocasión para acercarse a la mesa de Mati.

—Oye, tengo que salir un momentito. ¿Me cubrirías las espaldas?

Su compañero la mira extrañado. Escaquearse en horas de trabajo no es algo típico de Annika. Pero quién es él para juzgar a nadie.

—Claro. —Señala con un gesto de cabeza la puerta por la que acaba de salir el inspector y guiña un ojo—. Te aviso si vuelve.

Annika va al vestuario a cambiarse de ropa. No es que se haga ilusiones con pasar desapercibida, pero al menos no se presentará con el uniforme. Ya de paisana, va directa a su vehículo y se deja guiar por la dirección que le marca el GPS.

Las instalaciones de la empresa donde trabajaba Sara se hallan a las afueras de Mérida. Al llegar, se sorprende ante la inmensidad de la nave. En la planta baja, un mostrador hace las veces de recepción. Debe de ser la hora del desayuno, porque está vacío. Así no tendrá que dejar sus datos registrados en el ordenador de algún conserje.

La mayor parte del espacio de la nave está destinado al almacenaje de mercancías. Localiza las oficinas en el ala este del segundo piso y se encamina hacia ellas. Cuando se abre el ascensor, se encuentra de cara con un espacio diáfano donde la gente trabaja en mesas apaneladas.

Barre la superficie de un vistazo y encuentra lo que busca: una puerta que sugiere un despacho y, anexa a él, una mesa separada del resto. Tras ella, un hombre de veintitantos conversa por teléfono. Va hacia él y aguarda a que acabe de hablar.

—Buenos días —saluda Annika al verle colgar—. Es el secretario de gerencia, ¿verdad?

—Así es. Me llamo Miguel. —Él sonríe con la amabilidad superficial que se espera en un puesto como el suyo.

—Como sabrá, una de las trabajadoras de esta empresa falleció hace unos días.

El joven sustituye de inmediato la sonrisa por un semblante lúgubre e igual de artificioso.

—Todos estamos conmocionados ante esta gran pérdida.

—Soy del equipo encargado de la investigación y trabajo para aclarar las circunstancias de la muerte —dice Annika al tiempo que le muestra su placa con disimulo.

—Pensaba que la había asesinado su novio.

—¿Cómo sabe...?

—Es lo que dice todo el mundo —se apresura a aclarar el secretario.

—Los indicios apuntan hacia su pareja, ya se han iniciado los trámites para inculparle —le tranquiliza—. Sin embargo, forma parte del procedimiento contar con una visión global del entorno de la víctima.

—Ajá —responde él, algo intimidado.

—Me gustaría hablar con las personas más cercanas a Sara. Si habilita una sala y me indica quiénes son, prometo no molestar mucho tiempo.

—El gerente no está.

—Con alguien más se relacionaría Sara, ¿no?

—Quiero decir que no tengo autorización para hacer algo así. Si le parece, me lo anoto y la llamo en cuanto podamos organizarlo.

El rostro serio de Annika se torna aún más serio.

—A lo mejor no me he expresado con la suficiente claridad.

—¿Cómo dice?

—Estoy investigando un caso de homicidio agravado. No voy a esperar por nadie.

Miguel parece estar ponderando si le sale más a cuenta obedecer a la policía o a su jefe. Finalmente, teclea algo en el ordenador e imprime una especie de organigrama.

—Aquí estaba ubicada Sara —explica al tiempo que va señalando—. Era auxiliar administrativa en el departamento de dirección. Hay otras cuatro personas más: Montse, Charo, Nando y yo mismo.

—Y el propio director gerente.

—Eso es. Pero ya le digo que no está.

—Muy bien. ¿Quién va primero?

El secretario vuelve a dudar.

—A esta hora no puedo separarme del teléfono. Puede empezar por Montse —decide.

—¿Montse qué más?

—Montserrat Chamorro, se sentaba enfrente. Deme un minuto para preparar la sala.

Miguel se levanta dispuesto a organizar cuanto le ha dicho y Annika se permite una breve sonrisa de satisfacción.

45.

Nabila llama a la puerta por tercera vez.

Está harta de ese sitio. No es que se le caigan los anillos por trabajar de limpiadora. Eso no le importa. Sabe que tardará en conseguir los papeles, y más todavía en que le convaliden los estudios, si es que algún día llega a conseguirlo. Lo que le fastidia es la impudicia del lugar. Ella, una mujer respetable que no se quita nunca el hiyab en público, tiene que fregar la porquería churretosa de todos los hombres que acuden a esas habitaciones cada noche. Y la de esas pelanduscas que no se quedan atrás en cochinas. Algunas son medio apañadas y cuidan la habitación donde pasan tantas horas, pero otras se abandonan y viven en una porqueriza que ella adecenta como puede por cuatro euros la hora. Y luego están las vagas, dormilonas a las que tiene que sacar de la cama casi por la fuerza. Como esa.

Empuja el cubo de la fregona y entra en ese cuchitril. Lo primero que hace es subir la persiana y abrir bien para que se airee. Luego tira de la sábana hacia abajo.

—¡Eh, tú! ¡Arriba!

La mujer no se mueve ni un milímetro. Nabila mira con disgusto la botella vacía junto a la cama. Si se la bebió toda ella sola, le va a costar sacarla de ahí. Le da con el palo de la fregona en la espalda. Primero con una suavidad relativa, luego con más mala leche.

—Tienes que salir. Son las normas —dice enfurruñada, casi más para sí misma que para esa mujer que ni siente ni padece.

Se da por vencida. Cambia el agua grisácea en el baño y echa lejía a espuertas en suelo y aseo, que al menos el olor a limpio enmascare la inmoralidad. Seis minutos. Va a pasar al siguiente cuarto cuando repara en la postura anormal en que han dejado a la mujer los empujones del palo de su fregona. Se acerca llena de escrúpulos, como si esa fulana pudiera pegarle algo de su impureza. Es al ver el blanco de sus ojos abiertos de par en par cuando se le corta la respiración. Y después chilla. Chilla con todas sus fuerzas.

46.

Montse se sobresalta con el sonido del teléfono.

Ha estado tan concentrada cuadrando las cuentas que ni siquiera se ha enterado de que sus compañeros cuchichean sobre la mujer que ha ido directa al despacho del jefe.

—Montse, pásate por la sala de juntas. Una policía quiere hablar contigo.

—¿Co... co... conmigo?

—Es una cosa rutinaria, no te preocupes. Por lo de Sara.

Ella deja lo que tiene entre manos. Recoloca sus útiles de escritorio, cuadra los papeles y carpetas y, solo cuando todo está en una simetría perfecta, se levanta, se alisa la falda y se dirige hacia la sala hecha un manojo de nervios. Al llegar, ve a una mujer negra con trencitas y unos vaqueros rasgados.

—Perdón, me he equivocado.

—¿Es usted Montserrat Chamorro? —Annika la frena antes de que se dé la vuelta.

—So... soy yo, sí.

—Siéntese. Agente Kaunda, de la brigada judicial de la Policía Nacional.

A la administrativa le flaquean las piernas. Acata lo que le pide y permanece en silencio, esperando el desarrollo de los acontecimientos.

Montse responde a todo lo que la policía le pregunta, aunque afirma no saber mucho de la vida de Sara. Le habla de su carácter, de la impresión que tenía de ella y de su forma de trabajar. No conoce a nadie de su entorno fuera del trabajo, y menos aún podría indicarle posibles enemigos de su compañera. Solo titubea cuando Annika le pregunta por algo que haya oído sobre Sara que pudiera ser relevante. Contesta que no se le ocurre, pero la agente ya ha detectado la duda que pasa fugazmente por sus ojos y no va a dejarla escapar.

—No se preocupe, no va a salir de aquí. Solo intentamos desempeñar bien nuestro trabajo.

—Bueno, no sé... —vacila—. Sabe que a la gente le gustan los cotilleos...

—Dígame —la invita Annika.

—Sara comenzó en el departamento de compras. Pero a los pocos meses la asignaron al área de dirección y eso no gustó.

—¿Por qué? ¿Se cobra más?

—No exactamente. Pero gestionas los asuntos más importantes y trabajas mano a mano con el jefe. Hay personas aquí que llevan toda la vida y sin embargo se pensó en una recién llegada. Yo misma, que soy administrativa y no auxiliar como ella, tardé años en...

—Entonces, ¿hubo un trato de favor? —la interrumpe Annika.

—Tampoco es eso. En la práctica, las funciones son similares y encima estás mucho más expuesta, porque no es lo mismo que tu trabajo lo supervise un responsable de área que el director.

—¿Qué fue lo que se dijo?

—Bueno... ya... ya sabe lo que se rumorea en estos ca... casos.

—No, no lo sé.

Montse se sonroja.

—Pues... que estaba liada con el jefe.

—Ajá. ¿Y usted cree que era cierto?

—Yo no me meto donde no me llaman —replica ella muy seria.

—Por supuesto. Pero ¿cree que podría haber algo de verdad en ello?

—Como poder, claro que podía —dice la administrativa—. Es un fastidio que siempre que una chica mona progresa haya alguien dispuesto a decir que se lía con el jefe, ¿verdad?

—Verdad.

—Pero, claro, eso no quiere decir que alguna vez no pase.

—Claro.

—El jefe siempre estaba pendiente de ella. —Montse baja el volumen hasta un tono conspiratorio—. A mí no se me escapan esas cosas. Como lo de que despachara tanto con él. Yo misma a veces tenía que solucionar alguna cosa urgente, pero él llamaba dos y hasta tres veces a Sara antes de dar salida a mis asuntos.

—Eso es un fastidio —dice Annika, bajando ella también la voz.

—Ya le digo. Y ella a veces se refería a él como «Pablo». Luego se corregía y decía «el jefe», igual que todos. Pero se le escapaba. Sale mucho de ojo, no me diga usted a mí.

—Mucho.

—Para colmo, a veces se quedaba aquí cuando todos nos íbamos. Parecía mojigata, pero ya ve... —Montse se da cuenta de que ha hablado demasiado—. Que yo no estoy diciendo nada, ¿eh? Tendría un montón de trabajo, porque yo misma, cada vez que me siento con el jefe, salgo con mil tareas, y todas para ayer.

—Me queda claro. Gracias por su sinceridad, Montse. Ahora tan solo le pido discreción, no comente lo que hemos hablado aquí, ¿de acuerdo?

—Po... por supuesto. Yo porque usted ha insistido, pero vamos, que soy una tumba.

Montse se azora al darse cuenta de lo poco afortunado del comentario. Se pone en pie y estrecha torpemente la mano que Annika le ofrece.

47.

Edu aparece por la cocina mientras Bruno desayuna.

Se lo ha tomado con calma. Los dolores no le han dejado pegar ojo, y eso a pesar de haberse inflado a ibuprofenos. Los pocos momentos de duermevela han sido para revivir la paliza y volver en sueños al cuarto de la chica del trébol.

—Vaya horas —dice su compañero—. No vivís bien los periodistas ni nada.

Bruno emite un gruñido por toda respuesta.

—Oye, ¿qué te ha pasado en la cara?

—¿Qué? Nada, un golpe tonto que me he dado.

—*Joer*, pues parece que te hubiera arreado un portero de discoteca.

Edu se ríe, pero su amigo sigue mojando la magdalena sin decir ni mú.

—Tío, es que estás siempre en la parra. Ahí con tus poesías, no miras por dónde vas...

—Eso ya me lo dice mi madre.

—Pues ya que me pongo en plan madre, no te cebes con esas magdalenas, que tenemos comida en un rato.

—¿Quiénes? ¿Con quién?

—Nosotros, con Julio.

—¿Qué mosca le ha picado ahora a este?

Edu se encoge de hombros.

—Ni idea. Dijo que tenía que contarnos algo importante.

—¿Julio? Qué raro.

—Pues se puso muy solemne. Igual se va a casar —especula Edu divertido.

—Viniendo de él, nada me extrañaría.

—Al menos preparará la comida. Hace tiempo que no cocina, con lo bien que se le da.

—Yo con que le cambie el humor me conformo —masculla Bruno.

—¿Y a ti qué te pasa con Julio?

—A mí nada, qué me va a pasar. Pero es que ayer me lio una en el baño...

—Mira, mira. ¿Y qué hacíais en el baño juntitos?

Bruno bufa. Siempre las mismas gracietas, este Edu.

—Fue a recoger sus cosas y me lio un cristo porque había cogido su cuchilla sin darme cuenta.

Edu se echa a reír.

—¿Ves como estás en la parra? En fin, me vuelvo al curro, que no todos nos lo montamos tan bien como tú.

Bruno refunfuña algo que no llega a oídos de Edu. Algo como:

Montármelo bien.
Hay que joderse, primo.
Más quisiera yo.

48.

Annika está de vuelta en comisaría.

Mati levanta la vista al verla entrar. Ella enarca las cejas en gesto interrogante.

—No ha venido nadie en toda la mañana.

Ella asiente y vuelve a pasar por taquilla para recuperar el uniforme. No ha logrado ningún avance. La descripción que ha hecho Montse de Sara es la misma que después han secundado Nando, Charo e incluso el propio Miguel. La víctima restringía al ámbito estrictamente laboral cualquier relación con sus compañeros. Nunca se quedaba a unas cañas ni participaba en los regalos por el cumpleaños o la despedida de alguien, ni mucho menos se sumaba a las celebraciones navideñas de la empresa o con ocasión de algún evento especial.

Además, no parecía haber despertado simpatías en su entorno. Sus reticencias a relacionarse con sus compañeros generaban unos recelos que aumentaron cuando, para empeorar las cosas, el gerente sí encontró en ella a una persona digna de su confianza.

El escaso apoyo social de Sara no había sido contrarrestado con una personalidad arrolladora, sino que era todo lo contrario: una mujer llena de miedos y casi por completo carente de autoestima. Algo que casaba perfectamente con la erosión psicológica consecuencia del maltrato.

Sin embargo, el rumor del que Montse ha hablado le da que pensar. Ha llevado la conversación hacia el mismo lugar con los otros compañeros, y tanto Nando como Charo han comentado la singular relación de esa chica con el jefe. Solo su secretario se ha hecho el loco y ha evitado entrar en las habladurías. El mismo que se ha comprometido a cerrar una entrevista lo antes posible, aunque Annika no las tiene todas consigo. Está hilando estos pensamientos cuando Mati se acerca.

—Oye, vamos a la pizzería. ¿Te animas?

Ella está a punto de rechazar la invitación por enésima vez, pero le viene a la cabeza lo que acaba de saber sobre Sara. Cómo su escasa interacción con los compañeros la fue aislando más y le granjeó antipatías y desprecios. ¿Acaso no es lo mismo que ella está haciendo? Hasta elige comer sola, con su perra por única compañía.

—Dame un minuto que cierre esto.

Mati la mira sorprendido. Es el único que sigue insistiendo por cortesía, pero hace tiempo ya que no esperaba una respuesta afirmativa.

49.

—*Está muy, pero que muy pesado.*

—Yo creo que le han caído un par de broncas del comisario.

—Qué va, eso es porque se está preparando las opos de inspector jefe.

—¿Otra vez?

—De verdad que últimamente no hay quien le aguante.

—¿Y cuándo sí?

Annika mira a sus compañeros tratando de disimular la estupefacción. Llevan media hora poniendo a caldo al inspector y ni uno solo ha dejado de quejarse. Como si le hubiera leído el pensamiento, Sonia le pega un codazo.

—¿Y tú qué?, ¿no te desahogas?

—Yo es que creía que estabais la mar de contentos, como nunca piáis...

—Claro, lo que me faltaba, que me coja manía. Para eso ya estás tú —bromea Oriol.

—Mira qué bonito.

—No, en serio. Que no le discuta cada tontería no significa que no le tenga calado.

—¿Y en qué le tienes tan calado? —se interesa Annika.

—Hombre, pues en que es un *pringao* de manual. Necesita ver respaldada su autoridad todo el tiempo. Si no, se hunde en la miseria.

Raúl y Sonia se echan a reír. Mati aprovecha para meter el salseo de rigor:

—Pues que sepáis que su mujer ya se ha hartado de no verle el pelo. Le ha dado un ultimátum.

—Venga ya, ¿y tú cómo lo sabes? —pregunta Sonia.

—Lo sé de buena tinta, pero no te voy a desvelar mis fuentes. —Mati le guiña un ojo, burlón—. Le ha dicho que como no se ponga las pilas, ya se puede ir buscando una criada.

—Hombre, que así es muy fácil echar horas en comisaría, no te digo. Cuando tienes a alguien con la cena preparadita al llegar y el café recién hecho por las mañanas... —dice Raúl.

—Y el traje colgado listo para enfundárselo, no te jode —añade Oriol.

—Como su mujer le deje plantado, se va a enterar ese de lo que es la vida real —sentencia Sonia.

—Pues no estaría de más que cumpla su amenaza. Así aprende a hacer la compra o a poner una puñetera lavadora —tercia Oriol, echando más leña al fuego.

—Súmale llevar y recoger a las niñas después de clase, ir a las reuniones del cole, vigilarlas en el parque o ayudarlas con los deberes —dice Raúl, padre de unas gemelas cuyas fotos exhibe cada vez que tiene la mínima ocasión.

—Me conformo con que se tenga que limpiar su propia mierda. No le iba a quedar más remedio que dejarnos tiempo para nuestras vidas —cizañea Mati.

A Annika le reconforta saber que todos sienten la misma presión en sus espaldas. En realidad, ella tampoco les ha visto nunca más allá de su relación de compañeros de trabajo. Es cierto que caen en muchos estereotipos y que la prejuzgan a veces —¿y quién no?—, pero ella se ha ido creando una coraza con los años y las experiencias negativas que da pocas oportunidades. Evita así los malos ratos, pero se niega estos otros.

Están ya terminando el postre cuando Oriol recuerda algo:

—Annika, ¿tú no estabas mirando algo del puti ese grande de Badajoz?

Ella le mira con interés.

—Bueno, lo aparqué cuando empezamos con lo del asesinato de Parejos.

—Pues hubo movida ayer noche.

—¿Cómo? —Annika se pone alerta—. Pero si no he oído nada.

—Me lo ha contado medio de estranjis un colega de Badajoz.

Sus pensamientos vuelan hacia Bruno: él fue anoche a ese club. Y no ha tenido noticias suyas desde entonces.

—¿Qué ha pasado?

—Ha muerto una tía que trabajaba allí. Si te interesa, te paso el número de mi colega, es buen tío. ¿Annika? ¿Annika, estás bien? Vaya cara se te ha quedado.

50.

Pablo está de buen humor.

La reunión en Barcelona ha ido mejor de lo esperado. Los datos de su delegación han sido alabados por el resto del equipo y van a comenzar en breve a tramitar la patente de un nuevo medicamento al que él ha hecho un seguimiento cercano. Revisa las llamadas perdidas. Tiene un par de ellas de números de proveedores y unas cuantas de su secretario. Supone que serán para ponerle al corriente de los últimos asuntos, así que comienza por él.

Miguel le pregunta por los temas más apremiantes y deja para el final la visita de la policía: quieren saberlo todo sobre la vida de Sara. Ya han hablado con varios empleados, y exigen una reunión también con él. Miguel ha dado largas, pero necesita una contestación fijando la cita.

A Pablo se le nubla el humor. ¿Por qué vienen a meter las narices en su empresa? Ha sido un asesinato de esos pasionales, ejecutado por un hombre que llevaba años maltratando a su pareja. La policía ya debe de conocer el historial de la relación: los primeros síntomas, los celos, el control, el aislamiento, pasar a las manos y, por último, el delirio que le hizo creer que era suya hasta el punto de matarla. Una historia con final previsible que, por desgracia, se ha cumplido.

Además, le irrita que hayan aprovechado su ausencia. La primera reacción es enfadarse con Miguel, pero se da cuenta de que no ha podido negarse. De hecho, casi le tranquiliza que haya participado de las entrevistas. Es la persona más cercana a él y es, a su vez, la única en que confía. Está convencido de que Miguel no se ha ido de la lengua, pero no quiere más problemas; bastantes ha tenido ya en los últimos días.

Vuelve a marcar el número de su secretario y le dice que no llame a esa policía. Solo si insiste mucho, debe decirle que la recibirá el lunes por la tarde. Después continúa con la lista de llamadas. Lo de Sara nadie puede arreglarlo ya, y él tiene asuntos importantes que atender.

51.

Bruno apaga el ordenador a las dos en punto.

La mañana no ha sido productiva. Ha arrancado tarde y mal fruto de la mala noche, y se ha dedicado a plasmar por escrito lo sucedido en el club, pero no está satisfecho con el resultado. Sobre todo, no está nada satisfecho con cómo ha gestionado la situación. No supo calcular los riesgos y ha salido malparado.

Sabe que debería contárselo a Annika, pero le frena tener que decirle que ha metido la pata y que le vea como un estúpido. Ni más ni menos, como él se siente.

Al salir de la habitación se encuentra con Edu.

—¿Ha llegado Julio?

—Qué va. Yo podía estar comiendo con mi novia y aquí me tienes, esperando al colega.

—Me voy a abrir una birra, que hoy la necesito.

—Sácate otra. Y yo parto el queso que me traje del Jerte.

Están en mitad del tapeo cuando aparece Julio con un par de bolsas del asador de pollo.

—No me dio tiempo a cocinar, pero yo sé que esto os priva... Invita la casa.

—¡Hacía siglos que no lo comía! —Edu acaba de perdonarle la espera.

—Pues al lío, que veo que ya habéis empezado sin mí.
—Julio suelta las bolsas y toma la lata que Bruno le ofrece. Luego repara en su cardenal del pómulo.

—Joder, Bruno. Entre el pirsin y eso, pareces un malote de los que me gustan a mí.

Comen bromeando y charlando sobre sus vidas. En el fondo se llevan bien, lo cual no es fácil teniendo en cuenta que se conocieron allí mismo, cuando las circunstancias les llevaron a residir en Mérida sin dinero para alquilar una vivienda de forma independiente. Pero esa convivencia, con sus más y sus menos, ha creado un vínculo entre ellos. Julio piensa en ello con tristeza y, una vez más, toma aire y se dispone a contar su historia.

—Tengo algo que explicaros.

Bruno es el primero en hablar tras la confesión de Julio. Le sale una voz trémula que a él mismo le cuesta reconocer:

—Ahora entiendo lo de la cuchilla. Pudiste haberme contagiado.

No hay recriminación en sus palabras, más bien el espanto ante lo que podía haber sucedido. Julio le mira con aflicción.

—Ahí fue cuando supe que tenía que decíroslo.
—Hombre, pues sí —gruñe Bruno.
—Esto no es fácil. He tenido que contarlo ya muchas veces, porque no sé quién me lo contagió ni a quién he podido contagiárselo yo. Pero con vosotros era distinto, se supone que no hay riesgos en la convivencia.

—¿Cómo que no?
—No pasa nada por compartir el baño ni las cosas de cocina —trata de explicarse Julio—. Lo único a evitar son los objetos que puedan estar en contacto con la sangre. Pensé que guardándolos bien bastaría, pero con lo de ayer me di cuenta que si yo lo sé pero vosotros no, os estoy exponiendo.

Luego va al frigorífico a por otra cerveza y le da un trago largo antes de continuar:

—Entenderé que no queráis seguir compartiendo el piso conmigo.

Se hace un silencio largo e incómodo, hasta que Bruno lo rompe por segunda vez:

—¿Tus padres lo saben?

—No.

—¿Y adónde irías?

—No lo sé. Tarde o temprano también se lo tendré que decir a ellos. Es solo que... aún no me he atrevido.

A Julio se le quiebra la voz y Bruno se levanta para darle un abrazo. Una parte de él está furiosa, pero la otra siente lástima por la situación de su compañero.

Mientras, Edu sigue callado. No ha pronunciado palabra desde la confesión de su compañero. Bruno le hace una seña disimulada para que se acerque, pero él le devuelve una mirada vacía. Se levanta de la mesa y a los pocos segundos escuchan la puerta de la calle cerrarse tras él.

Los dos compañeros no pueden evitar un cruce de miradas. La de Bruno es de perplejidad. La de Julio, de tristeza.

—Pero ¿cómo puede hacer eso? ¿De qué va?

—No te preocupes. —Julio se encoge de hombros, tratando de quitarle importancia—. Ya sabía a lo que me enfrentaba.

52.

Annika encuentra un pósit en su mesa.

Es el número del compañero de Badajoz que Oriol le prometió. No ha dejado de darle vueltas. ¿Es casualidad que esa chica haya fallecido la misma noche que Bruno visitó el club? Ha probado a llamarle varias veces antes de regresar a su mesa, pero no hay forma de que el periodista coja el maldito teléfono.

Ahora marca el número del policía, con quien tiene más suerte. Contesta a la primera y ella le explica la situación para pasar a lo que más le preocupa:

—¿Cómo ha muerto?

—Se tupió de pastillas.

—¿Suicidio? —Annika no puede evitar una especie de alivio al escucharlo.

—Te lo leo del informe forense. —Se oye un ruido de papeles y luego la voz del policía en un tono monocorde—: «Se señala la poliintoxicación por ingesta masiva de benzodiacepinas, abre paréntesis: alprazolam, diazepam, lorazepam, flurazepam, cierra paréntesis, unida a grandes cantidades de alcohol etílico en sangre como causa indubitada del fallecimiento».

—Ya veo. Como sospecho que puede haber mujeres traficadas allí, no sabía si habría tenido relación...

—Si es por eso, ni te preocupes.
—¿Cómo estás tan seguro?
—Porque la susodicha era extremeña de pura cepa. Nacida y residente en Badajoz de toda la vida.
—Entiendo. Pues siento haberte molestado.
—Nada, mujer. Ya sabes que el suicidio se da más en estas mujeres. Marginalidad, drogas, una vida perra. Todo suma.
—Todo suma, sí. Gracias, compañero.

Al colgar, Annika le dedica un último pensamiento a Bruno. Esto no tiene nada que ver con él, pero ¿habrá ido finalmente a ese club? Vuelve a marcar su número. Nada. A su pesar, una sensación de fastidio la va conquistando.

53.

Bruno está tumbado con la mirada clavada en el techo.

Lleva así desde que terminó la conversación con Julio. Tras fregar los platos, se encerró en la habitación y no ha vuelto a salir. Lo único que quería era que el sueño lo rescatara del mundo. Pero hoy se muestra resbaladizo como los adoquines en un día de lluvia.

No ha encajado aún los sucesos de la noche anterior cuando Julio ha soltado la bomba, y el incidente en el baño ha contribuido a aumentar el caos emocional del que se siente cautivo.

Intenta ordenar sus ideas. No está seguro de si podrá sentirse tranquilo en su casa pensando que podría infectarse él también del virus. Pero si obliga a Julio a hacer las maletas sabiendo que no tiene adónde ir, acabará de hundirle. Y luego está Edu, que también forma parte de la decisión y se ha ido sin decir palabra.

Da por perdido el intento de siesta y se levanta trabajosamente, aún machacado por los dolores de la paliza. Ve que tiene varias llamadas de Annika. Con resignación, pulsa la tecla de llamada: es hora de afrontar uno de sus problemas.

—Bruno, por fin. —La voz de Annika suena impaciente al otro lado—. ¿Va todo bien?

—Eeeh, sí, claro, estaba echándome la siesta —dice sin mucho convencimiento.

—Tres horas. Cómo vive el señor.

Bruno deja escapar un bufido. Es la segunda persona que le dice lo mismo hoy.

—En fin, era solo por saber cómo fue la visita al club.

—Quería contártelo, pero aún no había encontrado el momento.

—Ya. Pues soy toda oídos.

Bruno le ha relatado la historia de Alma, pero ha omitido su metedura de pata y todo lo que aconteció desde que el matón empezó a vapulearle.

—Entonces estaba en lo cierto, es allí donde las llevan —dice Annika—. Pobre muchacha.

—Hay que sacarla de allí.

—Ese es el objetivo de tu reportaje —le recuerda ella—. Ahora más que nunca, tenemos que destapar a esos criminales.

Bruno está a punto de contarle que no puede volver a poner un pie allí, pero Annika se le adelanta en las confesiones:

—Estaba un poco preocupada.

—¿Y eso?

—Esta noche ha muerto una mujer que se prostituía en el club. No me digas que no es una coincidencia.

—¿Qué?

—Un suicidio. En una de las habitaciones.

A Bruno se le encoge el corazón al recordar a Alma aprisionada en aquel cuartucho. No se atreve a preguntar, pero Annika le adivina el pensamiento:

—La finada era española.

—Menos mal. No quería ni pensar que por haber ido yo allí... Espera, espera... ¿Has dicho «española»?

—Sí, de Badajoz.

—Penélope. ¡Penélope es española! ¡Era la única española que estaba allí ayer!

—¿Penélope? No entiendo.

Bruno cierra los ojos.

—Una mujer quiso advertirme —suelta por fin—. Me dijo que era muy peligroso andar por allí.

—Pero... ¿cómo sabía...?

—Te lo contaré todo. Dime que no ha sido ella, por favor —suplica Bruno.

—No llegaron a decirme el nombre.

—Necesito saber si ha sido ella. —La voz de él suena aún más angustiada.

—Está bien, tranquilízate. Volveré a llamar al policía de Badajoz y lo averiguaré.

Bruno escucha el tono intermitente del teléfono y se pregunta en qué momento su vida se ha vuelto una pesadilla.

VIERNES, 21 DE OCTUBRE

54.

Annika se siente como nueva.

Ha descansado bien, ha hecho sus tablas de ejercicios para empezar el día, los compañeros la han saludado más simpáticos que de costumbre y hasta Sonia se ha parado en su mesa a charlar un rato. Se sorprende de lo poco que es necesario para sentirse cómoda en el trabajo y de hasta qué punto lo había descuidado. Normalmente adopta una actitud defensiva que no es otra cosa que un simple caparazón para evitar el rechazo. Pero está dispuesta a rectificar. Después de todo, ninguno de sus compañeros es mala gente. Excepto Jiménez, se recuerda al verle entrar en el despacho con los periódicos en la mano.

Piensa en por dónde seguir hoy. De la visita a la empresa de Sara se entrevé que pudo existir una relación más allá del plano laboral entre su jefe y ella. Tiene que hablar con él, cueste lo que cueste. Marca el número en el móvil y sale discretamente a la calle.

—Buenos días, Miguel. Le recuerdo que necesitamos hablar con Pablo Velasco.

—Como le dije, don Pablo es una persona muy ocupada —contesta el secretario, evasivo.

—No querría pensar que están intentando perjudicar la acción de la justicia.

—Nada más lejos.

—Dígame entonces cuándo podré verle, o me veré obligada a cursar una petición oficial ante el juez.

El farol surte efecto.

—Déjeme ver cómo puedo encajarlo... —Tras un par de minutos de espera, Miguel vuelve al teléfono. Su voz suena fría y distante—: El lunes a las cinco de la tarde.

—¿Hasta el lunes?

—Ya le he dicho que la agenda de don Pablo está muy comprometida.

Annika se muerde la lengua. Si tuviera el respaldo oficial, se iba a enterar ese de cómo funcionan las cosas. Pero en su situación no le queda más que transigir.

—Allí estaré.

Cuelga el teléfono decepcionada. Faltan aún tres días, pero no piensa quedarse de brazos cruzados.

—A por las amigas —dice para sí.

55.

Irene trabaja en una tienda de cosméticos.

El negocio pertenece a la empresa de Violeta, lo que le recuerda a Annika que tiene que devolverle la llamada perdida. Su amiga siempre le critica que cuando se concentra en un caso ignore todo lo demás, y sabe que no le falta razón.

Ahora mira disimuladamente las placas en las camisas de las empleadas hasta que da con el identificador donde puede leerse el nombre que busca. Irene es una mujer bajita y delgada, con el pelo recogido en una coleta, estratosféricas extensiones de pestañas y unos pómulos bien coloreados. Está maquillando a una clienta al tiempo que le recomienda cada uno de los productos con los que le embadurna la cara. Annika se queda cerca rondando y se dedica a fingir indecisión en torno a los pintaúñas de gel.

Para cuando acaba con la sesión artística, Irene ha sido capaz de colocar un buen puñado de productos a la señora pintarrajeada. Se dirige a Annika.

—Estaba esperando, ¿verdad?
—Así es.
—Siéntese.

La policía mira indecisa el sillón del que se acaba de levantar la mujer que ahora está vaciando el monedero en caja. Irene aguarda con una sonrisa, y ella opta por seguirle la corriente. Así tendrá un rato para sonsacarla.

—Lo primero, una base. Esta tiene pigmentos inteligentes que se adaptan a los diferentes tonos de piel —dice la maquilladora al tiempo que le expande una crema por el rostro—. Y ahora le pondré un iluminador que va fantástico en las pieles oscuras.

—Oye, Irene.

Habituada a que lean su nombre en el cartelito, no se sorprende.

—Dime, corazón —responde, tuteándola ella también.

—La verdad es que he venido por otra cosa.

—Apuesto a que es algo para ese mata de pelo. Me ha llegado un acondicionador estupendo, te marca los rizos pero quita volumen.

—No tengo ningún problema con mi volumen —protesta Annika.

—Luego me cuentas y te aconsejo, pero primero te voy a dejar guapísima.

—Es que no es eso lo que...

—Cierra la boca, te voy a perfilar los labios. Así, muy bien. Calladita.

Annika obedece con fastidio.

—Vaya labios que tienes, ya me gustaría a mí. Ahora un color bien vivo, a las negras os sienta de lujo. A ver que los busque... ¿Tienes novio? Va a flipar cuando te vea.

—En realidad, tengo novia —dice Annika, solo por fastidiar.

—Ah... bueno. Pues ya verás. ¡Va a venir corriendo a que la maquille a ella también!

Irene se ríe de su propia gracia y a Annika se le acaba la paciencia.

—He venido para hablar de Sara Pineda.

El rostro de Irene se ensombrece al instante. Ahora es a ella a quien le vendría bien ese iluminador.

—¿La... conocías?

—Investigo su caso.

Irene tarda unos segundos en encajar las piezas.

—Claro, la poli negra... Ya decía yo que me sonaba de algo. —Al ver la expresión molesta de Annika, se corrige—: Perdón, es que estoy nerviosa, no sé ni lo que digo.

—Solo quería que me hablaras de ella.

La maquilladora escoge una brocha, luego la suelta y opta por otra, luego vuelve a cambiar. Da un brochazo en la mejilla de Annika, al que sigue otro y otro más. A base de espolvorearla, parece que va tranquilizándose. Lo que no sabe la policía es cómo va a acabar su cara.

—Al principio María y yo creíamos que era ella la que pasaba de nosotras. No nos portamos muy bien con ella.

—¿Qué hicisteis?

—Nada del otro mundo. Criticarla y meternos con ese novio suyo. Bueno, también ignorarla alguna vez que sí que intentó quedar.

—Como venganza.

—Estábamos dolidas —se justifica Irene—. Después nos dimos cuenta de que era él quien la manipulaba. Intentamos acercarnos de nuevo y hacérselo ver, pero ya no confiaba en nosotras.

—Normal.

—Me da mucha pena, no creas, pero nunca hubiera esperado algo así. Supongo que nadie se lo espera, ¿no? Hay mucho hijo de puta por ahí suelto, a alguien le toca la china y ya está.

—A alguien le toca siempre, sí —admite Annika—. ¿Cuándo fue la última vez que la viste?

Irene tarda en contestar. Annika no sabe si está concentrada en hacer memoria o en elegir el tono de la sombra de ojos.

—Cierra el ojo, así, muy bien. Hará un año por lo menos. María y yo íbamos de rebajas y nos la cruzamos por la calle. Le propusimos tomar algo, pero ya no teníamos nada que decirnos.

—¿Por qué?

—Lo de Álvaro era tabú y las tres lo sabíamos. Hablar de otra cosa tampoco tenía sentido... Nuestras vidas eran muy diferentes. Ella en su casa, esperando a su maridito, porque no estaban casados pero como si lo estuvieran, y nosotras, ya sabe, con nuestras fiestas, nuestros líos... Nada que ver.

—Oye, Irene, tú que la conocías, ¿dirías que podía serle infiel a Álvaro?

—Uy, no, pero qué dices. Con esas cosas era muy carca. Para ella estar en Tinder era ser una fresca, con eso lo digo todo. No digamos ya tener varios líos a la vez. Nos miraba como si fuéramos de otra especie.

Annika asiente para sí.

—Ay, no te muevas, que se corre el perfilador.

—Perdón.

—Estoy acabando, era solo un repasito.

—¿Y desde entonces no volviste a saber nada de ella?

—Nada —confirma Irene al tiempo que manipula el sillón para colocarlo en vertical—. Ya estás.

A continuación, le alcanza un espejo para que vea el resultado y hace una seña a una nueva clienta para que pase a ocupar su lugar.

Annika se va de allí pensando que está de acuerdo con Irene en dos cosas. Una, que Álvaro era un manipulador. Y dos, que, coño, es verdad que la ha dejado guapísima.

56.

—*Tiene que estar a punto de aparecer.*

—Gracias por avisar.

María cuelga el teléfono y vuelve pensativa a la biblioteca. Ignoró la luz que se encendía en su pantalla hasta en tres ocasiones, pero al ver el lacónico mensaje «cógelo, castaña», apartó los apuntes y salió a ver qué quería Irene con tanta insistencia.

Ahora, de vuelta al rincón de la sala que ya casi tiene su nombre, trata de concentrarse en el tema que le toca estudiar hoy, aunque con escaso éxito. No para de rebullirse en su asiento y proyectar la conversación que va a tener lugar dentro de unos minutos. Cuantas más vueltas le da, más acerca la cabeza a los apuntes, como si eso le garantizara algún tipo de concentración. ¿Se lo cuenta o no se lo cuenta? Irene la mataría si lo hiciera y, después de todo, aquello pasó hace mucho tiempo. Es agua pasada. ¿No?

Un rumor que va tomando cuerpo en la sala de estudio le hace levantar la cabeza. Otras la imitan hasta que no queda ninguna nariz pegada a los libros. En su lugar, están vueltas hacia una mujer despampanante que se pasea con pinta de buscar a alguien. Es alta, tiene el pelo afro, un maquillaje de estrella de cine y unos vaqueros ajustados que resaltan sus curvas africanas. Si no fuera porque coincide a la perfección con la mujer que Irene acaba de describirle como la policía que la ha entrevistado, ella misma la miraría con fascinación. Y en otro escenario, pongamos un bar de madrugada en lugar de la biblioteca municipal, incluso se le acercaría para tratar de seducirla. Pero las circunstancias son las que son, y por eso tan solo se resigna cuando la tipa, tras vacilar un poco, se dirige a ella y le pregunta:

—¿Eres María Duarte?

Hace acopio de coraje, aparta el temario de la oposición y se dispone a seguirla hacia fuera. Hora del descanso.

57.

«Mejor dejarse ver el pelo».

Eso piensa Annika tras su frustrante entrevista con la segunda de las amigas de Sara. Le falta una, Lourdes, pero lleva demasiado tiempo sin pasar por la comisaría y se la está jugando mucho.

El planteamiento de María ha sido el mismo que el de Irene: cero contacto con la víctima. La amistad a la que Álvaro se refirió parece haber quedado sepultada en el pasado, pero lo que fuera que se había cocido en la vida de Sara había ocurrido en los últimos meses. De modo que se la ha jugado con Jiménez y ha invertido más de media jornada para volver con las manos vacías.

Al llegar, casi se da de bruces con Oriol.

—Annika, vaya ímpetu. ¿Te fue útil la información que te di o qué?

—¿Cómo?

—La chica del puticlub.

—Joder.

Inmersa en el caso de Sara, ha olvidado por completo llamar al compañero de Badajoz. Y mientras, Bruno esperando.

—¿Qué pasa? —se extraña Oriol.

—Me fue útil, sí, perdona, solo que no tiene que ver con el negocio de trata. La mujer era española y se suicidó.

Annika da la vuelta y sale de nuevo para realizar esa llamada con un poco de discreción. Esta vez sí contesta el compañero.

—Disculpa que te moleste otra vez, pero es que tengo identificadas varias personas y necesitaba saber si la finada es una de ellas. Ayer se me olvidó preguntarte su nombre.
—No suena muy profesional, pero no se le ocurre una excusa mejor.

—Claro, ahora mismo te digo. A esta mujer se la conocía en Badajoz por llevar muchos años dedicada a la prostitución, aunque ya no ejercía con la asiduidad de antes. Seguramente lo hacía cuando tenía más apuros económicos. Déjame mirar los apellidos... —Tras unos segundos, el policía vuelve al teléfono—. Penélope Santos Bravo.

Annika siente un vahído en el estómago.

—Gracias. Era todo cuanto necesitaba saber.

Sin soltar el móvil, busca el número de Bruno y presiona la tecla de llamada. Él contesta enseguida:

—Annika, estoy de los nervios. ¿Sabes algo?

—Me han confirmado que la fallecida responde al nombre de Penélope Santos Bravo —suelta de una vez.

Al otro lado se hace un silencio denso.

—¿Bruno? Bruno, ¿estás ahí?

—Sí —acierta a decir.

—Esto no me gusta.

—Y menos que te va a gustar —dice él tras otra pausa.

—¿Qué pasó con esa mujer, Bruno? Cuéntamelo todo de una vez.

—¿Podemos vernos?

Ella mira el reloj.

—No he acabado mi turno, tengo que hacer algunas cosas aún. ¿Qué tal a eso de las siete?

—Bien.

—¿Conoces el parque que hay al final de la calle Santa Eulalia?
—¿El de los Enamorados?
Annika se siente azorada sin saber muy bien por qué.
—Ese. Es donde paseo a la perra.
—Ahí estaré.
Ella suspira antes de enfrascarse de nuevo en el trabajo. «Dime que no tienes nada que ver con esto, Bruno».

58.

Está siendo una semana digna de olvidar.

Los pensamientos en torno al tipo que le echó a patadas del club y a la cuchilla de Julio han acosado a Bruno durante toda la noche. Se ha levantado sin ánimos, solo pendiente del teléfono, que, para colmo, no ha sonado hasta pasado el mediodía.

En cuanto a Edu, no ha dado señales de vida. Da por hecho que ha dormido en casa de Laura y se pregunta cuándo piensa volver.

Va abstraído en dirección al parque de los Enamorados. Si cruza la plaza del Ayuntamiento y sigue por la arteria principal del centro, la calle Santa Eulalia, llegará en unos diez minutos. Es la zona de mayor afluencia, donde se encuentran la mayoría de los comercios y la vida social de la ciudad.

Saluda con abulia a varios conocidos con los que se topa. El hecho de ser periodista le relaciona con mucha gente. A mitad de la calle no puede evitar detenerse a consultar las novedades en la librería Martín, todo un referente en la ciudad. Apunta mentalmente varios títulos y sigue su camino con un suspiro. Comprar libros ahora mismo es un lujo inadmisible.

Llega al final de la vía y deja a un lado los restos arqueológicos de la Sala Decumanus, que recuerda que aquella calle, llamada así en homenaje a la patrona emeritense, fue también *decumanus maximus* de la ciudad romana, tantos siglos atrás. Nunca se cansa de observar todos aquellos vestigios del rico pasado de la ciudad. Atraviesa la Puerta de la Villa y continúa recto por la Rambla de la Mártir hasta llegar al parque.

Enseguida divisa a Annika acompañada de su perra. Es una galga de pelaje blanquinegro y aspecto grácil que corre con entusiasmo tras un palo lanzado por su dueña. Las observa en la distancia aprovechando que no se han percatado de su presencia. Annika tiene el guapo subido. ¿Qué se ha hecho? Algo diferente, no sabe decir qué. Ella se gira y le pesca contemplando la escena.

—Eh, ya has llegado.

—Qué bellezón. La perra, digo.

Annika se ruboriza, suerte que con su color de piel nadie lo nota.

—Te presento, esta es Tabita.

—Hola, Tabita. Perdona que no te dé dos besos, no estoy acostumbrado a conocer perros.

Annika le dedica un gesto burlón.

—Tabita, no se lo tengas en cuenta. Para ser humano, no es del todo malo. —Luego se gira hacia Bruno, ya con aspecto serio—. ¿Qué es lo que teníamos que hablar?

La sonrisa de Bruno desaparece.

—Te lo cuento mientras tomamos algo.

Se acomodan en una de las terrazas. La galga se tumba al pie de la mesa con gesto manso.

—¿Por qué Tabita? —Bruno sigue intentando posponer el momento.

—Significa «gacela».

—Claro, corre mucho.

—En realidad, no es por eso por lo que la bautizaron así. Viene de una historia bíblica.

La mirada de Annika se ha ensombrecido, lo que suscita el interés de Bruno.

—¿Y eso?

—¿Ves la marca alrededor del cuello?

Él se acerca y observa a la galga. El pelo es menos tupido en esa zona.

—La encontraron colgada de una encina. —A Annika se le dibuja una mueca amarga—. Por lo visto, no era tan rápida como debía.

—No puedo creer que los cazadores sigan haciendo eso.

—Los de la protectora lo saben y a veces se dan una vuelta por el monte. Encuentran galgos en los huesos, abandonados tras alguna cacería, otros tirados en las cunetas y algunos ahorcados, como ella. A los que vagan por el monte se los llevan al refugio, pero los que han sido ahorcados rara vez sobreviven.

—Ella lo hizo.

—De ahí Tabita. Fue una mujer que volvió a la vida después de muerta.

Bruno traga saliva y mira a la perra con otros ojos.

—Tuvo suerte de encontrarte a ti en esta segunda vida.

—Cuando fui a la protectora buscaba un perro más pequeño —confiesa Annika—. Estaba recorriendo las jaulas con una de las chicas cuando la trajeron. Al mirarla supe que volvería a casa con ella.

Un camarero rollizo irrumpe en escena.

—¿Qué quiere la parejita?

—Yo, una caña —pide Bruno, algo azorado.

—Para mí, un agua con gas. Y no somos pareja —puntualiza Annika. Luego le mira a él—. Bueno, al lío. ¿Qué tenías que contarme?

59.

—*¿Cómo que te pillaron?*

—Intentando abrir una de las habitaciones. Y me echaron a patadas de allí.
—Joder.
—Lo sé, no estuve muy espabilado.
Ella tarda en contestar. Tabita la observa desde el suelo con un atisbo de preocupación en sus ojos almendrados, como si captara al instante el humor de Annika.
—Así que el golpe ese te lo dio el portero del club.
—¿Tanto se me nota? —Bruno se lleva la mano al pómulo. Luego la mira con cara de manso—. Y creo que también me ha hecho una fisura en una costilla.
Ella se lleva las manos a la cara, horrorizada.
—Y luego Penélope me buscó en los aparcamientos y me dijo que tuviera mucho cuidado con esa gente. Hasta me dio un abrazo final —se lamenta él.
La cara de decepción de Annika es mucho peor que cualquier bronca.
—Todo esto ha sido un error —dice al fin.
—No digas eso, algo hemos adelantado. He confirmado tus sospechas.

—Han podido matarte. —Ella cabecea enérgicamente—. Se acabó, estás fuera del caso.

—Pero...

—No hay peros que valgan. Ya no puedes volver a asomar las narices y, encima, no tienes pruebas.

—¿Y el reportaje?

—No hay reportaje.

—No puedes prohibírmelo —se revuelve Bruno.

—Claro que puedo. Yo te metí en esto y yo te saco —dice ella, implacable.

—¿Y qué pasa con Alma? Le prometí...

—¡No sé para qué andas prometiendo nada!

Se hace un silencio incómodo. Los dos terminan sus bebidas sin nada más que decir.

—De todas formas, y por cerrar el asunto, no creo que lo de Penélope tenga nada que ver —dice Annika al tiempo que hace un gesto al camarero para que traiga la cuenta—. Claro que podía meterse en problemas si la veían contigo, pero... ¿hasta el punto de llevarla a quitarse la vida? No, ni lo pienses.

—Quizá tengas razón y sea solo casualidad —concede él.

El camarero llega y Annika saca el monedero, pero esta vez Bruno se le adelanta. Para un agua y una caña le llega.

Tabita se ha puesto en pie y mira a su dueña con impaciencia.

—Puedes escribir un artículo genérico sobre la trata —dice ella antes de alejarse—. Aprovecha tus conocimientos.

—Eso no tendría tirón.

—Al menos se hablaría de ello —le recuerda.

—Suponiendo que alguien quisiera publicarlo.

—Pues es lo que hay, rubio.

60.

En ese cuarto lóbrego todo parece más tenebroso esta noche.

El hombre que acaba de llegar espera impaciente en una de las sillas. Al fin, oye unos pasos y se levanta para dirigirse al que entra por la puerta.

—¿Es que no tienes cabeza? Esto no es como tu país, ¡pedazo de animal! No puedes ir por ahí matando a quien te dé la gana.

—Relájate un poquito, *buddy*.

—Y una mierda me voy a relajar. ¡Lo has puesto todo en peligro!

—Al revés: te acabo de salvar el culo, deberías estar agradecido. Esa fulana acabaría por ir a la policía y entonces sí que estaríais en la mierda.

—Joder. Joder, joder, joder. ¿Y la solución era cargársela?

—Es solo una desgraciada que se ha hartado de pastillas para poner fin a su asquerosa vida. —Val se encoge de hombros—. ¿Acaso crees que le importa a alguien? El suicidio es un tabú en mi país y aquí. Hasta los periódicos silencian esas noticias. Y si encima es de una puta, ni te cuento.

—Más te vale.

—No, más te valdría a ti tratarme mejor. Ya te dije que Pe

no era de fiar, pero insististe en meterla por medio para alejar al tal Álvaro con esa excusa sin pies ni cabeza. Te parecía un plan brillante, ¿verdad?

El otro le lanza una mirada furibunda y aprieta los dientes en lugar de replicar.

—Para colmo, la vi hablando con el tipo que metió las narices en el club.

—¿Y si ella ya le había contado algo a ese? ¿Has pensado en ello?

—Claro que lo he pensado. Me aseguré de ello. —El matón sonríe de forma siniestra—. Ya sabes que a mí las chicas no me mienten.

—Eso espero. Pero no vuelvas a hacer algo así sin mi permiso. Si nos cogen, estamos todos jodidos.

Val no contesta. Se limita a ajustarse la boina con un gesto que recuerda al malo de un wéstern.

—Otra cosa. ¿Qué pasa con el fisgón ese? ¿Qué coño quería?

—No lo sé, pero lo voy a averiguar. Está todo bajo control. Y, por cierto —añade antes de marcharse, endureciendo el tono de voz—, que sea la última vez que te metes con mi país.

SÁBADO, 22 DE OCTUBRE

61.

Annika aprovecha la mañana para los quehaceres hogareños.

Los días se suceden de forma vertiginosa y cuando le toca librar siempre encuentra tareas pendientes. Esta semana ha sido especialmente caótica. Pone una lavadora, deja en marcha el lavavajillas y enciende la conga antes de arreglarse: ha quedado a las doce con Lourdes, la última de las amigas de Sara. Así no tendrá que dar explicaciones ni que jugar al despiste con el inspector.

Lourdes es profesora de baile. Posee una casa de dos plantas a pocos minutos del Acueducto de los Milagros, una de las construcciones prodigiosas que aún se mantienen en pie en Mérida y que ya transportaba el agua desde el embalse de Proserpina en época romana.

La amiga de Sara ha convertido el piso inferior en un salón acondicionado como escuela de baile y es allí donde imparte las clases, mientras que en el piso superior tiene su vivienda, compartida con varios gatos que entran y salen a su antojo. Invita a Annika a tomar asiento y le ofrece un té, que ella acepta a la vez que encauza la conversación hacia su relación con la víctima.

A diferencia de Irene y María, Lourdes le cuenta que conoció a Sara tan solo un par de años antes, cuando ella se apuntó a uno de sus cursos de danza oriental.

—La mayoría de la gente no sale de la salsa, el merengue, la bachata y todo eso. El tipo de baile que les permita lucirse cuando salen de copas —le relata—. Pero con lo de la danza oriental conseguí reunir un grupito de interesados. A Sara le encantaba.

—¿Era buena alumna?

—Ya lo creo, se quedaba con la copla enseguida. Una pena que después no siguiera.

—¿Por qué no lo hizo?

—Bueno, en parte porque ese curso no siguió y decía que los otros bailes no le llamaban la atención.

—¿Y en la otra?

—¿Cómo?

—Has dicho «en parte».

Lourdes parece dudar. Toma su taza de té y da un sorbo para hacer tiempo.

—¿Te refieres a que Álvaro se lo impidió? —pregunta directamente Annika.

Otro sorbo de té. Y, después, un asentimiento grave.

—Podríamos decir que no le hacía gracia.

—Pero hace mucho desde entonces.

—La verdad es que nos hicimos muy amigas. —Lourdes cierra los ojos antes de reanudar el relato y Annika se fija en cómo agarra fuerte la taza—. Verá, yo misma tuve una relación con un tipo posesivo en el pasado. Lo pasé muy mal, aunque conseguí romper el círculo y separarme.

—Y supiste que ella pasaba por algo parecido.

—Esas cosas se intuyen. A medida que fuimos intimando, empecé a ser esa persona en quien podía confiar y que sabía que la entendía.

—Me alegro de que al menos tuviera una amiga. —Annika la mira con aprecio—. Por lo que tengo entendido, estaba bastante sola.

—Sus amigas de siempre la habían machacado mucho para que dejara a Álvaro.

—Supongo que es normal. La querían y querían lo mejor para ella, aunque no siempre una sepa hacer bien las cosas —dice la policía.

—No se crea todo lo que le cuentan. Irene y María no eran ningunas santas.

Annika la mira con curiosidad. La cara de la profesora ahora no refleja ninguna simpatía.

—¿Qué pasa con ellas, Lourdes?

La chica niega con la cabeza.

—Nada que importe mucho ya, la verdad.

—Todo importa.

Lourdes sigue negando, pero entonces Annika lanza un cebo:

—Qué curioso, en eso estás de acuerdo con Álvaro.

—¿Cómo?

—Dice que eran unas pájaras.

—Ese es el menos indicado para hablar —replica muy sulfurada.

Annika sabe que ya solo tiene que esperar. Y efectivamente, a los pocos segundos, Lourdes pica el anzuelo:

—Irene también vino por aquí una temporada. De hecho, fue la que le habló de mi escuela a Sara.

—Entonces, ¿la conoces?

—Lo suficiente como para reconocerla una noche comiéndole la boca a Álvaro.

Annika deja escapar un silbido y toma nota en su libretita.

—Entiendo. De todas formas, me interesa más lo que Sara te contaba.

—Yo no la presionaba. Sabía que eso solo pone las cosas más difíciles. Tan solo escuchaba y le hacía ver, poco a poco, que tenía que alejarse antes de que pasara algo peor.

Lourdes se interrumpe para sacarse un pañuelo del bolsillo. Se le ha quebrado la voz y ahora hipa a la vez que se suena.

—Debió de ser muy duro —dice Annika con suavidad.

—Cada noche pienso que pude haber hecho más. Ser más tajante, obligarla a dejarle y venirse a mi casa o a donde fuera con tal de estar lejos de él. Pero creía que no faltaba mucho para que tomara la decisión.

—¿Os veíais con frecuencia?

—No mucho, porque no quería darle explicaciones a Álvaro, pero hablábamos por teléfono. Luego ella lo borraba del historial de llamadas y así no quedaba huella.

—Es muy probable que tú fueras la única en quien confiaba —insiste Annika—. Por eso es tan importante tu visión. Sara tenía otra vida más allá de Álvaro: un empleo en el que no le iba mal, pese a todo. ¿No es así?

—Sí. Fui yo quien la convenció para que volviera a trabajar —revela con una pizca de orgullo—. Eso le permitía completar una parte de sí misma que estaba abandonando. Ella era metódica y perfeccionista, estoy segura de que hacía bien su trabajo.

—Sin embargo, no tenía relación con sus compañeros.

—Ya le digo que se había vuelto muy insegura.

Annika recapitula. Una vez más, todo gira en torno al dominio que Álvaro ejercía sobre su pareja. Acomete un último intento:

—Has dicho que creías que le faltaba poco para tomar la decisión. ¿Por qué?

Lourdes permanece callada unos instantes. Parece estar debatiéndose sobre algo.

—No sé si debo hablar de esto.

—Todo lo que me cuentes es confidencial —dice Annika esperanzada.

—Está bien. Hace unos meses, vi a Sara ilusionada por primera vez en mucho tiempo. Me dijo que se había dado cuenta de que podía haber más hombres aparte de Álvaro. No imagina lo feliz que me hizo eso.

—Entonces, ¿tenía un amante?

—No me contó los detalles. Quizá solo le gustaba alguien, pero le daba fuerzas para empezar a plantearse dejar a Álvaro. Estoy segura de que no faltaba mucho...

Lourdes se rompe y comienza a llorar. Uno de los gatos se planta en su regazo al verla angustiada, y ella le acaricia entre hipidos. Annika le deja unos instantes para recuperarse. Luego se pone en pie.

—Muchas gracias por tu ayuda. Si recuerdas algo que pueda ser relevante, cualquier cosa, llámame. —Saca una tarjeta y escribe su número personal en el reverso.

Comienza a alejarse, pero de repente se detiene y se gira de nuevo.

—Una última pregunta, Lourdes.

—¿Sí?

—¿Qué crees tú que pasó esa noche?

La chica parece sorprenderse ante la pregunta, pero no vacila. Se enjuga las lágrimas con la manga de la camisa y habla con voz firme:

—Creo que Álvaro la mató.

62.

Bruno sube la persiana.

El sol brilla en un cielo azul, él ha conseguido por fin descansar y hasta parece que la costilla le martiriza un poco menos. Sus compañeros no han regresado, de modo que tiene toda la casa para él. Abre el balcón a fin de airear el piso y decide desayunar fuera. Tanto el bochorno del verano como la gelidez del invierno suelen ser inclementes con la ciudad, pero la temperatura es perfecta esta mañana. Prepara un par de tostadas, exprime unas cuantas naranjas y pone la cafetera en marcha.

Desayuna con parsimonia mirando hacia la calle, que se ve bastante desierta. Mérida es una ciudad de funcionariado. Durante los días laborables la población se duplica con las personas que acuden a trabajar en el gobierno regional. De hecho, la hora más concurrida es sin duda media mañana, cuando los empleados de la Administración salen a tomarse una tostada, la gran especialidad emeritense. Aún por las tardes hay movimiento, gente que pernocta en Mérida de lunes a viernes pero que vuela hacia sus poblaciones de origen los días de descanso. Así que solo el sábado y el domingo la ciudad se muestra tal como es.

Deja caer los párpados y disfruta como un gato perezoso de los rayos que le acarician el rostro mientras hace el conteo mental de sílabas:

> *Sol de otoño.*
> *Café, pan y naranjas*
> *en la terraza.*

No, demasiado simple.

> *Tardo estío*
> *acaricia mi rostro.*
> *Dulce regalo.*

No, demasiado cursi.

> *Calles desiertas.*
> *Naranjas exprimidas*
> *...*

Una sensación de inquietud le hace abrir los ojos justo a tiempo para ver cómo alguien se aleja apresuradamente calle abajo.

Estropeado el momento de inspiración, se levanta y recoge los enseres del desayuno. Después conecta una *playlist* de pop italiano y friega los platos que se acumulan en la pila. Pero la mala sensación persiste.

Su cabeza regresa a la tarde anterior. Annika no fue nada complaciente. Le dijo las verdades a la cara, y eso siempre duele. Y duele más si es alguien que le importa. Y más si está tan jodidamente guapa como estaba ella ayer. Intenta apartar el recuerdo. En su lugar, piensa en qué hacer el fin de semana. Le dijo a su madre que volvería pronto por el pueblo, pero ni siquiera ha vuelto a hablar con ella. Se siente culpable y decide ir a verla. Podría estar en Montijo para la hora de comer y regresar el domingo. Le sentará bien tras tanto ajetreo.

No tardará más de media hora en darse una ducha y meter en la mochila las cuatro cosas que necesite. Le sobra tiempo, de modo que se desploma en el sofá y revisa con pereza las diferentes aplicaciones de redes sociales. Un *scroll* infinito de novedades que olvidará tan pronto como el dedo le desplace a la siguiente imagen de unas vacaciones perfectas o un plato exquisito, el siguiente meme o el *challenge* de turno.

Cuando se aburre, abre el correo en otro gesto mecánico para comprobar si hay algo nuevo. De abajo arriba, borra varios boletines comerciales sin siquiera abrirlos y está a punto de hacer lo mismo con el mensaje que acaba de aparecer en la que lleva por título: «Métete en tus asuntos».

Con una mala sensación, clica en él y lee:

Te estamos vigilando. Búscate otro entretenimiento o dejarás de aburrirte para siempre.

El mensaje viene con dos archivos adjuntos. Al descargarlos, un temblor se apodera de la mano que sostiene el teléfono.

La primera fotografía es de la tarde anterior y en ella aparece en el parque junto a Annika y su perra. La segunda está tomada solo unos minutos antes, en el balcón de casa con los ojos cerrados.

63.

Antonio se despide con la mano de Celia.

Su abuela la aguanta en brazos mientras ella les mira con seriedad. No ha llorado como suele hacer cuando les ve marcharse a los dos. Su padre sabe que ha detectado la gravedad que envuelve el ambiente. Una vez más, se admira de la inteligencia de la pequeña. Los ojos de Antonio se encuentran con los de Violeta, quien le devuelve una mirada de preocupación y de urgencia.

Han esperado tres largos días para ir juntos a hacerse la prueba del VIH. Es sábado y no le toca trabajar, de modo que pidieron cita en una oenegé encargada de hacer el test rápido.

Llegan a las dependencias de la organización en una callejuela trasera a la peatonal Menacho, en el centro de la ciudad. Un hombre de rostro amable les hace pasar a una sala de espera. Se sientan en sillones contiguos, agarrados de la mano, cada uno sumido en sus propios pensamientos.

—Antonio —es ella quien pone en palabras lo que ambos han pensado cientos de veces en esos días—, ¿qué pasará si los dos estamos infectados?

Él toma una inspiración profunda.

—Tendremos que empezar a tratarnos. Pero el sida ya no

es como antes, con la medicación adecuada podremos llevar una vida normal durante mucho tiempo.

—Sí, es verdad.

—Y, mientras —Antonio fuerza una sonrisa—, quizá descubran una solución definitiva.

Violeta no sonríe. En su lugar, sigue por donde más le duele:

—En cuanto a Celia...

—Si diéramos positivo, habría que hacerle las pruebas a ella también. —A él se le hace un nudo en la garganta, no lucha por disimularlo.

—Hay muchos niños que nacen de padres infectados pero no desarrollan el virus —dice ella—. He leído que si lo desarrollan, mueren en el primer o segundo año de vida.

Antonio la mira aterrorizado.

—Quiero decir que aun cuando los dos estemos infectados, puede que ella no lo esté —se explica Violeta.

—Claro.

—De todas formas, si en algún momento no pudiéramos hacernos cargo, está Annika.

—Es una broma.

—No. —El rostro circunspecto de Violeta confirma sus palabras.

—Esa mujer no está para cuidar a nadie, cariño. Solo piensa en arreglar el mundo —dice él con sarcasmo.

—Qué tontería, si quiere muchísimo a la niña. Además, ¿qué es mejor? ¿Seguir cargándosela a tu madre?

—Pues sí, para algo es su abuela.

—Antonio, sabes cuánto me cuesta tener que dejarle la niña a diario. Ella ya hizo su parte, y ahora le toca responsabilizarse de nuevo de una cría en lugar de dedicarse a sí misma por una vez en la vida.

—Ni que fuera la única abuela que cuida de su nieta —gruñe él.

—Porque no hay otro remedio. Es imposible conciliar si los abuelos no se implican, y lo hacen porque quieren a sus hijos, y a sus nietos, claro. Pero les pasa factura. ¿No has oído hablar del síndrome de la abuela esclava? Hipertensión, taquicardias, depresión. ¿Eso quieres para tu madre?

Antonio resopla ostensiblemente. Lo que menos necesita ahora es una discusión con su mujer.

—Tu madre tiene sesenta y ocho años —insiste Violeta—. Para cuando nuestra hija cumpla diez, será ella la que esté cuidando de su abuela.

—¡Nosotros no nos vamos a morir mañana, joder! —explota Antonio.

Se arrepiente de su arrebato, pero ya es tarde. Un silencio se cierne sobre la sala de espera hasta que el hombre que les hizo entrar asoma la cabeza.

—Seguidme, por favor.

Todo queda relegado. Antonio se pone en pie con el corazón latiendo con fuerza en el pecho y coge a Violeta de la mano.

—Vamos allá.

64.

Annika se recuesta en el sofá después de comer.

Su pensamiento revolotea en torno al caso. Por una parte, la teoría del amante parece cobrar fuerza. Es posible que Sara comenzase una relación y estuviera resuelta a dejar a Álvaro. O quizá él descubrió algo. Un mensaje sin eliminar a tiempo, una conversación que nunca debió ser oída, una mentira desenmascarada, algo le puso sobre la pista. Y entonces los celos pudieron con él: Sara sería suya o de nadie.

De otro lado, el rastro sobre un posible idilio de Sara lo había obtenido en su oficina; era probable que fuera su jefe la persona en quien Sara se fijó. Quizá, ahora que ya estaba muerta, Pablo Velasco consideraba que lo mejor era que nadie supiera lo que hubo entre ellos. O quizá Sara simplemente le idealizó y vio en él la posibilidad de una vida mejor que la que compartía con Álvaro. Nada más común que sentirse atraída por un superior, con ese halo de poder y éxito que les rodea. En cuanto lo piensa, se acuerda del inspector Jiménez y se le dibuja una mueca de repugnancia. No, él no proyecta precisamente eso.

De todas formas, son solo conjeturas. El lunes tendrá oportunidad de poner cara a las historias que circulan sobre él.

Se acurruca junto a Tabita y su pensamiento le lleva ahora hasta Bruno. Sigue enfadada, pero reconoce que hacía mucho que no conocía a alguien con quien se sintiera tan cómoda. Las pocas veces que ha estado con él las horas se le han pasado volando. Incluyendo la tarde anterior. Suspira hondo. Todo el mundo comete errores. Ella cometió un montón cuando empezó a trabajar en la comisaría. Y aún lo hace, se dice acordándose de los traspiés con Jiménez y de lo poco hábil que es enfrentándole en lugar de llevarle a su terreno.

Sabe que ha sido dura con el periodista, pero es tarde para lamentaciones. Al cortar de raíz la brevísima relación profesional que habían iniciado ya no tienen nada más que decirse. Le invade una extraña sensación de pérdida.

Se levanta y deambula por la casa, deteniéndose ante la ventana. Una pareja con un carrito de bebé le recuerda a la niña Celia. Nunca comprendió a esas mujeres que adoran tener un bebé en brazos. A ella le parecen un incordio. Feos y ruidosos, se dedican a llorar, eructar o directamente vomitarte encima. Siempre fue algo a evitar. Hasta que vio a Celia con esos ojos curiosos que parecían querer desvelar de una vez los secretos de la vida, y esa sonrisa alegre que tanto recordaba a la de su amiga. Cuando Violeta la invitó a cogerla y ella la abrazó con impericia, supo que esa niña daría al traste con todas sus certezas. Porque si Annika tiene una debilidad, esta se llama Celia.

Siente una punzada de arrepentimiento por no haber devuelto aún la llamada a Violeta. Le propondrá pasar el domingo con ellos. Su amiga no suele tener planes los fines de semana, y si es que los tiene, siempre está encantada de incluir a Annika. Llama a su móvil, pero ahora es ella quien no obtiene respuesta.

Se lo tiene merecido. De momento, saldrá a aprovechar el buen tiempo con unas carreras. Mira a Tabita, que se yergue como si le hubiera leído el pensamiento.

65.

Bruno no se quita las fotografías de la cabeza.

Y es que no todos los días se ve uno amenazado por una red de delincuentes. Para colmo, a su madre nunca se le escapa un cambio de ánimo suyo, no digamos ya un cardenal en el rostro, de modo que no tarda en iniciar el interrogatorio:

—¿Cómo te has hecho eso, hijo?

—Nada, un golpe tonto.

—Si es que no miras por dónde vas.

—...

—¿Y por qué estás tan mustio?

—Estoy bien, *mamma*.

—No será por el dinero, ¿verdad? Mira que sabes que yo te presto lo que necesites.

—...

—¿Me has oído?

—Que no necesito nada.

—¿Seguro?

—Seguro.

—Ay, a ver si va a ser que te me has enamorado otra vez. Que tú eres muy enamoradizo.

—Nooo.

—¿Quién es? Venga, dímelo.
—...
—¿La conozco?
—...
—¿Es del pueblo?
—No es del pueblo porque no es nadie.
—Pues Loli ha dejado al novio. —Mirada conspiradora.
—...
—Y no veas lo bien que le ha sentado. Está estupenda.
—¿Quién es Loli?
—¿Cómo que quién es Loli? Si estabas loquito por ella en el colegio. —Sonrisilla.
—Ah, esa Loli.
—Sí, esa Loli. Se ha cortado el pelo, un cambio de luk de esos, y oye, guapísima, de verdad. Si sales esta noche, igual te la encuentras. —Nueva mirada conspiradora.
—Igual.
—Hijo, qué soso eres cuando quieres.
—...
—Entonces, ¿qué pasa con lo de doña Paquita?
—¿Cómo que qué pasa? Ya te he dicho que estoy liado con otra cosa. —Bufido.
—Ni que no pudieras tú con varias cosas a la vez. Que para algo eres hijo de quien eres. —Guiño.
—...
—Además, esa «cosa» todavía no es seguro que la cobres, ¿no?
—...
—Lo que yo te diga. Que, por cierto, no me has contado de qué va. Tú y tu secretismo.
—...
—¿No te animas a pasarte por su casa conmigo? Nos ha invitado a café. Aunque sea por no hacerle el feo a la mujer.
—*Mamma*...

—Un cafelillo rápido.
—...
—Me ha dicho que tiene perrunillas recién hechas.
—...
—Los dulces de doña Paquita animan hasta a un muerto.
—Vamos a tomar ese café. Pero para ya, por favor.
—¿Que pare qué?
Suspiro de resignación.
—No hay quien te entienda, hijo.

66.

Antonio y Violeta están de nuevo en la sala de espera.

La tensión se refleja en sus caras: el resultado de esa prueba determinará lo que será de sus vidas en adelante.

Antonio repasa la habitación. Llevan allí más de quince minutos y a estas alturas ha memorizado los cuadros, las plantas, incluso las grietas de las paredes. Y, por supuesto, el reloj. Ese reloj de pared que le ha recordado el tiempo de su vida, el que ha pasado y el que quiere que siga pasando. El que ha volado y el que, como ahora, se ralentiza pareciendo estancado en ese momento para siempre.

Violeta también piensa. Su mente, como de costumbre, va y viene a velocidad vertiginosa. Con mayor sensación de realidad que en los días anteriores, ha explorado cada una de las posibilidades. Cómo será su vida si su marido está infectado y ella no. Cuánto tiempo más podrá seguir disfrutando del Antonio que hasta ahora ha conocido. Qué ocurrirá si ambos están infectados. Si lo está también Celia. O, incluso, si fuera ella quien lo estuviera. No es que haya mantenido relaciones con nadie desde que conoció a Antonio, pero ¿quién sabe? Ni que fuera la única forma. Se pregunta cómo reaccionaría él si ella se hubiera contagiado por una negligencia y les hubiera puesto en peligro a todos. Es Violeta quien siempre ha soportado las pruebas que les ha tocado afrontar como pareja, quien ha cargado con la mayor parte de las responsabilidades, pero en realidad no sabe si Antonio sería capaz de hacer lo mismo. ¿Y si fuera ella la que hubiera tenido relaciones extramatrimoniales? Duda mucho que él las hubiera aceptado. ¿Y si ella hubiera infectado a los dos? ¿Podría perdonarla? ¿O si ella estuviera infectada, pero él no? ¿Cuidaría de las dos, pasaría él a cargar con la responsabilidad de mantener unida a la familia?

La puerta se abre y esta vez una mujer con bata blanca les pide que la acompañen. La siguen hasta un cuarto al otro lado del pasillo y se sientan muy erguidos, la mano entrelazada con la del otro.

La mujer les mira con simpatía.

—Conozco el desasosiego de la espera, así que lo primero que quiero es tranquilizaros. La prueba ha dado negativo. Podéis celebrarlo: ninguno de los dos estáis infectados.

Sendas sonrisas se abren paso en los labios de la pareja. Primero con recelo, como si les costara digerir que la pesadilla termine tan abruptamente como empezó. Luego, la alegría sustituye al miedo, alcanza los ojos y transforma sus rostros por completo.

—Pero ya que estáis aquí, quiero daros algunas advertencias para que no volváis a poneros en peligro...

Ambos aguantan con estoicismo la charla de la doctora mientras en sus mentes todo se recoloca. Cuando acaba, le dan las gracias y se despiden con prisas.

Antonio estrecha a Violeta, que se deja mecer como una muñeca de trapo. Aquello le ha hecho recapacitar. Ha sido más consciente que nunca de la carga que soporta y de repente siente un cansancio inabarcable y unas ganas tremendas de no hacer nada más, nunca. Dejar de madrugar para tenerlo todo preparado en casa antes de irse. Dejar de maquillarse y ponerse tacones y vestirse cada día a fin de estar perfecta. Dejar de dar órdenes en el trabajo y supervisar que se cumplan correctamente. Dejar de preparar la cena para todos un día y otro día y otro día. Dejar de ir al supermercado a elegir lo que le gusta encontrar a cada uno en la despensa. Dejar de sonreír como si todo estuviera bien, arrebatándose ella misma el derecho a la queja, a decir que le duelen los pies, la espalda, la cabeza, el alma. Dejar. Dejar, descargar, liberarse. Las cosas tienen que cambiar. Pero después de lo que han padecido los últimos días, ahora toca festejar que vuelven a tener un futuro lleno de salud. Mira a su marido.

—La doctora ha dicho que lo celebremos. Ya sabes que hay que hacer caso a los médicos.

—¿Qué propones?

—Podemos aprovechar que Celia está con tu madre para comer por ahí y tomar algo.

—¿Y qué hay de la abuela esclava y todo eso?

—Me merezco un respiro después de lo que me has hecho pasar.

Antonio vuelve a abrazarla y la colma de besos.

—Quita, me manchas las gafas —se queja ella.

Pero sigue hasta que la hace reír. No quiere que se enfade. Además, él también necesita liberar todo el estrés y evadirse de responsabilidades por un día.

—Te mereces eso y más —dice con dulzura—. Primero nos iremos de tiendas —le guiña un ojo—, y después nos tomaremos unas cañas por la plaza Alta. Vamos a quemar Badajoz, como en los viejos tiempos.

Violeta sonríe.

—Ya ni me acuerdo de la última vez que cerramos un bar.

—Pues venga, salgamos de aquí. Me muero por un cigarro.

67.

Bruno se acomoda en el salón de doña Paquita.

La anfitriona trae el café de puchero y la bandeja de dulces, y su madre lo sirve todo mientras se pone al día de las novedades del pueblo con su amiga. Lo cierto es que conserva una vitalidad envidiable para tener más que cumplidos los ochenta años. «Ya firmaría estar así a su edad», piensa Bruno mientras moja una pasta en el café con aire distraído.

—La Hipólita, ¿no te acuerdas de ella? —Las dos mujeres siguen a lo suyo—. La hermana mayor de la Asunción. Venía a pasar la Semana Santa siempre con ella y los niños.

—¿La que se divorció del marido porque bebía mucho?

—Del Amancio, sí. Anda que no *la* dio caldeos. Pues de un infarto, la semana pasada. Ahora que se la veía tan bien sin ese borrachuzo a cuestas.

—Y a ti, muchacho, ¿qué tal te va?

Bruno se sobresalta al darse cuenta de que la cosa va con él.

—¿A mí? Pues tirando.

—Periodista, niño, qué bien. Me parece una profesión maravillosa.

—No se crea. Quizá para los corresponsales de guerra

la cosa sea más emocionante. Pero aquí no hay mucha acción.

—Créeme, es mejor que sea así. Una guerra es demasiado dolorosa. —La mirada de doña Paquita se ha ensombrecido—. Yo lo sé bien, que he pasado por varias.

Él la mira con escepticismo.

—¿Más de una guerra? La tomé por mucho más joven.

—Mira qué zalamero nos ha salido —ríe—. Pues yo ya era una mocita cuando empezó la Guerra Civil en España, que lo sepas. Pero después de aquella vinieron otras. Como si las hubiera ido buscando, porque me las he encontrado allá donde he ido. O quizá es solo que este mundo está lleno de horror. Si te mueves mucho, corres el riesgo de que te toque alguna. Que fue más o menos lo que a mí me pasó.

Bruno le dirige a su madre una mirada curiosa. Una mirada de «esto no me lo habías contado».

—Aquí donde la ves, doña Paquita ha tenido una vida muy agitada —dice Carla.

—Yo creo que a mi edad ya me tocaba estar tranquila —dice ella—. Cuando comenzó la última guerra que me tocó vivir, tenía sesenta y cinco años. Hice las maletas y regresé a España. Quiero morir en paz, con la despreocupación de tener mis asuntos resueltos. Solo hay una cosa que me gustaría cumplir antes de irme.

Bruno intuye lo que viene a continuación, y no se equivoca.

—La experiencia me ha enseñado lo inútiles que son las guerras. Si el mundo pudiera ver con mis ojos, estoy segura de que ese horror dejaría de existir.

En ese momento, su madre se levanta.

—Tengo que acercarme a casa de Rosa antes de que salga a dar el paseo. Pero vosotros seguid, no os preocupéis por mí —se excusa mientras da un beso a su amiga, otro a su hijo y sale por la puerta tan fresca.

Bruno se arrellana en el sofá dispuesto a escuchar la historia de esa mujer. No parece tener otra opción.

La mamma *huye,*
menuda encerrona,
a mí la guerra.

68.

Bruno sale como un hombre diferente.

Su visión de doña Paquita ha cambiado por completo. Esa señora que ahora está recluida en el anonimato de un pequeño pueblo extremeño, que no se pierde una misa, prepara dulces y hace lo mismo que sus vecinas han hecho durante la mayor parte de sus vidas, ha tenido una existencia repleta de emociones. Se pregunta cuántas personas anónimas desaparecen sin ocupar un lugar en la historia. Cuántas mujeres, invisibles como doña Paquita, tenían tanto que contar y se han ido sin haberlo hecho.

Abstraído, pasa de largo de su casa y sigue andando a la vez que cavila sobre todo aquello.

La anciana le ha presentado un esbozo de los lugares en los que ha vivido y cómo llegó a ellos, pero la muy ladina ha ido guardándose sus secretos, abriendo sutilmente algunas puertas y dejándole cada vez más interesado. Y después le ha soltado que necesitaba echar una cabezadita y le ha despedido. Ha sembrado el terreno, pero sin dejar caer una sola palabra sobre su intención de que escriba su historia. Por una parte, eso le fastidia. «Estas señoras se creen todas más listas que yo, empezando por mi señora madre», se dice. Pero sabe que si se lo hubiera pedido, él se habría sentido presionado. Probablemente le hubiera contestado con evasivas. En cambio, ha conseguido que entienda que aquella puede ser una buena historia. Tal como hizo Annika. Y al menos, en este caso, sí hay dinero de por medio. Suelta un suspiro que bien podría ser de claudicación. Sin duda, doña Paquita ha jugado bien sus cartas.

Pero en su mente aún ronda la amenaza desconocida de la mañana, y la frustración por el destino de Penélope, y la pena por el de Julio, y el enfado con Edu, que sigue sin dar señales, y la impotencia por el trabajo echado a perder. Y Annika. Sobre todas las cosas, ella. Como si no tuviera ya bastante.

El paseo le ha llevado hasta uno de los bares más frecuentados del pueblo. Asoma la cabeza y encuentra a varios conocidos con quienes ha compartido estudios, fiestas y alguna otra cosa más. Sin pensarlo, se suma a ellos y pide algo en la barra. Es una buena forma de dejar de darle vueltas a la cabeza.

69.

Socorro rastrea YouTube hasta dar con lo que busca.

Es el tercer capítulo de *La Patrulla Canina* que Celia va a ver hoy. Su hijo y Violeta siguen sin dar noticias, y se siente agotada. Y también intranquila. Le dijeron que tenían un asunto urgente que atender y ella les contestó muy solícita, como siempre, que tardaran lo que hiciera falta.

Pero ya es más de media tarde y siguen sin aparecer. Celia ha comido, ha dormido la siesta y ha montado un puzle con ella. Se la nota cada vez más agitada, aburrida ya de estar toda la tarde encerrada en casa. Una niña como ella necesita acción, pero se resiste a salir ante la idea de que vuelvan sus padres, y también a llamarles; no quiere dar a entender que les presiona.

Se pregunta si habrán tenido algún problema. La verdad es que siempre que pueden dedican su tiempo a la niña, no como los padres de algunas amigas suyas, que la mitad de los fines de semana les llevan a los críos para descansar. Violeta le deja la niña todos los días, pero por motivos de trabajo. Y es que ya no es como antes, piensa, los dos tienen que trabajar para sacar una familia adelante. O quizá es que los jóvenes de ahora necesitan más cosas. Antes se vivía con menos. Fuera como fuese, Antonio y Violeta lo hacen lo mejor que pueden.

Aunque podían haberla avisado, coile.

70.

El otoño ya ha extendido su tapiz de rojos y dorados.

La belleza del parque se acentúa con esa fiesta de colores de la naturaleza. La Isla, ubicada en pleno Guadiana, es el pulmón de la ciudad y principal lugar de paseo para los emeritenses, que contemplan las caudalosas aguas del río, el puente romano o la Alcazaba mientras cumplen el objetivo diario que les marca el podómetro de su teléfono móvil. Annika ha dado varias vueltas al perímetro junto a Tabita, y el paisaje, sumado a las endorfinas generadas por las carreras, ha contribuido a la sensación de bienestar de la que se siente imbuida ahora mismo.

Tras una buena ducha, se enfunda el pijama y se prepara para una noche de cine. Una película de Buster Keaton será el colofón perfecto para acabar bien el día. Está dudando entre *El moderno Sherlock Holmes* o *El maquinista de la General* cuando repara en el móvil, olvidado en la mesa del salón. Violeta no le ha devuelto la llamada. Se pregunta si estará molesta por que no le haya contestado estos días. Marca de nuevo los dígitos que tiene memorizados desde hace años. Le pedirá perdón e irá mañana sin falta a Badajoz. En realidad, se muere de ganas de verlas a la niña y a ella. Suenan varios tonos hasta que finalmente alguien responde. Una voz masculina.

—¿Antonio? —pregunta con extrañeza.
—¿Con quién hablo?
—Soy Annika, ¿quién eres tú?
—¿Puede decirme dónde llama?

Annika se separa el móvil de la oreja y lo mira desconcertada, como si él pudiera darle la respuesta al por qué de esa pregunta absurda. Pero la pantalla tan solo le confirma que está llamando al teléfono de Violeta.

—¿Puede decirme usted con quién hablo? Este es el móvil de mi amiga.

—Disculpe, ¿dice que está llamando a una amiga? ¿Cómo se llama?

—Annika, ya se lo he dicho.
—Me refiero a su amiga.

Ahora sí, Annika comienza a inquietarse.

—Violeta. Violeta Consuegra.

Oye un cuchicheo de fondo. La voz masculina transmite los datos a alguien. Después vuelve al teléfono:

—Verá, ha habido un accidente. Violeta no puede ponerse y le agradecería que me ayudara a localizar a sus familiares.

71.

Julio no ha tenido un fin de semana fácil.

Para empezar, aún no sabe si Edu y Bruno preferirán vivir libres de riesgos y le tocará hacer las maletas. Cuando se fue el viernes a la casa familiar, todavía no se sabía nada de Edu. En cambio, le ha agradado la reacción de Bruno. Era la que más temía, pues fue a quien puso en peligro con las malditas cuchillas de afeitar. Aunque no se ha pronunciado aún sobre si está dispuesto a seguir compartiendo el piso, al menos no le ha despreciado ni se ha quitado de en medio como Edu.

Por otra parte, ha decidido afrontar la situación con su familia. Odia hacerles daño, pero no tiene alternativa. Vivir en una mentira no lo es.

Así que se plantó en Villanueva de la Serena, el pueblo en el que se crio y donde el resto de su familia sigue viviendo, y desnudó su verdad una vez más. Ha transcurrido un día entero y su casa sigue pareciendo un funeral. Su madre no ha parado de lamentarse, y su padre ha entrado en un mutismo que no parece tener fin. Incluso su hermana, que siempre le ha apoyado, parece ahora perdida.

La única buena noticia del día ha sido la llamada de Antonio para confirmarle que no está infectado. El jaleo de fondo apuntaba a que se había ido de farra y se le notaba exultante. Se alegra por su amigo; ojalá él pudiera hacer lo mismo. Además, es un peso que se quita de encima.

Se dice que ya ha pasado la peor parte: se lo ha contado a todas las personas con las que ha mantenido relaciones, a sus compañeros de piso y ahora, por fin, a su familia. Sabe que hay que darles tiempo. Y, luego, quedarse con quienes le quieran lo suficiente para pasar por encima de prejuicios y reproches.

Comenzará de nuevo. Se apoyará en las personas que le acepten tal y como es, incluido el virus que lleva en su cuerpo, y se tratará a fin de estar en la mejor forma posible y disfrutar lo que la vida le ofrezca. Se marcará un rumbo y lo seguirá. En los últimos años se ha dejado llevar. Lo que le supuso declarar públicamente su homosexualidad le había liberado, y se había dejado arrastrar por esa euforia de su propia identidad. Había entrado en una dinámica en la que el orgullo de ser lo que era, y encontrar a otros como él que le amasen y a quienes amar, se había vuelto el eje central de su vida. Y así se habían sucedido los años. Comenzando historias, acabándolas y volviendo a empezar, disfrutando de esa sensación de montaña rusa una y otra vez. El tiempo libre fuera del trabajo y de sus fiestas y amoríos lo dedicaba a la organización en la que hacía activismo, aparte de ser el lugar donde había conocido a muchos de sus chicos. Es una parte importante para él, contribuir a allanar el camino para los que vengan detrás, o para quienes lo tengan más difícil. Y para seguirse apoyando y arropando, porque salir del armario no significaba no pasar por dificultades. A diario uno podía encontrarse con insultos, desprecios y discriminaciones.

Sin embargo, una parte de él se sentía vacío, por mucho que lo escondiera detrás de buenas causas y relaciones esporádicas. Es el momento de plantearse algún cambio, de atreverse a hacer las cosas con las que siempre ha soñado. No saber el tiempo del que dispone le parece el mejor motivo para empezar cuanto antes.

Sonríe por primera vez desde que llegó a Villanueva. Hablará con su hermana; quiere transmitirle su optimismo para que sepa que todo va a estar bien.

72.

Annika conduce de forma un tanto errática.

Acelera para llegar cuanto antes, pero se frena al comprobar la velocidad. Sabe que no es bueno ponerse al volante presa de la angustia, así que intenta centrarse en lo que está haciendo.

El hombre del teléfono no le ha dado muchos detalles. Solo sabe que ha habido un accidente en las afueras de Badajoz, que Violeta está implicada y que se la han llevado al hospital. No se tarda menos de cuarenta minutos desde su casa en Mérida, de modo que su amiga ya estará allí cuando ella llegue.

Violeta es su familia, la única que tiene. Desde que se conocieron en el centro de acogida donde ambas pasaron parte de su infancia y su adolescencia, no se habían separado. Cuando el resto de los niños se iban con sus familias los fines de semana y las vacaciones, ellas se quedaban allí, sin nadie que fuera a recogerlas.

Quienes estaban en ese centro tenían circunstancias especiales por las que sus familias no podían hacerse cargo de ellos, muchas veces solo temporales, pero aun en el caso de que no lo fueran, quien más y quien menos tenía una madre, una abuela o unos tíos con los que pasar los días festivos. Eran pocos los que, como ellas dos, estaban completamente solos, así que la una se había convertido en la familia de la otra. Habían sido amigas, hermanas, confidentes.

En un entorno vulnerable en el que a muchos niños les costaba adaptarse a la sociedad y con frecuencia arrastraban a otros, ellas, gracias al apoyo mutuo, se mantuvieron al margen de los riesgos que veían de cerca y se responsabilizaron de sus vidas muy temprano. Así habían discurrido los años en el colegio, en el instituto o cuando consiguieron independizarse en un piso juntas. Compartieron su libertad y, poco a poco, cada una dirigió su vida en un sentido, los estudios, la profesión, llegó Antonio para quedarse, más tarde Celia, y ambos se sumaron a ese núcleo que ellas habían creado, aunque las alejaron cuando Violeta se fue a vivir a Badajoz. Pero el vínculo seguía intacto. Como en cualquier familia, sabían que en los momentos importantes nunca fallarían.

Ahora siente terror ante la idea de que algo grave pueda haber ocurrido. La desazón le oprime el pecho mientras alterna la mirada entre la carretera, el reloj y el velocímetro, ansiando llegar, temiendo saber.

Comienza a ver Badajoz. El hospital está justo al lado opuesto, casi en la frontera con Portugal. Sigue en la autovía y toma la última salida antes de entrar en el país vecino. Cuatro rotondas después, aparece el edificio. Es tarde de visitas y el aparcamiento está atestado. Da varias vueltas en el colmo de la desesperación hasta que divisa un vehículo que sale, ocupa su lugar y se precipita fuera del automóvil.

73.

Pregunta por Violeta en el primer mostrador que encuentra.

Allí le indican una sala de espera en la que aguardar hasta que vengan a informarle. En la sala se encuentra con la madre de Antonio.

—Socorro, ¿qué ha pasado?

La mujer está tan nerviosa que parece incapaz de hablar.

—Se fueron por la mañana —susurra al fin.

—¿Quiénes? ¿Los tres? —De la garganta de Annika emerge una voz chillona, irreconocible.

—Antonio y ella. Me dejaron a la niña.

Annika deja escapar un suspiro de alivio. Al menos Celia está a salvo. De camino al hospital ha barajado todas las opciones y le espantaba pensar que a la niña le hubiera sucedido algo. Pero entonces Antonio sí estaba con ella. Y sin embargo, el hombre que contestó al teléfono le había pedido información sobre los familiares.

—¿Qué más sabes, Socorro?

—Estuve todo el día esperando y no venían. Y pensar que me enfadé con ellos... por egoístas...

La mujer se quiebra y comienza a llorar. Annika aguarda sin saber muy bien qué hacer. Tras unos instantes, Socorro recobra la compostura y prosigue:

—He dejado a la niña con la vecina, no podía hacer otra cosa. Y desde que llegué me tienen aquí, sin saber...
—Celia va a estar bien. En cuanto todo esto se aclare, yo misma te acerco a casa.

Socorro esboza una sonrisa tristísima y ambas continúan la espera hasta que, tras lo que parece una eternidad, una médica se les acerca.

—¿Familiares de Violeta Consuegra y Antonio Solera?
—Somos nosotras —confirma Annika.

La mujer la mira dos veces, escéptica. Parece que va a decir algo, pero finalmente les pide que la acompañen.

La doctora las invita a tomar asiento en su despacho y les dedica una mirada compasiva antes de comenzar a relatar los hechos:

—Violeta y Antonio han sufrido un grave accidente de tráfico. Desconocemos aún las causas, pero los servicios del 112 se han encontrado con una situación complicada. Antonio está siendo intervenido en estos momentos y su estado es muy comprometido.

Socorro ahoga un grito de angustia. Annika le toma la mano con torpeza y se la aprieta.

—Ha sufrido importantes lesiones, pero hasta que no concluya la operación no podremos darles más detalles.

—¿Y qué pasa con Violeta? ¿Cómo está? —pregunta Annika con el corazón en la boca.

—En cuanto a ella... —La mujer inspira hondo. De nuevo esa mirada de lástima.

—¡¿Qué?!
—Siento decirles que no ha podido hacerse nada.

Annika encaja el golpe sin una sola reacción. Ahora es Socorro quien oprime su mano, pero ella no siente nada.

—El vehículo que conducía Antonio se salió de la carretera. Derrapó y colisionó con una encina en las afueras de la ciudad. La única explicación es que el conductor perdiera el control; al parecer, tenía una alta dosis de alcohol en sangre —explica la facultativa—. El espacio del copiloto ha quedado destrozado, y con él, el cuerpo de Violeta, que no lo ha resistido. Lo siento muchísimo.

Durante unos momentos, en la sala solo se escucha el lamento de Socorro, agudo como el aullido de un perro herido. Después, la médica continúa:

—Tenemos todas las esperanzas puestas en salvar a Antonio. Sin embargo, ha sufrido lesiones de extrema gravedad. —Hace una parada, toma aliento—. Solo el tiempo y los resultados de la intervención podrán indicarnos si han sido irreversibles y... si ocasionarán o no la muerte del paciente.

El rostro descompuesto de Socorro contrasta con el de Annika, que sigue totalmente inexpresivo. Es ella quien toma las riendas y hace todo lo que se supone que hay que hacer. Pregunta detalles, trata de dar ánimos a la madre angustiada, regresa con ella a la sala de espera, sigue esperando. Desde fuera se diría que controla la situación, pero una apariencia de irrealidad la envuelve. Entiende lo que le han dicho y sin embargo no puede creerlo. Antonio, entre la vida y la muerte. Violeta, muerta. Violeta, muerta. Muerta. Se lo repite a sí misma una y otra vez, pero sigue sin asumirlo.

En sus años como policía, Annika ha vivido más o menos de cerca varios accidentes de tráfico, y ha contemplado el sufrimiento de las personas queridas, los estragos que causan. Esa tragedia que tantas veces ha visto en otros de repente le ha golpeado a ella, a su familia. Y no puede hacer nada. No puede hacer nada más que llorar la muerte de Violeta. Y no es capaz de llorar.

DOMINGO, 23 DE OCTUBRE

74.

Bruno se toma el segundo café en la mesa camilla.

Su madre tiene puesta la televisión a todo volumen, pero él no le presta atención. Piensa en doña Paquita. Se había puesto como excusa el reportaje sobre la explotación de mujeres para no dejarse convencer, pero ahora vuelve a estar de brazos cruzados.

Al principio creyó que podría encontrar la forma de seguir adelante a pesar de la paliza. Pero Annika fue muy clara, y justo después llegó aquella amenaza. ¿Cómo obtuvieron su dirección de correo electrónico? Tampoco es que lo ponga muy difícil: aparece en su perfil de LinkedIn, en el blog personal donde publica sus haikus y quién sabe en cuántos sitios más. Lo que está claro es que alguien se ha preocupado de buscarlo. Y de algo más que eso: las fotos así lo demuestran.

Y luego está lo de Penélope. No sabe qué le empujó a quitarse la vida, pero estaba sumergida en ese mundo hasta el fondo. Ella misma le advirtió del peligro. La señal no podía ser más clara, no es un lugar en el que ir a meter la cabeza.

Sin embargo, se ve incapaz de olvidar a la chica del tatuaje. Le prometió que la ayudaría.

Princesas tristes.
En el castillo presos,
tréboles verdes.

¿Acaso un mensaje intimidatorio basta para incumplir su promesa? Se pregunta cómo habrá sido la vida de Alma en los días que han transcurrido desde su visita. Por cuántos hombres más habrá sido utilizada. Cuántas más como ella habrá en España, en el mundo. Cuántas tiene encerradas esa red que Annika quiere desarticular.

Tiene que hacer algo. Aún no sabe qué, pero algo. Después de todo, ¿qué pueden hacerle esos hombres? Él no es como ellas. Es un ciudadano legal, con su deneí, su residencia, su familia. No está desprotegido. No es invisible.

Su madre aparece fregona en mano. Hace rato que trajina aquí y allá. La casa desprende el olor a la lejía con aroma a pino que evoca recuerdos de su infancia, y ella canturrea un estribillo de Celentano con expresión feliz. Detiene el canto al verle con el café en la mano.

—*Ma, figlio, che fai?* He traído churros del Agapito.

—No los he visto.

Carla suelta el mocho y vuelve con el papel de estraza grasiento.

—No se puede ser más despistado. Toma, anda.

Se sienta junto a su hijo y le observa engullir los churros.

—Ayer desapareciste por la noche —dice como si nada.

—Me lie un poco.

—Ya veo. Entonces, ¿cómo fue con doña Paquita?

—*Mamma*, esto es juego sucio. No se puede atacar así antes de acabar el café.

—Qué tonto estás. Pues nada, ya me cuentas cuando tú lo consideres. —Carla pone cara de indignación.

Bruno traga antes de claudicar.

—Si ya sabes lo que te voy a decir...

—Pues quiero oírlo.
—Tenías razón.
—¿Y por qué tenía razón? —dice su madre con recochineo.
—La prejuzgué. Es una mujer muy interesante.
Carla no escatima una sonrisa de satisfacción.
—Deberías fiarte más de tu madre.
—Ya, y anda que tú me ibas a contar algo de todas esas guerras.
—Yo no soy quién para hablar de la vida de nadie.
Bruno se muerde la lengua. Su madre no se caracteriza precisamente por su discreción. Si en el pueblo alguien quiere hacer correr una noticia, sabe que no tiene más que contársela a la italiana.
—Entonces, ¿qué? —insiste ella—. ¿Vas a escribir ese libro?
—No me lo pidió.
—¿Cómo que no? Pues no veas lo que me ha insistido a mí.
—Me dejó intrigado y luego me soltó que era hora de echarse una cabezadita y me dio puerta.
Su madre se echa a reír.
—Eso es típico de doña Paquita. ¿Y qué, funcionó?
A Bruno le cuesta reconocer que sí.
—Ya no lo veo como algo tan soporífero.
Su madre le mira con reprobación.
—Qué quieres, sentarme a escuchar batallitas de una octogenaria no está entre mis aficiones.
—Ay, hijo, cuánta tontería. Con lo que se puede aprender de la gente mayor. Pero ya lo has comprobado por ti mismo.
Bruno pone los ojos en blanco.
—Entonces —prosigue ella—, hoy me pasaré por su casa y negociaré las condiciones. Ya verás, voy a ser tu mánayer.
—No tan deprisa, vaquera. Tengo muchas cosas en la cabeza, ¿sabes? Está ese reportaje que aún no he terminado...
—Del que sigues sin hablarme más que para decirme que no te han pagado por él.

—Primero hay que colocarlo.

—¿Y qué pasa si no lo consigues? Sabes que no es un trabajo bien hecho lo único que cuenta, por desgracia. Tú mismo me has explicado cómo funcionan los intereses de los medios.

Bruno gruñe. Detesta que su madre utilice contra él sus propios argumentos.

—Mira, voy a hablar con doña Paquita. Puedes empezar su historia y al mismo tiempo seguir con esa otra tuya. Estoy segura de que eres capaz de hacer dos cosas a la vez, que para algo te he criado yo —zanja ella.

75.

Carla entra por la puerta en estado de euforia.

—¿Qué te he dicho? ¡La mejor mánayer del mundo!
Bruno no puede evitar una carcajada.
—Anda, cuéntame en qué habéis quedado.
—Irás un par de veces por semana —explica mientras se sienta en el sofá junto a él, que se incorpora para hacerle un hueco—. Por las tardes, que es cuando mejor le viene. En las primeras sesiones te contará así en general, para que tengas una visión de conjunto. Revisaréis entre los dos la estructura, y cuando la decidáis, iréis profundizando en cada capítulo.
—Ya veo que lo tenéis todo pensado.
—No importa lo que tardéis siempre que sea razonable —sigue ella—. Que doña Paquita es muy mayor y tampoco hay que eternizarse. Cuanto antes acabéis, antes quedará tranquila la mujer. Y con un poco de suerte, podrá verlo publicado y disfrutar de los beneficios de las ventas.
—Sí, venga, el cuento de la lechera.
—Qué gruñón eres, *figlio*. Y mira, ya que estás aquí, puedes empezar hoy y así te ahorras un viaje.
—Creo que se te olvida un pequeño detalle.
—De eso nada. Te pagará cuatrocientos euros al mes, y

otros mil más cuando el libro esté acabado. Marta, la hija de Luisa, la que se sacó la carrera de Derecho, se ha ofrecido a prepararos un contrato. En cuanto esté, lo ves con ella y lo firmáis.

Bruno deja escapar un silbido. Tal y como están las cosas, le parece un chollo. Organizándose bien, seguirá teniendo mucho tiempo libre y le garantizará una mínima estabilidad los meses que dure el encargo. Y, para qué engañarse, tiempo es justo lo que le sobra ahora.

—¿Qué me dices? —azuza Carla.

Él observa su cara expectante y se hace rogar un poco. Luego atrae a su madre hacia sí y la achucha entre sus brazos.

—Que eres mi mánager favorita.

76.

La noche se ha hecho interminable.

No ha sido hasta varias horas después que alguien ha ido a avisarles de que la operación de Antonio ha concluido. No hay motivos para la alegría, pero tampoco para lamentarse: su estado continúa grave y el pronóstico es reservado. Los médicos no se atreven a pronunciarse sobre cómo podrá evolucionar.

Annika ha logrado convencer a la madre de Antonio para que se vaya a descansar unas horas con el compromiso de ir a buscarla temprano y recogerla de inmediato si sucedía cualquier cosa. Ella no quería dormirse, pero en algún momento el agotamiento se sobrepuso y no despierta hasta los primeros ruidos del trajín de la mañana. Hace mucho desde la última comida y su estómago empieza a exigir un poco de atención. Avisa a un enfermero por si viene alguien a informar a los familiares de Antonio y se va.

Tras devorar una tostada de aceite y jamón puede ver las cosas con más claridad. Hay mucho que afrontar, relacionado con la despedida de Violeta, y también con Antonio y Celia. Comienza a organizarse mentalmente hasta que recibe la llamada de Socorro. Antes de las nueve, Annika ya está en la puerta de su casa. La mujer sale con una bolsa de viaje en la que ha metido alguna muda y objetos de aseo personal.

—¿Cómo está Celia? —pregunta Annika nada más verla aparecer.

—Le he dicho que sus padres se han ido de viaje y tiene que quedarse por aquí unos días.

—Me gustaría verla.

—Mira, Felipa va a llevarla con sus nietos para que se distraiga. Quizá podamos acercarlas nosotras.

—Claro.

Socorro llama a la casa de al lado y una señora de su misma edad abre la puerta.

—Felipa, esta es Annika, una amiga de Violeta. Hemos pensado que podemos llevaros a casa de tu hija en un momentito, de camino al hospital.

—Ya sabes que para mí no es problema. Pero pasad, estamos acabando de desayunar.

Al ver a la niña en la cocina de una desconocida, a Annika se le encoge el corazón. Celia ha perdido a su madre y no parece que su padre pueda ocuparse pronto de ella. ¿Qué vida le espera a la pequeña? Está tan seria allí sentada que parece saber lo que se le viene encima.

Hace un esfuerzo por tragar saliva y se acerca.

—Hola, cariño.

—Tita.

Annika la coge en brazos y la llena de besos.

—Cuántas ganas tenía de verte. Qué mayor estás.

—Ya tengo cuatro años y medio.

—Y pareces todavía mayor.

La niña afirma con la cabeza. Annika vuelve a sentarla frente a un tazón de leche a medio terminar.

—Hoy vas a ir a conocer a unos amigos de tu edad. Seguro que lo pasas muy bien.

—Quiero ir con mamá.

—Ella y papá han tenido que irse de viaje, por eso te llevamos nosotras.
—Mentira.
—¿Cómo?
—No me lo han dicho.
—Porque... porque ha sido un viaje muy precipitado.
—¿Qué es eso?
—Pues que no sabían que tenían que irse y no les ha dado tiempo. Pero me han dicho a mí que te lo diga.
—Ah.

La pequeña parece poco convencida. No es la primera vez que Annika siente que entiende las cosas mejor que los adultos. Celia percibe otras señales: se fija en las caras, los gestos, las emociones que flotan en el aire. Y sabe que algo no va bien. Aun así, acaba diligente su desayuno y se deja llevar por las tres mujeres.

—¡Dile a papá y a mamá que vuelvan pronto! —chilla la pequeña cuando baja del coche junto a Felipa.

77.

—*Era una cría cuando estalló la guerra.*

Bruno ha seguido la hoja de ruta marcada por su madre. Tras levantarse de la siesta ha ido a casa de doña Paquita, que estaba ya esperándole con el café humeante y los dulces encima de la mesa. Ha de reconocer que es fácil sentirse como en casa con esa mujer. Han merendado plácidamente y después, sin más preámbulos, ella ha comenzado a relatar su historia.

Se centra en cómo se vio obligada a emigrar junto a su padre cuando su madre murió ejecutada por los sublevados, al haber estado significada en el bando contrario y colaborar con la resistencia republicana.

Su madre había sido una de las mujeres que se organizaron en asociaciones feministas para reivindicar su equiparación de derechos con los hombres. Con la llegada de la República, el proceso de cambiar las mentalidades y de alcanzar conquistas sociales para las mujeres, su lucha comenzó a cobrar mayor relevancia.

Su padre, sin embargo, no se identificaba con ningún partido político ni organización. Su filosofía de vida era la de intentar sobrevivir sin meterse en complicaciones. Pero no se oponía a la labor de su compañera, sabía que era la pasión de su vida y que tenía que comulgar con ciertas ruedas de molino si quería seguir a su lado.

—Al tiempo que mi madre se involucraba cada vez más, los dos bandos radicalizaban sus posiciones sobre la idea de lo que debíamos ser las mujeres. Todos nos utilizaban —dice doña Paquita con amargura—. Los republicanos explotaron el símbolo de la miliciana beligerante, que no estaba dispuesta a permitir las discriminaciones hasta entonces perpetradas contra ella. Mientras, los fascistas se encargaron de convertir en perversa esta imagen. Las rojas fueron demonizadas: encarnaban un nuevo modelo social entre mujeres y hombres que subvertía su sistema de valores y que para ellos llevaba implícita la pérdida de la feminidad.

—Una feminidad que acarreaba unos roles asignados que no estaban dispuestos a perder —tercia Bruno.

—Exacto. Por eso sus reivindicaciones merecían un castigo ejemplar.

—No podían permitir que se salieran con la suya.

—Tenían que purificarlas y señalarlas. Utilizaron el cuerpo de las mujeres como frente de guerra en el que humillar al enemigo. Y el de mi madre fue uno de ellos.

Doña Paquita agarra un vaso mediado de agua y bebe hasta no dejar ni gota. Bruno aguarda a que ella retome la historia de su madre, una de las víctimas de ese duelo de concepciones antagónicas.

—Le raparon el pelo al cero —sigue por fin—. Solo le dejaron un mechón para atarle un lazo rojo, y así la pasearon por el pueblo. Pero antes le hicieron tragar el aceite de ricino para aumentar la afrenta y la vergüenza.

La anciana aún lo recuerda con nitidez, y su voz se endurece al relatarlo.

—Todos estaban allí. Hasta mis compañeros de clase se reían viendo hacerse de vientre a mi madre en mitad de las calles.

Después vino lo peor. Amparándose en los testimonios de algunos hombres y mujeres del pueblo, se le acusó de haber contribuido al derrumbe de la moral católica. Y se decretó su ejecución. La encerraron y, según llegó a sus oídos de boca de algún vecino malicioso, la continuaron vejando hasta la noche en que la mataron.

—Mi padre intentó salvarla por todos los medios, y eso que sabía que con ello nos podía poner en peligro a él a y a mí misma. No se paró ni a pensarlo, estaba como enloquecido. Pidió ayuda a cuantos conocía: el cura del pueblo, familias bien posicionadas para las que había trabajado, vecinos identificados en el bando contrario. Pero, aunque mi madre no había empuñado nunca un fusil, había colaborado con los que sí lo habían hecho.

Doña Paquita continúa su relato. Cuando comprendieron que los intentos de salvarla serían en vano y su madre finalmente fue ejecutada, su padre sintió que era hora de marchar para siempre del pueblo y del país. Henchido de rencor hacia sus vecinos y compatriotas, se prometió que nunca volvería a poner un pie en España.

A medida que doña Paquita narra los acontecimientos y le permite a él profundizar en su biografía, y también en el pasado reciente de España, le invade una sensación de tristeza y a la vez de reconocimiento hacia esa mujer. Ha infravalorado su historia, incluso ha dudado de que tuviera una historia, y comienza a descubrir que, más allá de que el escrito final vea o no la luz, ella tiene derecho a contarla.

78.

Bruno aparca el coche a un par de manzanas de su bloque.

Aunque Carla le ha animado a quedarse a dormir en Montijo, ha preferido marcharse. Quiere vencer el miedo que se la ha instalado en el cuerpo desde que le fotografiaran en el balcón. No, no va a refugiarse en casa de su mamá, ni tampoco permitirá que controlen su vida esos mafiosos de tres al cuarto.

No obstante, se siente aliviado al oír música de fondo en el piso. Julio escucha desde el sofá una de las canciones más melancólicas de Los Secretos. Se acerca a saludarle.

—¿Qué tal? ¿No ibas a quedarte en Villanueva?

—Esa era la idea.

Bruno se sienta a su lado.

—¿No ha ido bien con tus padres?

—Pichí, pichá. Pero no es por eso por lo que he vuelto.

—¿Por qué, entonces?

—Es algo todavía peor.

—No me asustes, tronco.

—La chica que ha muerto en el accidente de Badajoz era la mujer de un amigo.

—¿Qué accidente?

—Joder, Bruno, para ser periodista no te enteras de nada.

Ayer se estrelló un coche en Badajoz. El que conducía es amigo mío y está muy grave.

—Lo siento, tío. Cuando voy al pueblo desconecto de todo.

—¿Sabes qué es lo más chungo?

—Dime.

—Antonio es uno de los antiguos rollos con los que hablé. Ayer me llamó para confirmarme que no estaba infectado. La única buena noticia de toda la semana. Y unas horas después, esto. ¿Es o no es un asco?

—Pues sí. —A Bruno no se le ocurre qué otra cosa decir.

—Pues sí —repite Julio.

Así se quedan ambos un rato, hasta que Bruno cambia de tema:

—Yo vengo de un curro que me ha salido en el que me han hablado de la Guerra Civil española.

—Madre mía, de la trata de mujeres a la guerra. Vas de mal en peor —bromea Julio con una sonrisa que, no obstante, no le alcanza a los ojos.

—Me tiene rayado, no te creas. Igual influye que mi familia no lo vivió —reflexiona en voz alta—. Hubo otras circunstancias, jodidas también, en la Italia de la época, pero no estas. El caso es que nunca he entendido a los que siguen con la obsesión de escarbar en el pasado.

—Se llama «recuperar la dignidad de los muertos» —puntualiza Julio algo ofendido—. Y, de paso, cicatrizar las heridas de sus familias.

—Ya. —Bruno le mira inseguro. Va con pies de plomo—. En la uni coincidí con algún compañero volcado en desempolvar los crímenes de la guerra, algo me contó de esto, pero no sé.

—Hombre, que a estas alturas una democracia asentada aún no los reconozca, pues igual muy sano no es.

—Admito que ahora comprendo algo mejor a quienes piensan de esa forma. Debe de ser difícil olvidar cuando al padre de uno le sacan de su casa en mitad de la noche para pegarle un tiro y arrojarle a una fosa desconocida o cuando a la madre la humillan, vejan y violan. ¿Cómo puede haber ideas que amparen tanta crueldad? ¿Tanto ensañamiento?

—Es un asco —resume Julio—. Pero vamos, que cuando has llegado he pensado que igual me animabas y ya veo que vas a acabar de hundirme en la miseria.

—No seas bobo. A mí me ha motivado, la verdad. Porque ahora entiendo que si al menos se cuenta, si se condena aunque sea solo de palabra, algo se aplacará en el corazón de esas familias, algo que podrá al fin descansar. Eso es parte de lo que subyace en la necesidad de mi clienta de contar su historia —sigue—. Que las humillaciones sufridas por la mujer que le dio la vida encuentren resarcimiento en la manifestación expresa de la injusticia cometida.

—Si es que tienes alma de escritor, coño. Cuando quieres, da gusto oírte.

Bruno le pega un pescozón. Julio le golpea con el cojín del sofá y él se lo tira de vuelta. Ambos se ríen. Luego Bruno cambia el tono:

—Oye, ¿qué tal con tu familia? ¿Pudiste decírselo?

—Se lo dije, y no se lo tomaron muy bien, pero es lógico. No es para hacer una fiesta.

Bruno asiente, comprensivo.

—Quien me preocupaba más era mi hermana, porque no me hablaba, y no sabía qué podía estar pasando por su cabeza. Pero se me ocurrió proponerle dar un paseo y nos vino genial. Primero fuimos por el parque del Rodeo y luego tiramos para arriba, al paseo del Ferrocarril, ¿te acuerdas? —Bruno ha ido alguna vez con Julio a las fiestas del pueblo y lo conoce—. Acabamos sincerándonos en uno de los bares de la plaza de España. Conseguí que entendiera que si ella no está bien, yo tampoco voy a estarlo. Mi hermana es muy importante para mí, ya lo sabes.

245

—Lo sé.

—Pues nada, tío —zanja Julio—, que me voy a la cama, que ya he tenido bastantes tensiones por hoy. Como esto siga así me van a matar los disgustos antes que el sida.

Bruno sonríe con tristeza. Enciende la televisión y busca una película de superhéroes que no le haga pensar. Hoy ya no le da la cabeza ni para haikus.

LUNES, 24 DE OCTUBRE

79.

Acaban de dar las siete de la mañana.

Y Annika ya está de vuelta en el hospital. Anoche regresó a Mérida con el propósito de asearse y tratar de descansar un poco. Se ha vestido de riguroso negro y se ha estirado su cabello abultado recogiéndolo en un moño alto, lo que le da un aspecto muy diferente a su imagen habitual, pero también más acorde con lo sombrío de la situación y de su ánimo. Cuando llega, Socorro la está esperando.

—¿Alguna novedad?

La mujer niega con un solo movimiento de cabeza. En su cara se refleja todo el dolor contenido.

—¿Te acerco a tu casa para que puedas arreglarte para el entierro? —se ofrece Annika.

—Pensaba llamar a un taxi.

—Qué dices, yo te llevo.

El interés de Annika no es puramente altruista. Necesita ver a la niña de nuevo, saber que está bien. Y abordar otra cuestión que le preocupa. Lo hace ya en el coche:

—Habrá que contárselo a Celia.

—No hay prisa para eso.

—Pero hoy se entierra a su madre. ¿No debería saberlo?

—Por Dios bendito, Annika, que tiene cuatro años.

—En algún momento deberá enterarse, y no tiene sentido seguir ocultándoselo —insiste ella—. Ya oíste lo que nos dijo ayer. Sabía que le mentíamos.

—Bobadas.

—Además, ¿qué pasa si lo averigua de otra forma? En la guardería, por ejemplo. Alguna madre podría irse de la lengua.

—La gente no es tan desalmada, por favor. Tanto andar con criminales te habrá frito el cerebro.

Annika se muerde la lengua. Es una situación difícil para todos, ha de ser comprensiva.

—Podemos explicárselo, que esté presente en la misa.

—Ni hablar. —Socorro la mira como si hubiera perdido el juicio—. Mi niña no verá un entierro.

—Pero no podrá despedirse de su madre.

—Qué tontería. Es muy pequeña, no se enterará de nada.

—Entonces, ¿cuál es el problema?

—Pues que estas cosas no son para niños. Imagínate que le da por llorar, ¿quién va a estar pendiente de ella?

—Yo.

—No lo veo adecuado.

Annika no insiste. Ambas están demasiado exhaustas para discutir.

Cuando llegan, le pregunta a Socorro si podrán ver a la niña.

—Tengo que hablar con la vecina para ver qué va a hacer con ella hoy. —Socorro consulta su reloj—. Son las siete y media, seguro que está levantada hace rato.

—¿Ya?

—Qué quieres, hija, las mayores somos así. Ya hemos dormido todo lo que teníamos que dormir.

—Déjame hacerlo a mí —se adelanta Annika—. Mientras, descansa un poco. Lo organizaré todo con Felipa y pasaré a recogerte sobre las once.

—Está bien. Pero quítate esa idea de la cabeza, ¿eh?

La vecina aparece en la puerta perfectamente acicalada. Lleva el pelo cano ahuecado a golpe de peine y un colorete de tono salmón le da vida a sus mejillas. Viste camisa y falda oscuras y sobrias, y una rebeca echada por los hombros completa su atuendo.

—Entra, niña, Ana te llamabas, ¿verdad?
—Annika.
—Siéntate en el brasero, Anita, que a estas horas refresca.
—¿Celia está despierta?
—Aún no. ¿Crees que debo llevarla a la guardería?
—Yo tampoco sé qué es lo mejor —confiesa—. Podemos esperar a que se despierte y decidir según la veamos.
—Sí, parece buena idea —concede Felipa mientras se acomoda junto a ella.

Ambas permanecen en silencio sin saber muy bien qué más decir. Al poco ven aparecer a la niña con el pelo revuelto y cara de sueño.

—Pero, Celia, ¿qué haces levantada?
—He oído a la tita.
—¿Te he despertado, corazón? —Annika la sienta sobre su regazo.

La pequeña se deja acunar como si aún fuera un bebé.

—¿Por qué estáis tan calladas? —dice de repente.

Como solo obtiene más silencio, repite la pregunta y clava sus enormes ojos en los de Annika, que se siente incapaz de seguir con el engaño.

—Tengo que contarte algo.
—¿Mamá y papá?
—Sí, cariño.

Socorro sabe que algo ha ocurrido nada más entrar por la puerta. Las caras de angustia de Felipa y de Annika las delatan.

—¿Dónde está la niña?

—En la habitación, no quiere hablar con nadie —contesta la vecina con gesto culpable.

Socorro mira muy seriamente a Annika.

—Tenía que hacerlo. No tiene sentido ocultárselo.

—Dios mío. Si querías ser de ayuda, tenías que haberla llevado a la guardería y no meterte donde no te llaman —rezonga mientras entra en la habitación a ver a su nieta.

Cuando sale, está aún más furiosa.

—Es hora de ir al tanatorio. Felipa, hazme el favor de cuidarla este rato más, después ya veré yo cómo me encargo.

—Sabes que no es molestia.

—Yo puedo... —comienza Annika.

—Tú ya has hecho bastante —despacha la abuela de Celia.

80.

El buen tiempo del fin de semana se ha disipado.

No se ha visto aún un solo rayo de sol cuando los albañiles acaban de sellar la nueva morada de Violeta en el camposanto. El astro rey permanece oculto tras unas nubes que amenazan con descargarse sobre sus cabezas en cualquier momento.

—¿Te llevo al hospital? —pregunta Annika a una rígida Socorro.

—Te he dicho que ya has hecho bastante.

—Entonces me encargaré de Celia.

—Ni hablar.

—¿Cómo vas a estar en el hospital y cuidar a la niña a la vez? Necesitas ayuda. Yo podría cogerme unos días en el trabajo —sugiere—. Celia es para mí tan importante como para ti.

—Eso no lo digas ni en broma. La familia de Celia somos Antonio y yo. Haré las cosas a mi manera.

Annika acusa el golpe con una mueca de dolor. El entierro le ha mermado muchas de las fuerzas que hasta entonces había logrado reunir. Las palabras del párroco, ver cerrarse el féretro que aloja a su amiga y contemplar cómo lo transportaban y lo introducían en un nicho que después cementaron con la indiferencia de quien lo ha hecho miles de veces... todo ello ha provocado que la inercia dé paso a un estado de conmoción que le oprime el pecho.

De camino a casa se pregunta si ha hecho lo correcto. Mucha gente, en su intento de proteger a los niños, cree que es mejor ocultarles las cosas, pero Celia se estaba dando cuenta de que pasaba algo grave. ¿Tenía sentido darle largas y seguir incrementando la ansiedad de la chiquilla? No lo sabe. Lo que sí sabe es que se ha puesto a su abuela en contra, y eso ha sido una torpeza. Una más.

81.

Julio se topa con Bruno al abrir la puerta.

—¿Qué haces?
—Estaba currando un poco. ¿Qué tal en Badajoz?
—Muy triste. Cuando muere una persona joven siempre es mucho más penoso. Hasta el día acompañaba, tan oscuro.
—¿Pudiste darle el pésame a tu amigo? —pregunta Bruno.
—Qué va, si está en la unidad de cuidados intensivos con pronóstico reservado.
—Joder, cuánto lo siento.
—Tiene una niña pequeña, ¿sabes? Yo ni siquiera llegué a conocerla, porque... bueno, digamos que yo me relacionaba con él en otros espacios.
—Ya, ya...
—Con cuatro años. Y ahora, la madre muerta y el padre en la UCI. Vaya panorama.
—...
—La verdad es que no sé si tenía sentido ir, pero era como que se lo debía, yo qué sé.
—Te entiendo.
—Ni conocía a las que recibían el pésame —continúa Julio—. Una mujer mayor y una chica negra. Alguien me dijo

que la mayor era la suegra de Violeta, o sea, la madre de Antonio. La otra sería su hermana adoptiva o algún rollo así. El caso es que me suena su cara.

La referencia a esa chica arrastra los pensamientos de Bruno hacia Annika una vez más. ¿Qué habrá hecho el fin de semana? ¿Habrá salido por ahí de fiesta? ¿Le habrá tocado trabajar? ¿O se habrá quedado en casa viendo películas de esas viejas con su perra?

—Oye, ¿se sabe algo de Edu? —La pregunta de su compañero le obliga a volver a la realidad.

—Nada.

Bruno lo dice con pena. No le gusta esa situación. Le hace sentir mal a Julio, pero también a él.

—¿Sabes qué? Voy a llamarle —dice en un arrebato.

—¿A llamarle? —Julio se pone nervioso—. Pero... ¿para qué? ¿Qué vas a decirle?

—Solo quiero saber si está todo bien.

Julio mira con ansiedad cómo Bruno marca el número de Edu. En el fondo, él también necesita saber.

—¿Edu? ¿Qué pasa, tío? (...) Nada, me extrañaba no verte en tantos días. ¿Todo OK? (...) Vale, no te preocupes. (...) Cuando tú puedas, tío. (...) *Ciao*.

Bruno se gira hacia Julio.

—Dice que tiene algo entre manos, que cuando pueda, vendrá por aquí y lo sabremos.

Su compañero vacila antes de preguntar lo que de verdad le preocupa:

—¿No te ha dicho nada de mí?

—No.

—Ya.

—Igual no tiene nada que ver con lo del otro día —añade Bruno.

Julio asiente con la cabeza. Sabe que es una de esas frases amables que ni siquiera se cree quien las pronuncia.

82.

Miguel divisa a su jefe desde la otra punta de la oficina.

Ha estado de viaje de negocios en Barcelona y no ha aterrizado en el aeropuerto de Talavera hasta esa misma mañana.

Pablo apoya el maletín sobre su mesa y se quita la chaqueta.

—¿Qué tal por aquí?

Trata de darle un tono informal a sus palabras, pero se le sigue notando el porte autoritario, de líder habituado a mandar y ser obedecido.

—Todo en orden. ¿Y tu fin de semana?

—¿Qué fin de semana? —bromea—. Nada como un buen domingo de trabajo para comenzar el lunes con energía.

Miguel esboza una sonrisa. Por mucho que se queje, sabe que su jefe es incapaz de desconectar de la empresa.

—Tenemos asuntos que tratar —dice Pablo con gesto serio—. Vamos, pasa. Y cierra la puerta.

Despachan durante más de una hora. Pablo da instrucciones y Miguel va anotándolas. Cuando acaba de ordenarle todo lo que lleva en la cabeza, deja que su secretario le ponga al corriente de lo sucedido en su ausencia.

—Recuerdas lo que te comenté de la policía, ¿no?
—¿Siguió insistiendo?
—Mucho. He tenido que darle cita para esta tarde.

Pablo tuerce el gesto.

—¿A qué hora?
—Sobre las cinco.

El gerente consulta el reloj con una nueva mueca de disgusto.

—Está bien, avísame cuando llegue.

Miguel asiente inexpresivo, pero no se mueve de allí.

—Si no hay nada más... —Pablo trata de dar por concluido el despacho, pero su secretario sigue sin hacer ademán de levantarse.

—¿Y bien? ¿Qué sucede, Miguel?
—Verás... Esa policía... no me gusta.
—¿Por qué?
—Hizo preguntas... inusuales.
—¿Inusuales?
—Parece que alguno de los compañeros le fue con chismorreos.

El gerente se mueve a disgusto en su sillón.

—¿A qué te refieres, Miguel? No te sigo.

Su secretario respira tratando de infundirse coraje.

—Insistió sobre la relación que había entre Sara y tú. Intentaba sonsacarme algo. Como queriendo decir que podía ser más que profesional... ya sabes.

Pablo permanece callado unos instantes. Después le clava una mirada glacial.

—¿Y tú, qué le dijiste?
—Me hice el tonto. ¿Qué otra cosa podía hacer? Además, no me preguntó expresamente, solo dejaba caer cosas: que si Sara se quedaba aquí muchas tardes después de que yo me hubiera ido, que si despachaba más de lo habitual... No sé si me explico.

—Perfectamente. Gracias, Miguel —masculla para dar por ventilada la conversación.

Luego gira la cabeza hacia la ventana y se dedica a observar el cielo cargado de nubes plomizas hasta que oye el sonido de los pasos de su secretario y la puerta cerrándose tras él.

83.

Annika está presenciando otro entierro.

Hay mucha gente que llora desconsolada, pero ella no reconoce a nadie. Aun así, aguarda a que acabe la misa y se coloca en la cola para dar el pésame a los deudos, como hicieran con ella tan solo unas horas antes. Mientras espera, distingue a Bruno entre la multitud, sentado en uno de los bancos de la iglesia. ¿Qué hace allí? Él le devuelve una mirada indescifrable. Intenta saludarle, pero no puede. Como tampoco puede deducir lo que él piensa sobre ella. Cuando por fin llega al final de la cola, ve que es Álvaro quien recibe las condolencias: es el entierro de Sara. Pero está esposado, y es Jiménez quien le vigila. Al verla, el exnovio de Sara la acusa de no haber hecho nada por ella. En eso parece estar de acuerdo con el inspector.

Entonces se percata de que el féretro está abierto. La sangre ha teñido de encarnado el interior. La imagen es escalofriante, casi más que la escena del crimen. ¿Por qué la tienen así? Se acerca para cerrar la tapa y entonces Sara abre los ojos y la mira. «¡Ayúdame! ¡Ayúdame!».

Se despierta invadida por el desasosiego y trata a duras penas de recuperar los retazos del sueño para que no se pierda en el territorio del olvido. Los sucesos de los días anteriores la han confundido, se siente perdida y todo le pasa factura: el asesinato de Sara con sus incógnitas, la red de tráfico y aquel extraño suicidio, la muerte de Violeta, el destino de Celia y Antonio, el de Álvaro...

Las palabras de la víctima regresan con claridad a su mente: «¡Ayúdame! ¡Ayúdame!». Como si acaso algo pudiera ya salvarla. Pega un respingo. Acaba de recordar que hoy tenía una cita con el jefe de Sara. Mira el reloj y se lleva una mano a la cabeza. Hace hora y media que debería haber ido.

El sueño le ha recordado la responsabilidad moral que siente hacia ese caso. Y la alternativa, quedarse en casa recordando a Violeta, acabaría del todo con sus fuerzas. No puede permitírselo.

Se alisa como puede el traje de chaqueta que aún lleva puesto y sale a toda prisa hacia el coche.

84.

Miguel ordena metódicamente cada una de las carpetas.

Luego las dispone sobre la mesa con precisión milimétrica. Es su ritual de preludio del fin de la jornada, pues tiene la esperanza de que el jefe no tardará en irse.

Los días anteriores han sido duros. Una atmósfera lúgubre ha dominado la oficina y cuando empezaba a disiparse, la visita de la policía volvió a alterar al personal. Se pregunta por qué no habrá acudido a la cita, pero no ha acabado de pensar en ello cuando la ve aparecer.

—Buenas tardes. ¿Qué desea? —pregunta con tono cortante.

—Como recordará, tengo una reunión con Pablo Velasco.
—Tenía —precisa él—. A las cinco de la tarde.
—Otras labores policiales me han impedido acudir antes. ¿Podría avisarle?

Miguel la mira con cara de pocos amigos.

—Espere ahí.

Indica los asientos situados a unos metros. Luego levanta el teléfono y Annika le oye susurrar:

—Está aquí. (...) Dice que ha tenido que encargarse de algún asunto antes. (...) Que ahora te avisaba. (...) Lo siento.

—Ahora la voz de Miguel apenas es audible. No hay duda de que se está ganando una bronca.

Cuando cuelga, Annika le mira expectante.

—Ahora sale.

Ella asiente con cara de satisfacción y agarra una revista sobre salud para hacer tiempo. Veinte minutos después, las páginas y su paciencia se agotan. A Miguel se le ve absorto en sus tareas, como si se hubiera olvidado de ella. El resto del personal se ha ido y tan solo parecen quedar el gerente y su secretario. Por fin la puerta se abre. Tras ella sale un hombre en la cuarentena, metro ochenta de altura y constitución atlética que se insinúa con el pantalón de traje y la camisa. Tiene la corbata floja y las mangas remangadas.

Pablo sonríe dejando entrever una hilera de dientes blancos bien alineados. Al mismo tiempo, fija en ella unos impenetrables ojos azul cielo.

—Disculpa que te haya hecho esperar —dice con voz melosa—. Pensaba que no vendrías y andaba liado cerrando unos asuntos.

A Annika le sorprenden el tono y el tuteo, pero le caza al vuelo. Es un seductor nato.

—Soy yo quien debe disculparse por no acudir a la hora.

—Seguro que una agente de la ley como tú ha tenido cosas más importantes que hacer. —Otra vez esa sonrisa—. Pasa, por favor.

Se hace a un lado mientras sostiene la puerta. Antes de entrar él, se dirige a su secretario:

—Miguel, no es necesario que te quedes. Yo me iré en cuanto acabe con la señorita.

Esa última frase chirría a Annika. Ignora si es prepotencia o, al igual que el detalle de la puerta, una forma anticuada de galantería. Y no sabe cuál de las dos cosas le molesta más.

—Siéntate, por favor.

Señala la silla al otro extremo de su imponente escritorio,

mientras que él se acomoda en el sillón de directivo. Hay una mesa de reuniones dentro del despacho, pero ha escogido hacer ostentación de su poder. Ella se sienta y le clava una mirada exhaustiva. No la va a intimidar con su sonrisa, su tuteo, ni con ese gran sillón desde el que la mira. Ella también ha visto *El gran dictador*, sabe cómo funciona eso.

Él le sostiene la mirada, como si le estuviera leyendo el pensamiento. Tras unos segundos, su rostro se relaja y se permite una nueva sonrisa. Una, si cabe, más magnética y conquistadora. Puro casanova.

—Dime en qué puedo ayudarte.

—Como su secretario le habrá explicado, vengo a hablar de Sara.

Él se torna serio con una facilidad pasmosa.

—Estamos rotos de dolor.

—Sin embargo, usted ha seguido con su agenda. Llevo varios días tratando de cazarle.

—El *show* debe continuar. Ya imaginarás que no es fácil sobrevivir con la que está cayendo.

—¿No lo es?

—En absoluto. Son muchos los centros que han cerrado, el margen de beneficios ha disminuido y luchamos cada día para poder conservar a nuestro personal con nosotros —explica—. Con la incertidumbre reinante, no sabemos lo que sucederá al día siguiente. Casi podría decirse que nos concentramos en abrir una jornada más.

—Lo entiendo. Aunque imagino que la gente sigue enfermando igual, con o sin crisis económica.

—La economía impregna cada parcela de nuestra vida —replica él con tono profesoral—. La salud, por desgracia, no es una excepción. La gente aguanta más antes de comprar un medicamento, o recurre a remedios caseros. Pero lo que de verdad nos perjudica son las medidas que están tomando los gobiernos.

—¿Ah, sí?

—La exclusión de la financiación pública de muchos fármacos o la extensión de los medicamentos genéricos. Para reducir costes, optan por que los médicos receten genéricos como norma habitual, y con ello nos infligen un daño terrible.

—Eso último parece lógico. —Annika le sigue la corriente sin saber a dónde conduce toda esa cháchara—. ¿Por qué pagar más solo por la marca? Un medicamento no es algo que se compre por capricho.

—Permíteme decirte que ese argumento es injusto. Hacemos grandes inversiones en las fases de investigación y desarrollo hasta poder registrar nuevos medicamentos, y son muchos los controles que debemos seguir durante el proceso. Como empresa, no cabe esperar otra cosa que recuperar ese dinero en la comercialización del producto.

—Ya.

—Ejercemos una labor social, y sin embargo nos ponen piedras en el camino. En lugar de obtener ayudas de los gobiernos, como sucede en otros muchos sectores menos esenciales. Por no hablar de la calidad de esos medicamentos genéricos, que no está a la altura de la de los nuestros.

Annika no puede contener una mueca. El victimismo de un alto cargo de la empresa privada le provoca una indignación difícil de digerir. Pero si quiere obtener algo de él, más le vale tratar de granjearse su confianza.

—Nunca lo había considerado desde ese punto de vista —dice con actitud de buena alumna.

Él sonríe complacido.

—Nadie se preocupa de contar esa cara de la historia. Pero no has venido aquí a hablar de esto. Dime, ¿cómo puedo ayudarte? Me consta que has interrogado a los trabajadores que más se relacionaban con nuestra compañera.

—A todos menos a ti. —Annika se pasa también al tuteo.

Pablo arquea una ceja.

—Tengo entendido que Sara despachaba contigo directamente. —Él se limita a mirarla y esperar a que continúe. Annika traga saliva—. Como ya expliqué a tu secretario, nos gustaría tener una visión completa de la vida de la víctima anterior a la tragedia. Todo lo que sepas puede ayudarnos.

—¿Yo? Como no te cuente las tareas que le mandaba...

—Pablo, eres una de las personas con las que más trataba en la empresa. —Annika se carga de paciencia—. Y pasaba muchas horas aquí. Aunque no lo creas, me ayudarás a completar el perfil que nos vamos haciendo de ella.

—Te seré sincero. —Sus ojos azules se clavan nuevamente en los de Annika—. Soy un hombre de negocios. No me considero una persona observadora y no presto mucha atención a mis empleados. Intento ser amable, que parezca que me importan, pero mi cabeza está en las cifras. Lo que hago lo hago por la buena marcha de la empresa. Liderazgo emocional y todas esas tonterías.

—Esas tonterías.

—Mi secretario me ayuda. Me dice cuándo el pariente de algún trabajador está en el hospital, cuándo alguien ha tenido un hijo o cuándo se incorpora si ha estado de baja. Me avisa si alguien ha traído dulces con motivo de su cumpleaños para que me acerque a felicitarle. Cosas así. Pero si te digo la verdad, ni siquiera recuerdo los nombres de todos los empleados.

—¿Tampoco los adscritos a tu área?

—No me malinterpretes, aquí trabaja mucha gente. Es cierto que en gerencia es distinto, despacho con cada uno para agilizar las gestiones. Pero eso no significa que sepa si están casados o solteros, si les gusta el fútbol o a dónde fueron de viaje las últimas vacaciones.

—¿Ese es también el caso de Sara? ¿No sabías que tenía pareja?

Pablo permanece callado unos segundos antes de contestar.

—Sara no llevaba mucho en el departamento. Era una

chica con potencial, pero le faltaba mucho por aprender. Despachaba con ella a menudo porque quería que se formara cuanto antes.

—¿Eras una especie de tutor? Suena algo paternalista.

—A decir verdad, la sobrecargué de trabajo. —Él se encoge de hombros—. Era la única forma de que asimilara deprisa el funcionamiento del área. Pero aunque estuviera hasta arriba de tareas, de una forma u otra siempre las sacaba adelante. Supongo que echándole horas.

—¿Sabes que eso le costaba serias discusiones en casa?

—Ese no es mi problema, si me lo permites. Yo marco el nivel y quien pueda que me siga.

El comentario le recuerda a Annika a su propio jefe, y por un momento los aborrece a ambos.

—Sin embargo, son esas cuestiones las que más me interesan en este momento —insiste, consciente de que Pablo ha evitado contestar—. ¿Sabías algo de la relación que tenía con Álvaro, su pareja?

Pablo juega con el bolígrafo, pasándoselo entre los dedos sin parar. Ese gesto delata su nerviosismo.

—Obviamente, no podía imaginar lo que iba a suceder. Sé que soy una persona fría, pero tampoco hasta ese punto.

Annika permanece en silencio a la espera de que acabe respondiendo a su pregunta. Ahora es ella quien le mantiene la mirada.

—Sí, sabía que tenía pareja y que no era una relación fácil —claudica Pablo—. Sara era una chica guapa. Y a mí, pues me gusta... no sé, llámalo «coquetear». Alguna broma, algún piropo de vez en cuando.

—La sedujiste —concluye Annika.

—No, no —replica él—. Al menos no era mi intención. Pero a raíz de esos flirteos, me confesó que tenía que volver siempre a casa en cuanto saliera de la oficina.

—¿Cómo sucedió?

—Fue una tarde que nos habíamos quedado hasta última hora. Me apetecía tomar un martini para acabar el día y la invité. Esa fue su respuesta. Se la veía angustiada.
—¿Nada más?
—Ya te digo que era una chica mona, sin más. No lo suficiente como para meterme en problemas por ella.
—Entiendo.
—Si has acabado con las preguntas, me esperan un par de asuntos urgentes.

El tono de Pablo no deja duda al respecto: el interrogatorio ha terminado. Annika se pone en pie.
—Gracias por tu tiempo.
—No hay de qué. En el caso de que necesitaras algo más, ya sabes dónde estoy.
—Espero que sea más fácil esta vez.
—Los negocios son duros. Pero supongo que siempre podemos encontrar tiempo a última hora. Tomando un martini, por ejemplo. —Pablo le guiña un ojo cómplice.

Annika deja pasar el comentario con cara de disgusto. Mientras recorre el camino inverso para salir de la nave y llegar al coche, trata de formarse un juicio sobre él. No sabe si ha tratado de engatusarla o simplemente no hay más que lo que le ha contado. Porque lo cierto es que no se ha cortado a la hora de exponer su falta de interés hacia los demás. Es una persona preocupada solo por sí mismo. Ni siquiera por sí mismo. Por mantener su negocio, su puesto, sus beneficios.

¿Se enamoró Sara de alguien así? Rechaza la idea, pero al momento recuerda su primera impresión. Una cara bonita, un cuerpo atlético, un magnetismo de donjuán y el halo de poder que le proporcionaba el puesto. En alguien que llevaba años interiorizando mensajes de inferioridad, esas galanterías podrían despertar sentimientos que creía olvidados. Pero cuando él había dado un paso más, ella se había asustado. O eso era al menos lo que Pablo le había querido hacer ver.

85.

Annika echa un último vistazo al edificio.

En la planta de arriba hay una única luz, la que pertenece al despacho de Pablo. Imagina que no tardará mucho en irse. Saca el coche del aparcamiento y decide estacionar en un lugar donde no pueda ser vista con tanta facilidad. Tal y como esperaba, a los pocos minutos la luz se apaga y algo después Pablo se despide del conserje y sale hacia los aparcamientos.

El directivo sube a un flamante Audi A8 negro. Ella se encoge en su asiento al verlo pasar, espera a que se distancie lo suficiente y arranca de nuevo.

La nave se encuentra cerca de un polígono en la carretera de la Vía de la Plata, paralela a la autovía del mismo nombre. El coche de Pablo no toma el desvío para incorporarse, por lo que deduce que no saldrá de Mérida. Se da cuenta de que ni siquiera sabe dónde vive; podría haber residido en Cáceres o en Badajoz, ya que es mucha la gente que tiene su trabajo en la capital extremeña pero prefiere una ciudad más grande para vivir. Pero parece que los hados están de su parte. Le sigue durante un puñado de rotondas, hasta que ve cómo se enciende el intermitente y el vehículo se desvía hacia una urbanización construida antes de que se iniciara la crisis del ladrillo.

Desacelera para dejar aún más distancia entre la gran berlina de Pablo y su modesto Ibiza. El gerente realiza un par de giros más y señaliza con el intermitente de nuevo, esta vez para entrar en el garaje de un casoplón de diseño exclusivo. Para a una distancia prudente y se pregunta qué hacer a continuación.

Observa la vivienda. No tendrá menos de quinientos o seiscientos metros cuadrados, y aunque la verja garantiza la privacidad de la que solo los ricos pueden gozar, se atisba una piscina en un jardín convenientemente iluminado para el disfrute de su propietario. Sí, está claro: Pablo ha sabido sacarle buen provecho a la defensa de sus valores empresariales.

Está valorando darse media vuelta cuando un coche gira en el cruce. Instintivamente, se encoge de nuevo en el asiento. El vehículo aparca a la altura de la casa de Pablo, alguien sale del coche y llama a la puerta. Desde esa distancia no puede verlo bien. Pablo abre y, al retirarse para franquearle el paso, la luz de la casa ilumina a la recién llegada. Es una mujer y, para sorpresa de Annika, la conoce.

86.

La puerta se cierra y ella permanece expectante.

Pero la verja no permite ver nada. Tras el asombro inicial, una sensación de desasosiego se apodera de ella. Son cerca de las nueve de la noche. ¿Qué hace allí Montse a esas horas? La única forma de averiguarlo es seguir a la espera. Y eso es lo que piensa hacer.

Las diez y media. Las once. A medida que el tiempo transcurre, tiene que hacer mayores esfuerzos para no pegar cabezazos. Medianoche. Piensa en abandonar, pero la luz del salón sigue encendida. Allí nadie se ha ido a dormir. ¿Qué es lo que se le está escapando? Fue Montse quien le metió en la cabeza el chismorreo sobre una relación entre Sara y Álvaro. La una de la madrugada. Aunque los demás también entraron al trapo. ¿O lo hicieron solo porque ella insistió en la posibilidad? La una y media. Ya no sabe qué creer. Se le cierran los ojos. Es la tercera noche sin apenas dormir. Por fin, cerca de las dos, la puerta se abre y la figura de Montse aparece recortada en las sombras de la noche.

Annika quiere seguirla, pero sabe que a esas horas llamaría demasiado la atención. Casi al instante, la luz de la planta baja se apaga y en su lugar puede apreciar la tenue iluminación de una lámpara de noche en el piso superior. A los pocos minutos, la vivienda se sume en la oscuridad. Son las dos y media. «Buenas noches, Pablito», susurra. Es hora de irse a la cama ella también.

MARTES, 25 DE OCTUBRE

87.

A Bruno se le ha pasado la mañana volando.

La ha dedicado a transcribir las vivencias de doña Paquita y a refrescar sus conocimientos sobre la guerra civil española. Ha leído sobre el alzamiento, sobre el contexto complejo que lo precedió y el caldo de cultivo que fraguó los componentes de aquel dieciocho de julio. También sobre los años de la guerra, las conquistas, la resistencia, y sobre el prolongado sitio de Madrid, su rendición y el comienzo del régimen. Ha analizado documentación referente a las represalias y recorrido la historia de España hasta el fin de la dictadura, y ahora se lamenta de las oportunidades perdidas de ese país que le ha visto crecer, de los cuarenta años en los que se prohibió al pueblo decidir por sí mismo y se le oprimió en su libertad de expresarse y de dirigir su propio rumbo. Del talento perdido, de las personas que se exiliaron para salvar la vida y, también, del sufrimiento de tantos corazones por no haber sido capaces, gobernantes y ciudadanía, de cerrar ese capítulo de una forma más reparadora.

Bruno ha dado con otra injusticia que reivindicar, y esa es la gasolina que alimenta su motor personal. Siente que contar la historia de quienes sufrieron parte de esos atropellos puede ser una forma de dignificar y reconocer lo sucedido.

Cuando consulta el reloj ya es hora de partir para Montijo. Sale del piso y va dando un paseo hasta el coche.

El día se presenta nublado y se ha levantado un viento intempestivo poco habitual. La niebla matutina persiste a esas horas como en los peores días del invierno que ya se avecina.

Es esa una característica de la climatología de Mérida. Las brumas que invaden cada rincón, propiciadas por el paso del río Guadiana, y que hacen a la ciudad cambiar de fisonomía y parecer un lugar radicalmente distinto a aquel que fuera en pleno agosto, con el sol brillante golpeando sin piedad.

Para la mayoría de los emeritenses es un fenómeno muy apreciado, algo consustancial al paisaje propio de la ciudad. Son las nieblas de la mártir, unas nieblas que pueden ser sobrecogedoras, pero que encantan a quienes las han conocido desde la infancia, personas que las esperan al adentrarse la época y las respiran en las frías tardes de noviembre y diciembre. Y es que a Bruno, que no ha compartido con ellas el paso de los años, le cuesta entenderlo. Son propias de un tiempo frío, de una humedad que cala hasta los huesos y hace la conducción más difícil.

Lo de la historia de su origen es otro cantar. Cuenta la leyenda que cuando santa Eulalia fue capturada en el siglo IV por practicar el cristianismo, los romanos la condenaron a caminar desnuda por las calles. Quiso Dios librar a la niña de esa gran ignominia tendiendo una densa capa de nieblas por toda Emerita Augusta para que nadie pudiese verla como Él la trajo al mundo. No evitó, eso sí, que le desgarraran la carne con garfios, que le quemaran los pechos y le fregaran las heridas con piedra tosca, que le arrojaran plomo fundido y aceite hirviendo, que la lanzaran calle abajo dentro de un tonel lleno de cristales, ni tampoco que la arrojaran al horno de cal. Pero oye, por lo menos los vecinos no la vieron en cueros.

Al recordar esa historia no puede dejar de hacer un paralelismo con lo ocurrido con tantas mujeres en los pueblos de

España en pleno siglo xx. El paseo rapadas, marcadas y haciéndose de vientre durante el recorrido mientras todo el pueblo las ridiculizaba. Justo antes —o a veces después— de violarlas hasta aburrirse.

Piensa en lo poco que ha cambiado la historia en veinte siglos. La barbarie de los hombres siempre parece ser capaz de inventar formas más crueles de tortura en el sexo opuesto. La vejación arbitrada a través de sus cuerpos fue utilizada tanto por quienes castigaban por creer en las ideas cristianas, como por los que, veinte siglos después y en el mismo lugar, condenaban la defensa de unas ideas y valores diferentes.

¡Qué martirio cruel!
Si de mujer se trata,
siempre peor es.

88.

Annika se despierta sin saber dónde está.

Tarda unos segundos en reconocer su habitación y unos cuantos más en recordar todo lo demás. Montse. Pablo. Violeta. Violeta, Violeta. No. El dolor en el pecho de nuevo. Y un sonido persistente y familiar dentro de su cabeza. Dentro no. Fuera. Tabita. Es la pata de Tabita, que araña la puerta con insistencia. Se tapa con la manta y se hace todavía un poco de rogar, hasta caer en la cuenta de que la luz se cuela con una fuerza inusitada entre los agujeros de la persiana.

—¡Las diez y media!

Hace más de dos horas que la esperan en comisaría. Suelta un juramento, últimamente no da una a derechas. Sale de la cama ignorando el entumecimiento de sus músculos y se mete directa al baño.

Mientras se viste se dice que no pasa nada por ser indulgente consigo misma. Aunque no le corresponden los días libres de los que sí hubiera dispuesto por el fallecimiento de un familiar, su relación con Violeta lo es a todos los efectos. Solo ha dejado de acudir el día del entierro y hoy se incorporará a media mañana. Y si hay algo que la caracteriza es ser cumplidora en su trabajo.

Como en una grabación a cámara lenta, agarra una manzana por todo desayuno y saca a Tabita a la farola de enfrente. De regreso, coge las llaves del coche y, con la misma lentitud y falta de ánimo, conduce de forma mecánica hasta la comisaría. Pasa sin saludar, se sienta y enciende el ordenador. Viéndose incapaz de concentrarse, se dirige hacia la máquina de café, donde encuentra a Mati y a Sonia de cháchara. Ambos se callan nada más verla.

—Lo siento mucho, Annika. —Mati es el primero en romper un silencio que comienza a ser bastante incómodo.

—Y yo —dice Sonia—. Oí lo del accidente, pero hasta ayer no supe que era amiga tuya.

—Gracias. —La angustia le atenaza la garganta.

Annika sabe que no es santo de la devoción de Sonia, quien por lo general la considera distante, incluso engreída, pero ahora no duda en acercarse y darle un abrazo.

A Annika le coge por sorpresa. Al principio permanece rígida, pero poco a poco se deja llevar. Mati contempla la escena conmovido.

—Si hay algo que podamos hacer, solo tienes que decirlo —susurra Sonia al separarse.

Ella niega con la cabeza.

—Ahora lo importante es que el marido de Violeta se recupere.

—De todas formas, ya sabes —se suma Mati.

Annika saca su vaso de agua hirviendo y regresa a su mesa. Justo a tiempo para ver a Jiménez acercarse en la misma dirección.

—Agente Kaunda, a mi despacho.

Le sigue resignada. Jiménez le pide, o más bien ordena, que cierre la puerta tras ella. Empieza a acostumbrarse a esa situación.

—La he buscado desde primera hora y no estaba en su puesto.

Annika le mira incrédula. ¿Va a reprocharle que se haya incorporado más tarde el día después del entierro de Violeta? Podría tratar de hacerle entender cómo se siente, pero se niega a mostrarle su debilidad. Sabe que Jiménez la utilizará en su contra tarde o temprano. Siempre lo hace, y ella hace tiempo que ha aprendido esa lección.

El inspector está más que al tanto de la muerte de su amiga y ni siquiera le ha dado el pésame. Espera que ella lo mencione para justificar su falta. Pues no le dará ese gusto. No la verá vulnerable. No esta vez. Permanece callada hasta que Jiménez, exasperado, vuelve a hablar:

—¿Y bien?

—Tuve que resolver unos asuntos. Me incorporé en cuanto me fue posible.

—La veo muy descentrada. Sé que ha encajado un golpe estos días —dulcifica el tono de forma artificiosa—, pero esta situación viene de atrás. Primero esas indagaciones sobre clubes de alterne que ni siquiera le competen, y después el empeño en ir contracorriente con un culpable manifiesto. Con lo que ha sucedido este fin de semana, y créame que lo siento, me temo que las cosas no mejorarán.

—No volverá a pasar —masculla ella.

—Eso espero. Necesito a la tropa al cien por cien. ¿Tiene algo entre manos ahora?

Annika niega con fastidio. Ninguno de los dos casos que le interesan le vale a Jiménez.

—En ese caso, le haré llegar unos expedientes para que les dé salida cuanto antes.

Trabajo burocrático. Ella lo detesta y Jiménez lo sabe. Es su forma de castigarla por haberle desafiado en los días anteriores.

—Ya puede irse.

Annika vuelve a su mesa aún más desanimada. Quiere llamar al hospital, pero no se atreve a salir después de la reprimenda. Y menos aún le apetece hacerlo desde ahí y que el resto de sus compañeros puedan percibir su dolor.

Se queda lamentándose por tener un jefe como Jiménez. Antes de entrar en la comisaría había pasado por trabajos de todo tipo para pagarse el alquiler y los estudios, y nunca dio con una persona tan mezquina. Calculador y envidioso, se siente amenazado cuando tropieza con alguien competente. Por eso la hace sentir mal siempre que tiene ocasión. Detecta los puntos débiles del contrario y juega sus cartas. Jiménez ha visto su coraza. Sabe que detrás de esa pose orgullosa hay una persona sensible y preocupada por el juicio de los demás. De ahí que una de sus estrategias sea menospreciarla delante del equipo. Incluso cuando cierra la puerta del despacho, lo hace para que los demás sepan que la está reprendiendo por algo.

De otro lado, ha tenido suerte: no parece saber nada de las pesquisas sobre Sara. Le ha servido como aviso, debe tener más cuidado a partir de ahora.

Una compañera llega con una montaña de carpetas.

—Me han dicho que vas a echar una mano con esto.

—¿Qué es?

—Oficios, solicitudes de mandamientos, atestados. Un poco de todo. —La policía deja la pila sobre su mesa y esboza una sonrisa ladina—. Si acabas pronto, allí hay todos los que quieras.

Annika no está dispuesta a seguir regodeándose en el victimismo. Abre la primera carpeta y se pone manos a la obra.

Una hora después, cuando ya ha contestado varios oficios a los juzgados que después firmará Jiménez, le ve con el rabillo del ojo salir de su despacho. Confirma que se va, aguarda un par de minutos y, por fin, agarra el móvil y se levanta.

89.

Socorro descuelga el teléfono a los pocos tonos.

—Llamaba para preguntarte por Antonio.
La mujer reconoce la voz de Annika al instante.
—Ya creía que te habías olvidado de él —contesta, sin ninguna intención de disimular el reproche.
—Claro que no. ¿Cómo está?
—Los médicos parecen algo más optimistas.
—¿De verdad?
—Creen que podría despertar. —Socorro suaviza el tono ante la alegría de Annika.
—¿Se le puede ver?
—No, sigue en cuidados intensivos.
—¿Y sabemos algo más de las lesiones?
La mujer exhala un suspiro y se desahoga:
—Está mal. Tiene fracturas por todo el cuerpo, pero la peor es la del cráneo, que le provocó coágulos y fue la cirugía más complicada. Los médicos no quieren pillarse los dedos. Primero tiene que despertar, y luego habrá que hacerle muchas pruebas.
—En todo caso, son buenas noticias —dice Annika, tratando de infundirle ánimos.

—Me han dicho que tengo que estar preparada. Puede haber perdido funcionalidad en los músculos o en cualquiera de los sentidos.

—Hay que seguir esperando.

Se hace un silencio y después Annika retoma la palabra:

—¿Y Celia? ¿Cómo está?

—Pues no está bien. —Socorro no esconde su irritación—. Se pasa el día queriendo saber cosas sobre la muerte.

—Mi pobre Celia.

—Te equivocaste, pero ya no tiene remedio. Lo peor es que Felipa está mayor para hacerse cargo de ella.

—Yo podría ocuparme mientras tú estás en el hospital —vuelve a ofrecerse Annika—. Pediré vacaciones, tengo muchas pendientes.

—Ni hablar. Te la llevarías a Mérida y ni siquiera me vería a mí. Tiene que estar cerca de su familia.

—Entiendo.

En el tono de Annika se filtra la pena por saberse excluida, pero Socorro no está para sutilezas.

—No hay nada que tú puedas hacer —reitera.

Al otro lado de la línea, la agente se da por vencida.

—Te llamaré mañana para ver cómo sigue tu hijo.

90.

La campana de la iglesia toca las cinco de la tarde.

El sonido se superpone al del timbre de doña Paquita. Bruno escucha su voz desde el salón invitándole a pasar. El café humea encima de la mesa, preparado para servirse junto a las pastas en lo que comienza a ser una rutina. Una rutina que a Bruno no le disgusta en absoluto.

—Me va a estropear esta cinturita de avispa, doña Paquita.

—Pero si estás muy flaco. Come, anda, que hoy tenemos mucha tarea.

Deja que la anciana marque los ritmos y solo cuando ambos terminan con la merienda, ella carraspea y le mira de frente.

—¿Por dónde íbamos?

—Su padre hizo las maletas para emigrar de España.

—Las maletas es un decir. No era como ahora, ¿sabes? La gente se va una semana de vacaciones y se lleva diez kilos a cuestas. Antes poseíamos lo justo, y menos aún era lo que podíamos cargar en un viaje de esos. Y créeme, hijo, cuando te ves obligada a empezar de cero una y otra vez, te das cuenta de lo superfluo de llevar equipaje. Nos dan seguridad los bienes materiales, pero son otras cosas las que cuentan. Y a veces no solo es que no sea necesario, sino que es recomendable, y casi obligado, llevar la mochila lo más vacía posible.

—Esa reflexión puede aplicarse a otras cosas —dice Bruno, pensativo—. La mochila vacía. De prejuicios, de estereotipos, de ideas preconcebidas.

—Pero en fin, sigo —asiente ella—. Fuimos muchos los que abandonamos el país por temor a las represalias. Aunque para serte sincera, el verdadero motor de mi padre era el odio a las gentes del pueblo por lo que le hicieron a mi madre.

—No todos tuvieron la culpa.

—Unos fueron los ejecutores, pero muchos los que callaron. Yo acepté con el tiempo que lo hicieron por miedo, pero él nunca pudo perdonarlo. Tal vez porque murió demasiado pronto. Quizá no le dio tiempo a desprenderse del caparazón que se colocó para soportar los duelos.

—¿Duelos?

—El de la muerte de mi madre y el de la pérdida de identidad al alejarse de su tierra.

—Pero también sabía que corría peligro si se quedaba.

—Claro. Para el bando nacional éramos una familia de rojos, no se sabía hasta qué punto llegaría el exterminio ideológico. Ya entonces se rumoreaba que el régimen de Salazar hacía presos a quienes intentaban refugiarse en Portugal. Lo más seguro era llegar a Francia, así que emprendimos la marcha atravesando las regiones que aún se mantenían fieles a la República.

Bruno toma notas y doña Paquita sigue relatando todas las penurias hasta que consiguieron llegar a la frontera.

—Ahí nos esperaban nuevas dificultades.

—¿No era Francia un país amigo?

—Su gobierno ya estaba desbordado por todos los que cruzaron antes. Nos encontramos los puestos fronterizos cerrados y cuando al fin logramos cruzar, acabamos hacinados en un campo de concentración. Allí vivimos meses terribles. Me separaron de mi padre y sufrí la soledad y el desamparo. Además, la masificación provocaba todo tipo de enfermedades.

—¿Y los franceses no hacían nada por evitar aquello?

—Hijo, los franceses fueron los que nos metieron allí. No sabían qué hacer con tanto inmigrante, así que atrancaron las puertas. —En los ojos de ella se refleja la impotencia de antaño—. No te imaginas la xenofobia que respiraba el pueblo francés hacia los exiliados españoles. Su actitud de prepotencia, arrogancia y desdén que manifestaban cada día.

Doña Paquita se detiene para tomar un sorbo de agua y continúa, buscando con sus ojos los de Bruno:

—¿Te imaginas que tuviéramos la costumbre de ponernos en el lugar del otro antes de decir o hacer algo? No hemos aprendido nada de nuestro pasado y se nos volverá en contra una vez más. Cualquier persona merece ser tratada con respeto. Nosotros lo merecíamos y los que vienen, igual. Estamos a tiempo. Por eso quiero que escribas este libro —concluye.

Bruno asiente. De una parte, esa mujer le suscita admiración y ternura. De otra, aspirar a eso le parece de una ingenuidad aún mayor que la que él mismo a veces evidencia.

Doña Paquita sigue narrando lo que sucedió cuando salió del campo de concentración y se reunió de nuevo con su padre y la llegada a París, donde se establecieron y trataron de sobrevivir. Él murió al poco tiempo de una enfermedad que arrastraba a raíz de las penurias sufridas, de las que nunca fue capaz de sobreponerse.

—Y yo también habría muerto de pena si no hubiera conocido a François.

—¿François? —A Bruno le sale una sonrisilla. Por fin un amorío en la historia.

—Su cariño me rescató y me devolvió la esperanza. En un par de meses ya estábamos casados. —La expresión de ella se vuelve amarga—. Pero no me duró mucho.

—Vaya. ¿No salió bien?

—Llegó la Segunda Guerra Mundial y François se fue al frente a luchar. Yo la viví en París.

—No volvió...

—Nunca.

Doña Paquita se queda callada. Trata de disimularlo, pero a Bruno no se le escapa que tiene los ojos vidriosos. Alza la vista para consultar la hora en el reloj de pared.

—Ya está bien por hoy —decide.

—Siempre me deja con ganas de más.

—Así vuelves pronto.

—¿Qué tal el viernes? —sugiere él.

—Muy bien. Nos vemos el viernes, a la misma hora.

Bruno se va con una sensación extraña. Tras esas charlas siente una tristeza amarga que le cala hasta lo más hondo. Se dice que quizá sea ese el sabor de la injusticia.

91.

Annika acaba de hacer una tabla de ejercicio.

Abdominales, sentadillas, flexiones, *burpees* y varias series de pesas. Ni siquiera eso ha conseguido calmarla, tiene la mente demasiado activa. Querría haber corrido un buen rato para caer rendida, pero la tormenta le ha estropeado el plan.

El día ha sido penoso. Primero Jiménez con su charla, luego el regalito de los expedientes y, para colmo, Socorro le ha dejado claro que no confía en ella. Se le ocurre que aunque no pueda estar con Celia, al menos puede saber cómo se encuentra. Tan fácil como llamar a Felipa y pedirle que la niña se ponga al teléfono.

—¿Dígame?

—Soy Annika, ¿me recuerda? La amiga de Violeta. —Ante el silencio del otro lado, añade—: De la mujer de Antonio, el hijo de doña Socorro.

—Anita, claro, hija.

—Llamaba para saber cómo está la niña.

—Triste, ya sabes, pero bien cuidada. Ya me encargo yo de que coma y se acueste a sus horas.

—¿Podría hablar con ella?

—Espera un momento. Celia, ven, alguien quiere hablar contigo.

—¿Mamá? —escucha a la niña al otro lado del teléfono. Una punzada de dolor le recorre el pecho.
—No, cariño, soy tu tita.
—...
—Solo quería saber cómo estabas.
—...
—Celia, ¿estás bien?
—Quiero que mamá deje de estar muerta y que papá salga del hospital.
Annika vacila antes de contestar.
—Escucha, Celia, papá va a tardar todavía un poquito en salir del hospital. Se tiene que poner bien y allí le curan más rápido. Tienes que ser fuerte hasta que él vuelva, ¿vale?
—...
—Celia, ¿sigues ahí?
—Sí.
—¿Me prometes que vas a ser fuerte?
—Si te lo prometo, ¿vendrán papá y mamá?
Annika suspira.
—Si me lo prometes, seguro que papá se pone bien pronto y puedes verlo. —Piensa un momento y añade—: Y yo iré a verte a ti.
—...
—¿Eso te gustaría?
—Sí. Ven a verme, tita.
—Mañana iré y jugaremos un rato —decide.
—...
—¿Me das un beso?
—...
—Se ha ido para la habitación —contesta Felipa en su lugar.
—Quiero acercarme mañana al acabar la jornada. Llamaré antes de salir, ¿de acuerdo?
—Claro, Anita. Le vendrá bien.

Al colgar se siente aún más abatida. Si por ella fuera, habría cogido las llaves del coche y se habría ido directa a por Celia.

Busca una película a tono con su estado de ánimo y acaba dando al play en *La pasión de Juana de Arco*. El procesamiento inquisitorial, su cautiverio, las lágrimas que Maria Falconetti derrama en primer plano y que le recuerdan las que ella aún no es capaz de verter y la posterior quema en la hoguera, con la joven heroína francesa devorada por las llamas. Vamos, justo lo que necesitaba para no levantar cabeza.

Cuando el filme termina, vuelve a pensar en los acontecimientos de la noche anterior. ¿Qué significa la visita nocturna de la empleada a la casa del gerente? ¿Acaso es Montse, y no Sara, la amante del misterioso Pablo? ¿Por qué dirigir entonces las sospechas a una relación de la víctima con él? Y si... ¿Acaso estaba celosa de Sara? ¿Le preocupaba que pudiera cambiarla por ella? ¿Hasta dónde podría haberla llevado un temor así?

Como buen hombre de negocios acostumbrado a todo tipo de reuniones, Pablo supo dirigir la conversación hacia donde le interesó. La mayoría del tiempo versó sobre los problemas de la industria, y con esa galantería rancia de la que hizo uso, ella ni siquiera se atrevió a preguntarle por su vida privada. Sin duda, él lo habría interpretado como un posible flirteo, la única forma en la que hombres como él parecen saber relacionarse con las mujeres.

Abre el portátil dispuesta a averiguar algo más sobre esa industria. Lee aquí y allá, salta de una página a otra y se asombra cada vez más al constatar las monstruosas cifras que se mueven a nivel global, pero no solo en investigación, como Pablo se encargó de señalar, sino también en mercadotecnia o en los desproporcionados salarios de los que suelen gozar sus ejecutivos.

—Así se entiende lo del casoplón —masculla.

Tabita la mira como si tratara de entenderla, pero enseguida vuelve a meter su cabeza entre las patas.

Muchas de las páginas por las que navega hacen referencia a la polémica sobre los precios de los medicamentos, y cómo esas empresas patentan los fármacos y así adquieren la exclusividad del comercio durante un plazo más que suficiente para amortizar su inversión. Además, continúan manteniendo precios abusivos, aprovechándose de su posición dominante para obtener beneficios altísimos. Hay opiniones muy críticas sobre que sea este sector el principal impulsor del sistema de patentes y el que más presión ejerce sobre los países empobrecidos para hacerles seguir ese modelo, poniéndoles aún más difícil su propio desarrollo y la atención adecuada de la población enferma.

Son muchas las acusaciones vertidas en la red hacia la industria farmacéutica. Como la de promover enfermedades al medicalizar problemas de la vida rutinaria de Occidente, ya sea el estrés o el insomnio, con tal de incrementar las ventas. O la de crear nuevos medicamentos con el único objetivo de cubrir el espacio que deje uno anterior cuya patente haya vencido. Y todo a costa del dinero público que los financia. Como siempre, sale del mismo sitio, el bolsillo de las personas corrientes. Cuanto más lee, peor le cae Pablo Velasco, aunque quiere creer que también hay muchas personas dedicadas en cuerpo y alma a conseguir nuevas fórmulas para la curación de enfermedades.

—Pero los que llegan arriba son los que no tienen escrúpulos.

Tabita ahora se limita a recolocar la cabeza y sigue a lo suyo.

De todo lo que encuentra, lo que más le preocupa es la cuestión de los medicamentos falsos. Cada vez proliferan más las redes de venta de fármacos adulterados y falsificados. Sin ir más lejos, hace menos de un mes que una operación coordinada por la Interpol ha desactivado una red que funcionaba en más de cuarenta países.

El cansancio y el escozor de ojos la obligan a parar. Apaga el ordenador, se hace un ovillo junto a la perra y casi al instante se queda dormida en el sofá. Al poco, las dos están respirando al compás.

92.

Bruno va tan absorto que no le ve venir.

—¿Qué haces tú por aquí? —Un hombre se acerca a darle un apretón de manos.
—¡Hombre, Paco! ¡Qué alegría!
—Estás en la parra, ibas concentrado en tus cosas. ¿Cómo es que andas por el pueblo un martes?
—Es una historia un poco larga de contar.
Paco alza una ceja en señal de interés.
—Un trabajillo que estoy haciendo por aquí.
—¿Sobre Montijo?
—Más o menos.
—Y tu madre encantada, claro.
—No sabes cuánto —dice riéndose—. ¿Y Vane? —pregunta a continuación.

Vanesa es la novia de Paco. Paco y él eran inseparables hasta que su amigo comenzó a salir con ella y a distanciarse cada vez más. Ya apenas se ven, y si lo hacen es con la compañía de Vanesa. Así que a Bruno le ha costado asumir la pérdida de ese amigo con el que poder confiarse.

—Está en un curso, ahora le ha dado por la pintura. Yo me aburría en casa y salí a dar una vuelta.

—Pues habrá que tomarse unas cañas para celebrar este encuentro.

Paco consulta la hora en la pantalla de su móvil.

—Sí, tengo tiempo de sobra.

Ya en el bar, no tardan en ponerse al día de las novedades en sus vidas.

—¿Bueno, qué? ¿Alguna tía?

—Joder, Paco, desde que tienes novia parece que quieres emparejarnos a todos.

—Que no, hombre. Pero algún rollito tendrás, ¿no?

—Por ahí no rasques que no vas a sacar nada.

—Bah, tú nunca has estado demasiado tiempo sin mojar —le pincha su amigo.

—Te diría que estoy centrado en el curro, pero es que ni siquiera tengo esa excusa.

—Venga, si eras el más ligón del grupo. Con esa cara de pillo y tus poesías te las camelabas a todas en el instituto. Ahora ya con el pirsin no lo quiero ni pensar.

—Que es verdad —protesta—. Hay una tía que me gusta, pero no está por la labor...

—Ya sabía yo que algo te sacaba. Cuéntame.

Su amigo se frota las manos en un gesto que hace gracia a Bruno. Y total, a fin de cuentas no se ha desahogado con nadie. Así que empieza a hablar de Annika y, sin saber muy bien cómo, acaba contándole también el trabajo que empezó a hacer para ella.

—¿En serio estuviste en un puti tú solo?

—Y ya ves cómo me salió la broma.

—Yo no he vuelto desde que nos llevaron en la despedida de Ángel, ¿te acuerdas?

Bruno asiente con desagrado.

—Tampoco yo estoy orgulloso de aquello —confiesa Paco.

El periodista le habla de los detalles turbios del local, de las chicas que vio y de la conversación con el camarero.

—Me describió a las tías como si fueran la carta de un restaurante.

Paco pone cara de asco.

—No sé cómo la gente puede prestarse a eso. No piensan en la vida de esas mujeres, solo pagan sus cincuenta euros y la meten.

Bruno le mira sorprendido. Nunca había tenido una conversación de ese tipo con su amigo, pero no esperaba una reacción tan firme. Quizá el hecho de compartir la vida con Vanesa, una feminista convencida, le ha hecho empatizar más con las mujeres.

En ese momento entra Santiago en el bar, un parroquiano que no se salta la liturgia de la cerveza al final del día.

—¿Qué pasa, tronco? ¿Otra vez por aquí? Te vas a volver a aficionar al pueblo —le dice a Bruno mientras le da la mano—. Hombre, y tú también, Paco, esto sí que es una novedad. ¿Te ha dejado venir la parienta?

—Yo me voy ya —farfulla Paco al tiempo que se levanta—. Juan, cóbrame las dos cañas.

—Espérate un rato, no hagas caso a este imbécil —protesta Bruno, bajando la voz para que Santiago no pueda oírle.

—Si no es eso —miente Paco. Luego cambia de opinión y se sincera—: Es verdad que no le aguanto, pero además Vane sale ahora y he quedado en recogerla.

—Está bien. A ver si nos vemos pronto. —Bruno le palmea la espalda con fuerza.

Para cuando se da la vuelta, Santiago ya le ha pedido otra caña.

—No, que yo también me tengo que ir.

—Sí, hombre. O sea, que llego yo y os vais en desbandada, ¿no?

—Tienes razón —accede Bruno—. Pero que sea cero cero, que tengo que coger el coche.

—Juan, ponme una sin para la señorita.

Bruno suspira. A veces se pregunta qué tiene en común con algunos colegas del pueblo.

—¿Y qué, de qué iba el tema hoy?

—Estaban hablando de putas —tercia con guasa el camarero.

—Hostia, Juan, no se puede ser más cotilla —se queja Bruno, en el fondo fastidiado por no haber sido más cuidadoso. Ya debería saber que el camarero siempre tiene el radar puesto.

—¿Qué quieres, que me tape los oídos?

Mientras, Santiago se carcajea sin miramientos. La risa le sacude los hombros.

—Vaya con los dos finos. Van de progres y luego se lían con putas como cualquier otro.

—No es eso —protesta Bruno.

—Anda que no. Juan, estaban hablando de putas, ¿sí o no?

—Sí, pero que conste que yo no me meto en las conversaciones de nadie —contesta el camarero, aún molesto—. A ver, Bruno, si estáis hablando de que si una brasileña, una africana, una no sé qué y una no sé cuánto, del puticlub ese de Badajoz, ¿no?

—¿De Badajoz? —dice Santiago—. Yo ahí no voy. Menos ahora que han traído mercancía nueva al de aquí. Que falta hacía, porque estas ya son gallinas viejas.

Bruno se pone alerta.

—¿Han traído chicas nuevas?

—Yo tardé en enterarme porque no están en la barra, y seguía como un panoli yéndome siempre con la Jacqueline. Que la chupa de miedo, las cosas como son.

—Entonces ¿cómo lo supiste?

—Te veo muy interesado —se burla Santiago—. Pues un día estaba yo con un roncola y entró uno de la Puebla. Charlamos un rato y acabó contándome lo de las nuevas. Ya le vale a la Frasca no habérmelo dicho nada, joder, que soy un buen cliente. Nunca he dejado nada a deber ni he montado ningún numerito como hace más de uno. Yo voy, pago mi consumición, me subo con la Jacqueline o con la que esté y me voy para mi casa tan a gusto, sin dar guerra.

—Y preguntaste por ellas.

—Me hice un poco el longui.

Santiago mastica unos quicos que el camarero le ha puesto con la consumición. Bruno espera paciente a que continúe.

—Le dije a la Frasca que estaba harto de ver siempre las mismas caras. Saqué un billete para la copa, lo dejé en la barra y me di la vuelta como si me fuera a pirar.

—¿Funcionó?

—Que si funcionó, dice. No había cruzado la puerta y ya me estaba llamando.

Bruno da un trago a su bebida sin saber qué decir. No puede creerlo. También en Montijo, en el club por delante del que lleva pasando toda su vida.

—Vaya cara de bobo se te ha quedado. Y tú yéndote hasta Badajoz, ¿eh?

—La verdad es que no tenía ni idea. —El periodista se recompone e intenta poner cara de pícaro—. Entonces, ¿son jovencitas?

—Ya te digo. Esas no pasan de los dieciocho. Tienen cara de angelitas, aunque son otra cosa bien diferente. —Santiago vuelve a reírse.

—Oye, y si yo fuera allí, ¿qué tendría que decir para tener acceso a esas chicas?

—Acceso, dice el estudiado. Le has oído, ¿Juan? —Más risas—. «Acceso» le llaman ahora.

Santiago se acaba su tercio y pide otro. Después vuelve a mirar a Bruno.

—Pues yo qué sé. Ya te digo que yo soy buen cliente.

—Igual puedo decir que soy amigo tuyo...

—Ni se te ocurra ir con el cuento de que te he dicho nada.

—Santiago se pone serio de repente—. A ver si me vas a joder a mí ahora el invento.

—¿Y si fuera contigo como quien no quiere la cosa? Así verían que soy de confianza.

—Joder, tú estás muy necesitado, ¿no?

—Un poco.

Santiago vuelve a reírse y Bruno aprovecha para insistir:

—Venga, ¿qué pasa? ¿Te las quieres quedar para ti solito?

—Tío, yo hoy no voy a ir. Esto no es para todos los días.

Bruno piensa con rapidez.

—El viernes vuelvo por el pueblo —se lanza—. Vendré al bar como a esta hora. Y si tienes pensado ir, me puedo acercar contigo.

Santiago se lo piensa un momento.

—A ver, eso es otra cosa. El viernes es lo que toca: unas copas, un gramito, un polvete y después a dormir como Dios.

—Entonces... ¿hay trato?

—Tú vente para acá y ya vemos cómo nos lo montamos.

MIÉRCOLES, 26 DE OCTUBRE

93.

Annika sigue sin ánimo de trabajar.

Solo tiene la cabeza para Celia. La voz desesperada de la pequeña se le ha incrustado muy adentro y no puede dejar de recordarla. Quiere mimarla, protegerla y decirle que todo irá bien.

Con esa idea fija abre la última carpeta del día anterior, una solicitud de mandamiento al juez para una escucha. Se concentra en ello con la esperanza de que el tiempo avance más rápido. Pero no funciona. A media mañana ya está harta de expedientes y parece que la pila encima de la mesa nunca disminuye. Se levanta a por un café y ahí encuentra a Mati.

—Qué sorpresa, tú por aquí.
—Hombre, Annika. ¿Cómo estás?
—Me he visto en mejores.
—Vaya tostón te ha encasquetado el jefe.
—Bueno, alguien tiene que hacerlo.
—Pero no tú. Hay gente que se escaquea mucho y a ti, solo porque llegas tarde un día, te hacen eso. Es absurdo.

Annika le mira con perplejidad. ¿Se lo está diciendo él, el chico de los capuchinos?

—Ya. Mira, igual tienes razón —dice, diplomática—.

Pero si lo veo así, me amargaré tanto que acabaré yendo al despacho de Jiménez a soltarle lo que pienso de él.

—No parece una buena idea.

—Pues por eso.

—Aunque más de uno disfrutaríamos viendo la cara que se le iba a quedar.

Annika permanece en silencio junto a Mati, tomando a sorbitos su infusión. Necesita compañía y reconoce que es agradable estar con él. Será un remolón, pero también es una de esas personas con las que todo fluye sin tener que hacer ningún esfuerzo. Y tiene buen corazón. De hecho, es el único que ha seguido insistiendo para integrarla en el grupo. Si por los demás fuera, la habrían aislado hace tiempo. Como a Sara en la farmacéutica. El recuerdo le da una idea.

—Mati, he estado leyendo sobre las redes de medicamentos falsos. Aquí nunca nos ha llegado nada, ¿no?

—No que yo sepa. Como se comercializan a través de internet, es la Brigada de Investigación Tecnológica la que está detrás.

—Ya.

—Pero el que entiende es Raúl. ¿Recuerdas que hace unos meses fue a un congreso de delitos informáticos en Madrid?

—Algo me suena.

—Pues ahí se habló del tema, y no veas cómo se flipó. Estuvo días dándonos la tabarra en la comida.

Annika comprueba una vez más cuánto se pierde al alejarse de sus compañeros de grupo. Durante la jornada, cada cual está metido en sus tareas y es a la hora del almuerzo cuando las ponen en común. Fue así como se enteró del suicidio de Penélope. Pero justo tenía que ser Raúl Valverde el que supiera del tema. El pelotillero de Jiménez.

—Vuelvo a mis expedientes.

—Que te sea leve. —Mati levanta una mano a modo de saludo y saca otro capuchino de la máquina.

La conversación ha avivado su interés, de modo que abre el navegador y sigue documentándose. Su compañero lleva razón, las fuerzas de seguridad han comenzado a prestarle más atención a este fenómeno y ya se ha impartido formación en varios lugares de España. Después entra en la página web de Pharma Kim. La delegación de Mérida es una de las más importantes en España y se dedica tanto a la investigación y el desarrollo como a la fabricación, preparación y comercialización de los medicamentos. Ahora entiende por qué le llamó la atención el tamaño del edificio. Ella accedió solo a la parte de oficinas, pero hay otras secciones en esa mole dedicadas a cada una de las fases por las que pasa el producto.

Pablo es el director gerente de todo aquello y, por tanto, uno de los más importantes de la empresa en España, cuya central radica en Barcelona. De hecho, forma parte del consejo de administración. Se sorprende de lo rápido que ha ascendido. Sin duda, es un tipo espabilado.

Al llegar la hora de comer, hace de tripas corazón y se une al grupo. Como quien no quiere la cosa, se sienta al lado del subinspector y ataca en cuanto sirven el primer plato:

—Raúl, he oído que te interesa el tráfico de medicamentos falsos.

Él parece contento de que alguien le pregunte sobre el tema.

—Desde que me enteré de cómo funciona, he recabado toda la información que he podido.

—¿Cómo es eso? Creía que lo que te gustaba eran los temas informáticos.

—Las redes transnacionales de medicamentos falsos no existirían si no fuera por la estructura que mantienen a través de internet —explica él—. Como tampoco lo harían, por ejemplo, las de pornografía infantil.

—Entonces, quienes crean estos productos están en contacto con los que después los venden a través de páginas web, ¿es así?

—Algo así. Dedicamos muchos esfuerzos a otro tipo de delitos, mientras descuidamos algunos que están jugando con la salud de las personas. —Está claro que a Raúl el tema le toca la fibra sensible—. De las más vulnerables, además, porque la mayoría de los medicamentos se venden en países pobres.

—Allí hay menos controles que pasar, ¿no?

—Exacto. Y menos recursos públicos, de forma que, ante los precios inalcanzables de los productos legales, la gente se ve tentada a comprar estos otros. Por eso me interesa el tema.

Annika le atiende sin perder detalle, encantada de escucharle. No todo es malo en Raúl. Puede que peque de sumiso con Jiménez, pero eso no significa que no tengan cosas en común.

—Productos inalcanzables debido al elevado precio impuesto por las industrias farmacéuticas, libres de competencia debido a las patentes —completa ella.

Raúl también la mira con una mezcla de sorpresa y reconocimiento.

—Eso es.

—Pero ¿cómo nos afecta en España, si se venden en los países más pobres?

—Aquí tampoco nos libramos. Aunque hay más regulación, pueden comprarse algunos. Los más vendidos son los productos de supuestas dietas milagrosas y las falsificaciones de Viagra. Mucha gente cae en la tentación para perder esos kilos de más o para, ejem, estar a la altura.

—Ambas, imposiciones sociales.

—Correcto. Y las pastillas para dormir y para la ansiedad, que cada vez están más en alza. También por el puto sistema que nos hace ir como locos.

—Vale, pero vayamos un poco atrás —le pide Annika—. Estas industrias imponen condiciones que pueden hacer inaccesibles los medicamentos, ¿no? De ahí que surja un mercado negro. Imagino que estas mismas industrias estarán interesadas en acabar con ese mercado. Si tienen poder como para conseguir que en muchos países los gobiernos regulen a su favor sobre las patentes, también podrán tenerlo para que haya más control con las redes de medicamentos falsos.

—En teoría, así es. De hecho, en algunas de las operaciones que han destapado estas redes de tráfico han colaborado importantes laboratorios farmacéuticos que estaban afectados al ser los creadores de las marcas falsificadas.

—¿Pero?

—Pero no siempre es así. Son esas mismas compañías las que propician que surja este mercado paralelo. Por tanto, podrían ser también las que se encargaran de que exista.

—No entiendo —confiesa Annika.

—Piensa un poco. La sospecha de que juegan con la salud de la gente para conseguir mayores beneficios ha calado mucho. Sin embargo, si dedican recursos a luchar contra los malos, lavan su imagen. Son los salvadores encargados de crear medicamentos que curan a las personas y, a la vez, los que luchan contra los que las ponen en peligro.

Ella vislumbra a dónde quiere llegar.

—Todo eso —sigue Raúl—, por no hablar de los beneficios que estas redes ilegales también generan, saltándose todos los controles que tendrían que pasar.

—¿Estás diciendo que esas mismas industrias farmacéuticas podrían ser las creadoras o las impulsoras de esos subproductos?

—Se necesitan las unas a las otras para sobrevivir.

Se han pasado toda la comida hablando entre ellos, pero ahora el camarero trae la cuenta y llega la hora de regresar a comisaría.

—Seguiremos hablando —dice Raúl—. Ya que te veo interesada, creo que hay algo que te gustará saber.

—¿Qué?

El subinspector se limita a lanzarle una mirada enigmática antes de dirigirse también él a su puesto.

94.

Bruno se ha puesto temprano en marcha.

Se siente abrumado por la sensación de tener muchas cosas pendientes, así que está desde hace rato sentado frente a su escritorio.

Los dos asuntos que tiene entre manos le emocionan, cada uno a su manera; con ambos siente que puede reparar injusticias a través de la escritura, ya sea de la historia como del presente.

Ya ha transcrito el borrador de la última sesión con doña Paquita y le toca seguir documentándose. Si el último día lo hizo sobre la Guerra Civil, ahora se adentrará en el exilio forzado de los vencidos y en la Segunda Guerra Mundial y cómo se vivió en el París de la época.

De otra parte, tiene un plan para su visita al club cercano a Montijo. Esta vez no quiere imprevistos. Y ahí es donde entra lo tercero que se dispone a hacer: necesita algo que le permita denunciar públicamente la red de trata. Pueden quitarle el móvil si quieren, pero eso no le impedirá tomar pruebas. Se acercará a una tienda de electrónica y se hará con una grabadora que registre tanto imágenes como audio. Con un poco de suerte, encontrará alguna oferta y aún le sobrará algo de efectivo para llenar la nevera.

El tiempo ha mejorado y el sol resplandece en el cielo emeritense. Deja a un lado el abrigo que ha llevado los últimos días y recupera la chaqueta de entretiempo. No se la ponía desde el día en que acabó pateado en las traseras de una mal llamada sala de fiestas en Badajoz. Con un recuerdo amargo, le sacude algo de polvo que aún conserva, se la pone y sale de casa silbando una cancioncilla.

Ya en la calle, se mete las manos en los bolsillos dispuesto a caminar a buen paso. Es entonces cuando sus dedos tropiezan con un papel arrugado. Lo saca con extrañeza y lo alisa. Al comenzar a leerlo, su cara es el puro reflejo de la confusión.

95.

Annika aprovecha el momento de ir al baño.

Se asegura de que no hay nadie en los aseos y teclea el número de Socorro, pero se inquieta al comprobar que no le coge el teléfono. Busca el número del hospital entre las últimas llamadas. La voz al otro lado de la línea le pide que espere mientras consulta el estado de Antonio. Vuelve un par de minutos después.

—Sigue en cuidados intensivos.

—¿Se sabe algo nuevo?

—Lo que me han dicho es que sigue en cuidados intensivos —repite con tono mecánico.

Al menos se queda más tranquila. A Socorro se le habrá gastado la batería del móvil.

En cuanto termina su jornada, sale de la comisaría y llama a Felipa. Cuenta los tonos con impaciencia. Unooo, dooos, treees, cuatrooo. Cuando está a punto de cortarse, por fin descuelga el teléfono.

—Felipa, ya creía que no había nadie. Llego en unos cuarenta minutos.

—Anita, espera.

—¿Pasa algo?

—No puedes venir.
—¿Cómo?
—Verás, es que... Celia está en casa de mi hija.
—¿Qué hace en casa de su hija?
—Jugar con mis nietos.
—Pero... no entiendo. Quedamos en que iría al salir del trabajo.
—La niña necesitaba distraerse.
Annika se tensa. Respira hondo antes de contestar.
—¿A qué hora puedo ir entonces?
—Igual mi hija la trae después de cenar. O quizá se quede a dormir con ellos.
—Pues iré allí a verla. Deme la dirección.
—No creo que sea buena idea. —El tono de Felipa suena triste, aunque también resuelto.
—Pero... —Annika no sabe qué decir—. ¿Y Socorro, sabe esto?
—Por supuesto que lo sabe. —Ahora la vecina parece indignada.
—Claro, perdón. Es que tenía muchas ganas de verla. Y... se lo prometí.
—Lo que necesitaba Celia era entretenerse, y nada mejor que con chiquillos de su edad.
—Ya. Pues llamaré mañana y...
—Adiós, hija.
Annika escucha el tono intermitente del fin de llamada.
—¿Felipa? —dice inútilmente, al tiempo que un sentimiento de rabia comienza a apoderarse de ella.

96.

El papel contiene un texto escrito a mano.

Tiene una letra redonda y ordenada, como de alguien que aprendió muy bien la caligrafía pero nunca tomó los suficientes apuntes para deformarla. ¿Quién demonios ha escrito eso y por qué estaba en su bolsillo? Parece un fragmento de diario y resulta angustiante. Relee una de las últimas frases tratando de encontrarle algo de sentido:

> ... me meta donde me meta, acabarían encontrándome. Y yo viviría siempre con miedo. Estoy harta del miedo.

El sonido de la puerta de la entrada interrumpe su lectura. Se asoma con la esperanza de que sea Edu por fin, pero es Julio. Viene con una cara larga que le llega a los pies.
—¿Qué ha pasado?
—Aún se me hace raro hablar de estas cosas —dice su compañero.
Bruno se sienta en el sofá y aguarda con paciencia. Julio deja escapar un suspiro.
—¿Recuerdas que he estado hablando con los tíos con los que me había acostado?

—Claro.
—¿Y que no sabía quién me lo había contagiado?
—Ajá.
—Pues creo que ya lo sé.
Bruno espera a que junte las fuerzas.
—He pasado muchas horas pensando sobre eso. Una parte de mí daría cualquier cosa por saberlo, pero otra preferiría no enterarse nunca. Tenía miedo a mi propia reacción.
—¿Y qué sientes ahora?
—No sé. —Julio suelta una carcajada nerviosa—. No tengo derecho a enfadarme.
—Claro que tienes derecho, es lo normal.
—Es que me ha jodido la vida. —Su tono refleja toda la amargura acumulada.
—Yo me sentiría mucho peor —admite Bruno—. Igual iba y le pegaba una paliza de la leche a ese tío.
—Sí, tú dame alas. ¿No ves que es eso lo que quiero evitar?
Bruno asiente.
—¿Cómo lo has averiguado? —le pregunta, incapaz de contener la curiosidad.
—Siguiendo la pista a todos los que se lo contaba. Algunos me llamaron en cuanto se hicieron la prueba, pero la mayoría no. Suponía que les daba negativo y lo que querían era olvidarse de mí. Pero yo esperaba un par de semanas y les llamaba.
—¿Y qué pasó?
—Me iban confirmando que estaban bien. Pero había un tío, Ramón, con el que me lie durante varios meses.
—Le recuerdo, me lo encontré un día desayunando en gayumbos.
—No se cortaba un pelo, el cabrón. —Julio trata de sonreír, aunque le sale una mueca extraña—. Bueno, pues cuando se lo conté, se quedó muy callado. Su reacción me pareció extraña. Y desde entonces no había podido contactar con él, ni

contestaba, ni me devolvía las llamadas. Pero yo seguí insistiendo. Hoy por fin me ha cogido el teléfono. Y se lo he sacado.

—¿El qué?

—Pues que tiene el VIH, y que ya lo sabía. O sea, que no lo sabía cuando tuvimos relaciones, pero lo descubrió al poco. Me cabreé muchísimo, le grité que cómo no me lo había dicho, pero me soltó que bastante tenía encima ya.

—Joder, qué capullo.

Julio permanece en silencio. Aprieta los labios con fuerza y a Bruno le da la impresión de que está a punto de echarse a llorar.

—Pero entonces... es el único que está infectado, ¿no? —dice para tratar de darle ánimos.

—Parece que sí. Al menos, el último antes de él ha dado negativo. Y no usamos protección ni una sola vez. —Julio baja la voz algo avergonzado—. Así que si hubiera sido él, hay bastantes boletos de que yo hubiera dado positivo.

—Ya.

—Solo he tenido un par de historias desde entonces. Uno se puso el condón y el otro... bueno, con el otro aún no he podido contactar.

Bruno se queda pensando. Tenía a su amigo por mucho más promiscuo. De la historia de Ramón hará cosa de un año. Después de todo, la vida sexual de Julio no parece mucho mejor que la suya.

—Pero ¿me estás escuchando?

—Sí, sí. Que entonces no sabes si le contagiaste o no —repite Bruno, confirmando su atención. Es algo que siempre le funcionaba con su antigua novia.

—Pues eso. Para mí sería importante saber que no he contagiado a nadie. Pero este tío tampoco me coge el teléfono. En fin, al menos parece que ya sé dónde empezó todo. Aunque no sé si me sirve de algo.

—Yo creo que sí te sirve. No para odiarle, pero quizá sí

para situar las cosas. Supongo que el enfado dará paso a otros estados y podrás seguir adelante.

—Espero que tengas razón. Me gusta hablar contigo.

A Bruno le enternece esa confesión y le da un abrazo. Después se pone en pie y, usando un tono desenfadado, le dice:

—Venga, unas birras. Vale ya de ñoñerías.

—Claro, no te vayas a dejar llevar por el sentimentalismo, un machote como tú —bromea Julio más animado.

JUEVES, 27 DE OCTUBRE

97.

Un enfermero sacude a Socorro con suavidad.

Tras varias noches en los sillones de la sala de espera ya se ha acostumbrado. Los días se le hacen eternos, pero las noches no son un problema. Las pocas horas de sueño que precisa igual puede pasarlas en esos sillones tan cómodos. O eso es al menos lo que le diría a cualquiera que preguntase. Porque no tiene ninguna intención de dejar a su hijo solo en el hospital. Tarde o temprano algo ocurrirá, y bajo ningún concepto la va a sorprender lejos de él.

Y ese momento acaba de llegar.

—Señora, Antonio ha despertado.

A Socorro le da un vuelco el corazón. Está tan nerviosa que no le salen ni las palabras.

—Lleva un rato consciente y quiere verla —dice el enfermero—. La doctora ha dado su consentimiento.

Socorro se alisa el vestido con ambas manos y se dispone a seguirle. Ha soñado con el momento desde el día del accidente, pero ahora siente cuánto lo teme. Enfrentarse al dolor de que se vea en ese estado, a saberle sufriendo por la muerte de Violeta, a la impotencia de no poder hacer nada.

La doctora de guardia les espera en la puerta.

—Antonio no parece haber perdido memoria. —Traga saliva antes de seguir—: Sabe que su mujer ha fallecido.

Socorro asiente con gravedad.

—¿Puedo pasar?

—Adelante, la está esperando. Pero no le canse mucho.

La pena vuelve a inundarla al contemplarle en ese estado. Hace lo posible por reprimir las lágrimas.

—Mi niño —musita al tiempo que le coge de la mano.

Él hace acopio de fuerzas para hablar:

—Lo sé todo, madre.

—La médica me lo ha dicho.

—¿Dónde está Celia?

—Felipa cuida de ella.

—¿La vecina? ¿Por qué?

—Porque yo estoy aquí contigo. Ya sabes que ella te quiere mucho, y a tu hija igual.

Antonio calla y ambos se limitan a permanecer juntos con las manos entrelazadas. Tras unos minutos, el enfermero le hace una señal.

—Tengo que irme.

Socorro le besa en la frente como cuando era pequeño y le daba las buenas noches antes de dormir. Luego regresa a la misma sala dispuesta a esperar, ya sin dormirse, a que la noche dé paso al día y, con él, a una nueva oportunidad de ver a su hijo.

Horas más tarde, cuando ya hace rato que los rayos de luz se cuelan por las ventanas, por fin la doctora la llama.

—Aunque nada puede garantizarnos la total recuperación de su hijo, el hecho de haber despertado y hablar de forma coherente es una muy buena noticia —explica con entusiasmo.

—Pero... ¿podrá hacer vida normal? ¿Le quedarán secuelas?

—Hasta el momento, nos hemos concentrado en alejar el

peligro de muerte. Pronto empezaremos a realizar pruebas para confirmar si hay partes afectadas. Un traumatismo craneoencefálico reviste mucha gravedad. Tiene la cadera fragmentada, pero eso es recuperable. Lo preocupante es que pueda haber quedado afectada la médula o alguna parte del cerebro.

—¿Sigue despierto?

—Sí. Anoche le dimos un calmante y volvió a dormirse, pero ahora está despejado. Recuerde que debe ahorrarle cualquier merma de energía, incluso de tipo emocional o intelectual.

—¿Y si pregunta?

—Entonces debe ser muy cauta y evitarle preocupaciones. Háblele del día a día, como si todo estuviera en su sitio. Que se sienta lo menos extraño posible. Eso, y verla a usted animada, le hará bien.

La doctora da por terminada la consulta y Socorro vuelve a la salita a aguardar hasta que le indiquen que puede pasar a la habitación donde, rodeado de cables y aparatos, yace su hijo. Los minutos se convierten en horas, o así al menos le parece a ella, y no es hasta media mañana cuando por fin le permiten entrar.

98.

El desplante de Felipa ha sido un golpe duro.

Annika había puesto todas sus expectativas en ver a Celia y el repentino cambio de planes la ha descolocado por completo. A veces su trabajo es el mejor refugio para no pensar, aunque esta vez no la está ayudando. Su cerebro vuelve a torturarla recordando a Celia, a Socorro, a Violeta y a Antonio. Por fin acaba el último expediente y se dedica a dejar pasar el tiempo, vigilando cada poco el despacho del inspector para que no la pille de brazos cruzados. Entonces se le ocurre algo. Se levanta y va hacia la mesa de Raúl.

—¿Con qué andas liado?

—Hombre, Annika. Como tenía un hueco, me he puesto con lo que hablamos. ¿Recuerdas que te dije que había algo que te podía interesar?

—Perfectamente.

—¿Estás muy atareada tú?

—Justo he acabado y me preguntaba si podía echar una mano en alguna cosa.

—Genial. Acércate, que te voy a contar en lo que ando metido —dice, bajando la voz.

Annika echa otro vistazo hacia el despacho de Jiménez, que sigue cerrado, y va a por una silla.

—Al principio me centré en las plataformas que venden los productos en internet, pero no encontré nada con origen en Extremadura. Así que pensé en las delegaciones radicadas en la región.

El tema capta toda la atención de Annika.

—¿Sabías que la principal industria farmacéutica de Extremadura está en Mérida?

—Pharma Kim.

—Exacto. Se dedica a la producción de un amplísimo abanico de medicamentos y obtiene beneficios millonarios.

—Creía que atravesaban un momento difícil.

Raúl la mira con una sonrisa burlona.

—¿Quién te ha dicho eso? A estas empresas la crisis no les hace ni cosquillas.

—Entiendo.

—Sin embargo —añade—, no encontré nada que saliera de ojo.

—Dime que hay algún pero.

—En la superficie todo cuadraba perfecto.

—Pero... —insiste Annika.

—Así que me rendí y lo abandoné por un tiempo. —Raúl hace una pausa dramática. Luego sonríe—. Y cuando menos lo esperaba, tuve un golpe de suerte.

—¿Qué pasó?

—Los domingos juego a pádel con mis vecinos. Hace unas semanas falló uno de los habituales y le sustituyó un amigo suyo. Después nos tomamos unas cañas y yo no pillaba el cachondeo que se traían con él. Que si pásate una pastillita por aquí, que si con los años que le saca el otro a su mujer le iba haciendo falta... Le pregunté y me explicó que trabaja en esa empresa.

—En la delegación emeritense.

—Justo. Y producen un medicamento contra la disfunción eréctil.

—Ya entiendo las bromitas.

—Claro, pero esa no es la cuestión. La cuestión es que para entonces yo ya lo sabía todo sobre Pharma Kim, y ahí no se comercializa ese producto.

—¿Y qué hiciste?

—Pues hacerme el tonto hasta sonsacarle. Por lo visto, no solo producen fármacos para su propia compañía, sino también para vendérselos a otras que se encargan de comercializarlos.

—Eso es legal, ¿no?

—Sí. Pero... —Raúl sonríe de nuevo—. Aquí es donde viene el pero. Recuerdas que las falsas viagras son los medicamentos que más se venden en esas plataformas, ¿no? Así que me agarré a esa pista como un perro a su hueso y seguí royendo.

—Entonces sí que tienes algo.

Raúl baja aún más la voz:

—El problema es que el jefe no lo sabe. Por eso le dedico solo ratos perdidos.

Annika le mira con sorpresa. Así que él también. Solo que Raúl es más hábil: al hacerle la pelota al inspector cada vez que tiene ocasión, consigue que no le ate en corto como a ella.

—¿Por qué no se lo explicas? —pregunta, dándoselas de ingenua.

Su compañero se encoge de hombros.

—Ya sabes cómo se las gasta.

—¿Crees que lo rechazaría con todos los indicios que tienes ya?

El subinspector se rasca una oreja, pensativo.

—No sé. Es que además la UDEF podría decir que el caso es suyo, y encima Jiménez me diría que soy tonto por hacerles el trabajo a otros.

—O igual no.

—Podría intentarlo. Si me diera el visto bueno, le dedicaría mucho más tiempo.

—No pierdes nada —le anima ella.

—No es tan fácil, Annika. Daniel tiene lo suyo.

—¿A mí me lo vas a contar?

—Me ha costado mucho ganarme su confianza. No quiero que sienta... ya sabes, que le he puenteado o algo así.

—Qué va, hombre. Se va a quedar muy impresionado cuando vea lo que has conseguido tú solo.

Raúl sigue reacio.

—¿Tú crees?

—Pues claro. Pero tienes que presentárselo muy bien para que vea que aquí hay algo y que es la UDEV quien tiene que estar detrás.

—No sé. Le daré una vuelta.

99.

Con la luz del día, la apariencia de Antonio es aún más desgarradora.

Ver los cables, los aparatos, las vendas y demás material sanitario a Socorro le rompe el corazón. Observa su cara, todavía hinchada como consecuencia del golpe y con unos hematomas violáceos que le recorren el lado izquierdo. Incluso bajo esa facha puede ver la tristeza reflejada en sus ojos. Inspira profundamente, dispuesta a transmitirle ánimo.

—Hijo, no sabes lo feliz que estoy de verte. Los médicos están muy contentos con tu evolución. ¿Has descansado?

Antonio intenta levantar los hombros en señal de indiferencia, pero lo que se le dibuja en la cara es una mueca de dolor.

—No te muevas, sé paciente —le riñe con ternura.

Él cierra los ojos durante un lapso que a su madre se le hace eterno. Cuando ya cree que se dormirá, los abre y la mira con fijeza.

—No sé cómo voy a salir de esta.

—Pues saldrás bien, ¿cómo no? Eres un cabezón y siempre consigues lo que quieres.

Al verle abatido, saca un tema que está convencida de que le animará:

—¿Sabes? Ahora voy a ir a casa a preparar macarrones para Celia y luego la recogeré de la guardería. Se va a poner más contenta cuando le diga que su papá se ha despertado... Ya verás. Mañana volveré y te lo contaré todo, y así todos los días, hasta que pueda venir ella. Que será muy pronto, estoy segura.

—Es que no sé por qué está con Felipa —se queja él.

—Ya te lo dije anoche, hijo, porque yo estoy aquí contigo.

Antonio calla. Parece estar ponderando algo. Tras retomar fuerzas, habla de nuevo:

—El día del accidente pasó algo que hizo que Violeta y yo recapacitáramos sobre las cosas importantes. Es como si el destino nos lo hubiera puesto delante por una razón.

Ahora es ella quien permanece muda. No sabe a dónde quiere ir a parar.

—Violeta estaba empecinada en que si alguna vez nos pasaba algo, su amiga Annika cuidara de Celia.

Socorro no puede contenerse:

—Tienes que evitar pensar en cosas sin sentido, no te hace bien.

—Annika quiere mucho a Celia, la considera de su familia.

—¿De su familia? —dice Socorro con gesto agrio—. Yo estoy aquí para cuidar a mi nieta, faltaría más. Y dime, hijo, ¿qué otra cosa mejor podría hacer?

—Tienes razón, madre. Como siempre —claudica Antonio—. Pero no trates mal a Annika, ¿eh? Violeta la quería mucho.

—¿Yo? ¿Desde cuándo trato yo mal a nadie?

En ese momento entra el enfermero para advertir que se ha acabado el tiempo.

—Procura descansar —susurra Socorro al tiempo que le besa en la frente—. Mañana vuelvo y te cuento de tu niña.

100.

Annika tiene la vista clavada en el despacho de Jiménez.

Raúl lleva un buen rato dentro. Ha conseguido convencerle de que hable con el inspector sobre los medicamentos falsos, pero ahora se pregunta si no se ha pasado apremiándole para que lo haga. En realidad, ella sabe tan bien como Raúl que Jiménez se puede cabrear si ve que su segundo de a bordo investiga casos por su cuenta. Y que es muy posible que le acabe mandando al mismo sitio al que la envió a ella con el caso de trata de mujeres. Si Raúl pierde la confianza del jefe que tanto le ha costado ganarse, puede que no se lo perdone.

Por fin se abre la puerta y su compañero sale con una expresión impenetrable. Se dirige hacia su puesto sin siquiera mirarla y se sumerge en sus papeles. Annika suspira. Nada. La ha pifiado. Con un sentimiento de decepción, se concentra ella misma en la pantalla de su ordenador.

Unos minutos después, el subinspector se acerca hasta su mesa.

—Annika, ¿tendrías un momento?
—Claro.
—Acompáñame, por favor.

Raúl cierra la puerta de la sala de juntas tras de sí. Annika toma asiento y le observa inquisitivamente, pero él sigue con esa expresión hermética. ¿A qué espera? ¿Es que se ha contagiado de las maneras del jefe? Si le va a echar la bronca, que lo haga ya de una vez.

—Oye, no debí presionarte tanto para hablar con él —empieza—. No era de mi incumbencia y...

El subinspector la interrumpe:

—Verás, agente. Hemos abierto una nueva investigación y necesito incorporar a los efectivos disponibles. Creo que tú andas un poco desoficiada, ¿verdad?

Annika le mira ahora con incredulidad.

—¿En serio?

Raúl ríe de buen humor.

—¡Lo has conseguido!

—¿Acaso lo dudabas? —dice él.

Annika se permite una sonrisa. Está claro: la táctica de Raúl funciona mucho mejor que la suya. Le tiene cogido el punto al jefe y sabe llevarle por donde quiere. Exactamente lo contrario que ella.

—Enhorabuena.

—Venga, al lío. Hay mucho que hacer.

Ella asiente y recupera la seriedad. Ahora podrá averiguar la verdad sobre Pablo Velasco y su empresa y, quién sabe, quizá también sobre Sara.

VIERNES, 28 DE OCTUBRE

101.

Socorro duerme en casa por primera vez desde el accidente.

Hay que empezar a normalizar la nueva situación. Cuanto antes se adapten, mejor. Además, así puede liberar a Felipa. Aunque ella es la primera en ofrecerse a ayudar a sus vecinas, se siente en deuda si son otras quienes hacen algo por ella. Y a Socorro no le gusta estar en deuda con nadie.

Pero Felipa, aún más testaruda que ella, insiste en que la cría duerma en su casa una noche más para que ella pueda organizarlo todo. Socorro acaba cediendo y se va temprano a la cama, a esa cama que ha sentido grande y vacía cada noche desde que su marido muriera tiempo atrás, pero que ahora abraza comprobando hasta qué punto la ha añorado en esa última semana.

Algo la despierta en lo más profundo de su sueño y tarda unos segundos en comprender qué sucede: en alguna parte, el tono inmisericorde de su móvil quiebra el silencio de la madrugada. Se levanta y rastrea el sonido hasta localizar el aparato en el sofá. Lo atrapa con una mano trémula, pero la llamada se corta antes de que acierte a pulsar el icono verde. El pánico inicial va tomando una forma concreta. Enseguida comienza a sonar de nuevo y, ahora sí, aprieta la pantalla como si le fuera la vida en ello.

—¿Socorro Peña?
—Soy yo.
—La llamo del Hospital Infanta Cristina. La situación de su hijo se ha agravado y está siendo atendido por los médicos.
—Dios mío. Voy para allá.

Socorro llama al servicio de taxis y corre a la habitación a cambiarse el camisón por las ropas del día anterior, pulcramente extendidas sobre una silla junto a la cómoda. Para cuando el vehículo llega, lleva varios minutos aguardando en mitad de la noche.

102.

Annika ya ha hecho su rutina de ejercicios.

También ha sacado a Tabita y se ha tomado su primer té. Está lista para empezar la jornada, que hoy pinta mejor gracias a Raúl y el caso de la farmacéutica. Coge todo lo necesario para ir al trabajo y al echar mano del móvil ve varias llamadas perdidas de un mismo número. Contiene el aliento al pulsar el botón de rellamada.

—Hospital Infanta Cristina, buenos días.
—Buenos días, me han llamado de madrugada.
—¿Tiene algún familiar hospitalizado?
—Antonio Solera Peña.
—Déjeme consultarlo.

Le pasan a una línea de espera donde solo puede oír una desquiciante música adormecedora. Varios minutos después, la mujer al otro lado del teléfono vuelve con un tono mucho más solemne:

—Antonio ha sufrido una recaída.
—¿Cómo está?
—No estoy autorizada a darle esa información. Venga en cuanto le sea posible.

Annika se pone en marcha con una desagradable sensación de *déjà vu*. De camino, llama a Raúl. Dado que ahora forma parte de su equipo, espera que sea él quien informe al inspector y evitar así un enfrentamiento directo.

Cuando llega y contempla el rostro descompuesto de la madre de Antonio tiene la terrible certeza de lo que ha ocurrido. Rodea a Socorro con sus brazos, que se deshace en lamentos. Una enfermera las separa.

—Vamos a darle otro calmante.

Socorro se deja llevar con una mezcla de indiferencia y dolor. Annika permanece en la sala y al poco un médico se dirige hacia ella.

—Me han dicho que es usted familiar de Antonio Solera.

—Algo así —dice con un hilo de voz—. Era familia de su mujer, que murió en el accidente.

—Imagino que ya sabe lo sucedido.

—En realidad, no.

—Antonio entró de nuevo en coma en la madrugada —explica él—. Este tipo de lesiones son impredecibles. Incluso cuando el paciente parece fuera de peligro, cualquier hemorragia puede llevar a las consecuencias más trágicas. Lo siento mucho.

Ahí está. La confirmación que jamás habría querido tener. Una vez más, Annika tiene la sensación de que todo se derrumba a su alrededor.

103.

—*Se va a enfriar el guiso.*

—Ya voy —masculla Bruno con aire distraído.

—Recalentado no está igual, no sé por qué tienes que apurar siempre tanto.

—Lo siento, *mamma*. Me lie y se me hizo tarde. Estaba trabajando en la biografía de tu amiga —añade, pues sabe que eso la apaciguará.

—Lávate las manos y ayúdame a poner la mesa, anda.

Una vez sentados, su madre le relata las últimas noticias que circulan por el pueblo. Una pareja que se casó hace menos de un año ya ha decidido separarse. La hija de la vecina se ha ido a vivir con otra chica. Su amiga María ha sido abuela por tercera vez.

Carla calla. Se da cuenta de que no está prestando atención.

—¿Te pasa algo, *figlio*?

—Es que tengo ganas de ir a ver a doña Paquita. Me está interesando mucho su historia.

Su madre sonríe con sarcasmo. Como si a ella pudiera engañarla.

—Puedes acompañarme a dar el paseo y así te distraes.

—Pero, *mamma*, la siesta...

—Vienes a comer y a dormir como si esto fuera un hotel, y eso porque te he conseguido el trabajo, que si no...

—Damos el paseo —ataja Bruno.

Una vez recogida la mesa y puestos en marcha, Carla ataca de nuevo:

—Eso de que te hayas ilusionado con la biografía de mi amiga está muy bien.

—...

—Aunque no esperarás que me crea que es el motivo de ese reconcomio que tienes hoy.

—...

—Pero nada, si no quieres contárselo a tu madre, pues no lo hagas.

Bruno pone los ojos en blanco y sopesa por un momento qué hueso darle.

—Es que Edu lleva días sin aparecer por el piso y creo que nos va a dejar colgados.

—Así que era eso. Bueno, encontraréis a alguien. Y si no, siempre puedes volverte a casa hasta que tengas otra cosa.

Bruno la mira horrorizado. Volver a la casa materna, la peor pesadilla de un treintañero.

—¿Cómo voy a dejar tirado a Julio?

—Julio es mayorcito, sabrá buscarse la vida. Estoy segura de que él haría lo mismo en tu lugar.

—Eso es muy egoísta, mucho más ahora...

—¿Ahora? ¿Por qué ahora?

La expresión de Bruno cambia. Ya ha hablado de más.

—No, porque está pasando un mal momento... Una ruptura —miente con torpeza.

—Ah, pero ¿tenía pareja por fin ese chico? No me cuentas nada.

—A ti qué más te da. Te cuento mis cosas, no las de los demás.

—Ay, no puede una decir nada.
—...
—...

Dan el resto del paseo en silencio y, al llegar la hora, se despide de ella con un beso y un sentimiento de culpa por su actitud.

—Vienes a cenar, ¿verdad?

—No puedo, se me haría muy tarde para volverme a Mérida.

—¿Cómo que te vuelves? Pero si ya es fin de semana.

—Es viernes. Y tengo trabajo. Además, ahora vengo mucho. Pero prometo llegar antes la próxima vez —se apresura a agregar antes de que insista.

Bruno encuentra abierta la puerta de la casa de doña Paquita y la llama sin obtener respuesta. Decide adentrarse por el corredor.

La vivienda está desierta. De la cocina no emerge el habitual aroma a café recién hecho. El periodista comienza a escamarse. Llama de nuevo. Silencio. Piensa en irse, pero se dice que si hubiera tenido que salir, no habría dejado la puerta abierta. De modo que resuelve entrar del todo en la casa. Se acerca con cierta prevención hasta donde están las habitaciones. En un pequeño espacio rectangular asoman varias puertas. La que está situada al fondo se ve entreabierta. Bruno avanza y golpea con suavidad.

—¿Doña Paquita? ¿Está usted ahí?

Le parece escuchar un ruido y, tras un momento de titubeo, se asoma. Se le escapa un grito.

104.

—*¿Te he asustado, hijo?*

Doña Paquita, en camisón, sostiene la puerta del otro lado. En lugar de su habitual moño tirante, los cabellos grises le caen desgreñados a ambos lados del rostro.

—Yo... Perdón, como era la hora y no respondía...

—Me he quedado dormida, ahora mismo me arreglo. Espérame en el salón.

—Perdón —repite él, sintiéndose un idiota por haber pegado ese grito y por violar la intimidad de la anciana.

Se sienta en el sofá a esperar y a los pocos minutos ella aparece vestida y con el pelo recogido, aunque las bolsas debajo de sus ojos son más profundas de lo habitual y persiste ese aspecto desaliñado tan anormal en ella.

—No debí haberme asomado —dice de nuevo a modo de disculpa.

—No te preocupes, muchacho. Pensé en avisarte para que no vinieras, pero cambié de opinión.

—¿Se encuentra bien?

—Un constipado a esta edad la deja a una como si la hubieran molido a palos —explica—. Razón de más para que continuemos con nuestra historia. ¿Te importa preparar tú la merienda? Tenemos trabajo por delante.

Algo más recompuesta tras el café, doña Paquita toma las riendas:

—¿Dónde nos habíamos quedado?

Bruno empieza a conocerla y sabe que recuerda perfectamente el punto, así que aguarda dispuesto a escuchar lo que quiera contarle.

—Ah, sí. La muerte de François. Fue un golpe muy duro, ¿sabes? Lo fue por dos razones, y no sabría decir cuál de ellas fue peor. Yo estaba enamorada hasta las trancas de ese francés. Con él conocí el amor y viví momentos maravillosos. No podía aceptar que se hubiera ido para siempre cuando nos esperaba toda una vida por delante, con tantos sueños por cumplir. Pero se fue, como se fueron mi madre primero y mi padre después. Me lo mataron en el frente. Y esa era la segunda parte de mi desdicha. Una mujer sola en aquella época lo tenía difícil. Ahora hay mucha más libertad, las jóvenes no se dejan pisar, están decididas a hacer con su vida lo que quieran. Pero entonces no era así. Una mujer casada, aunque fuera una chiquilla como aún lo era yo, era una mujer respetable. Podía ser la más humilde, incluso inmigrante, pero tenía un estatus. Y alguien que la mantuviese. Sin embargo, si te quedabas sola, todo era diferente. Tuve que buscarme la vida —continúa, ya absorta en la narración—. Dicen que las penas compartidas son menos penas, y ese era el único consuelo. Había muchas como yo. Mujeres de todas las edades que habían perdido a sus maridos en la guerra. Mujeres que habían tenido que mantener su hogar mientras ellos estaban lejos, y ahora que sabían que no volverían, algunas con más certeza que otras, tenían que apañárselas por sus propios medios.

—A causa de la guerra se incorporaron al mundo laboral, ¿verdad?

—Al visible, al que se paga, que del otro ya íbamos bien servidas.

Bruno encaja la pulla. Tiene toda la razón.

—Trajo una nueva concepción del mundo —sigue ella, entrelazando sus dedos sarmentosos—. Aunque por necesidad ante la falta de hombres, quedó demostrado que las mujeres teníamos la misma capacidad para desempeñar el trabajo productivo. Eso sí, nadie nos eximió de la otra carga, la de la casa y los cuidados, que seguimos llevando. Pero esa es otra historia.

Él no puede evitar una sonrisa.

—Es usted una feminista en toda regla. Como lo fue su madre.

—Ay, hijo, yo no sé de eso.

—Quizá no exige sus derechos con pancartas y pasquines, pero tiene las cosas muy claras.

—Bueno, bueno. No nos vayamos por las ramas —protesta ella, en el fondo halagada—. El caso es que, aun muerta de la pena, yo tenía que comer. Fue la primera vez en mi vida que me quedé sola de verdad. Aunque había pasado por momentos penosos, siempre hubo alguien allí para protegerme. Incluso en el campo de concentración, lejos de mi padre, sabía que él estaba en alguna parte velando por mí. Pero ahora ya no tenía a nadie. Eso me hizo dura y también muy independiente. No entonces, que todavía era una niña que se sentía víctima de algo que no entendía, pero sí con el tiempo.

—¿En qué trabajó?

—Uy, hice de todo, todos los trabajos que las francesas no querían. Y fui tirando. —Se detiene a tomar un sorbo de agua. Bruno se da cuenta de que le está costando más que otras veces—. Así pasaron los años, muchos años. Visto hacia atrás, el tiempo voló. Me centré en el trabajo y en los estudios, pues cada franco que lograba ahorrar lo destinaba a formarme. Me había tenido que marchar de España muy pequeña y no quería ser una analfabeta. Estudié, estudié y estudié, absorbiendo cada libro que pasaba por mis manos. Me hice un círculo de amigas con las que salía a pasear los domingos, que era el día en que encontrábamos un respiro, y mi vida transcurría con sus más y sus menos. Los hombres no me interesaban. Presumía de no necesitarlos, pero en el fondo tenía pánico a volver a perder a alguien querido. Rechazaba pretendientes y evitaba cualquier contacto que pudiera conducir hacia algo que me esforzaba por evitar. Hasta que apareció Edin.

Bruno sonríe. Como a su madre, ha de reconocer que le gusta un buen salseo.

—Por entonces yo ya tenía cerca de cuarenta años y él, algunos más. Era un diplomático de la antigua Yugoslavia radicado en París.

—Y se comió sus palabras.

—Ya lo creo que sí. Él se fijó en mí desde el primer momento y empezó con galanterías, pero yo le ignoraba como a los demás. Sin embargo, era diferente. Tenía cara de bonachón y a su lado, sin saber por qué, siempre me sentía bien.

Doña Paquita está volcada en aquella época, reviviendo los dulces momentos de tantos años atrás. En su boca se dibuja la sonrisa de enamorada que debió de tener por aquel entonces.

—Para qué enrollarme más. Acabé dándole el sí. Eso de que el primer amor es el verdadero es una tontería. Esta vez fue más cocinado a fuego lento, pero cuanto más tiempo pasaba con él, más quería pasar. Así que, para regocijo de todas mis amigas, incumplí la palabra que me había jactado de mantener y volví a casarme.

—Ya veo.

—Aunque, eso sí, mantuve mi independencia —puntualiza—. Él viajaba mucho y yo seguía haciendo mi vida y, cuando estaba en París, pasábamos todo el tiempo juntos. El mayor cambio fue el de domicilio. Al ser un diplomático expatriado, tenía derecho a una residencia en París, de modo que cargué las cuatro cosas que había ido acumulando con el paso de los años y me mudé allí. Por primera vez en mi vida disfruté de un poco de lujo, y lo cierto es que no sentaba nada mal. Vivía en un tercer piso con unas vistas extraordinarias. Allí convidaba a mis amigas con la menor excusa.

—Para fardar —completa Bruno.

—Me volví un poco presumida, por qué decir lo contrario. —ella no disimula una sonrisa—. Pero cómo nos deleitábamos admirando el Sena con todos sus puentes, la basílica del Sacré-Coeur o la catedral de Notre-Dame. Y que conste que ellas disfrutaban casi más que yo. Alardeaban de tener una amiga bien colocada y de pasar así las tardes, como las señoras que la vida nunca nos había permitido ser.

—Me alegro de oír eso.

—Fue una época bonita. Pero a Edin no le quedaban muchos años para jubilarse y quería acabar su carrera en su país. Me convenció y, en cuanto le concedieron el traslado, nos tocó hacer las maletas de nuevo. —Doña Paquita hace una pausa—. Pásame la jarra de agua.

Bruno le rellena el vaso y ella descansa del esfuerzo de la narración. Se la sigue viendo muy desmejorada.

—Una vez más, llegué a un país en el que todo me resultaba extraño —reanuda al poco—. Pero mi situación económica era privilegiada por aquel entonces, y no veas cómo facilita eso las cosas. Además, tenía un gran apoyo en mi marido. Con su nueva posición, se habían acabado los viajes por trabajo, y los únicos que realizaba eran para enseñarme los rincones más sorprendentes de su país o para hacer alguna escapada y mostrarme las bellas ciudades europeas que había conocido como diplomático a lo largo de los años. Si hay una época de mi vida en la que pueda decir que fui feliz, es esa.

—¿Nunca quiso tener hijos?

Doña Paquita le mira de forma extraña, y Bruno se arrepiente al momento de su indiscreción. Pero ella se encoge de hombros.

—Los niños nunca llegaron, quizá porque nos conocimos algo tarde para ello, quizá por otras razones, pero a ninguno de los dos nos preocupaba. Yo había pasado demasiadas penalidades y de repente el destino me había regalado una vida extraordinaria y un compañero al que me amaba. ¿Qué más podía pedir?

—Tiene toda la razón.

—Entonces, en el mejor momento, a Edin le diagnosticaron un cáncer. Murió a los pocos meses. Y volví a quedarme sola.

—Cuánto lo siento —dice Bruno, apesadumbrado de verdad.

—Por aquel entonces ya me sentía tan unida a Sarajevo como lo había estado a París. No conocía otro hogar, y era donde tenía mis amistades. Pero cuando comenzaba a adaptarme a mi nueva vida sin Edin, las cosas se complicaron. Las tensiones latentes en el país se hicieron intolerables tras la caída del Muro de Berlín y del Telón de Acero. Un nuevo orden mundial se instauraba, y la que hasta entonces había sido República Federal Socialista de Yugoslavia inició su camino de desmembramiento.

Bruno echa cuentas.

—Claro, le pilló todo allí.

—Comenzó con irregularidades políticas que destaparon los conflictos históricos mal cerrados. Así entramos en una situación de disputas con ideas de independencia basadas en las etnias y en el control del territorio. Los nacionalismos, junto a la pobreza y las desigualdades, fueron algunos de los ingredientes que se sumaron a la olla a presión que se iba cocinando.

—La anciana se detiene en seco—. Pero ya está bien por hoy, que me estoy enrollando mucho. Esto lo posponemos para el próximo día.

—Siempre me deja con la intriga, doña Paquita.

105.

Socorro sigue en estado de shock.

Es Annika quien, de nuevo, se ocupa de los trámites de la defunción. Ahora mismo ni siquiera puede pensar en Celia. Le duele demasiado su orfandad. Si hubo algo por lo que Violeta luchó fue por proporcionarle una familia para que no tuviera que vivir una infancia como la de ellas dos. Ahora mejor que nunca comprende los esfuerzos de su amiga, esos que ella le reprochaba: volcarse mucho más que su marido, anteponer el bienestar de él y de la niña al suyo mismo. Anhelaba lo que le había faltado en su infancia: un entorno que le aportara seguridad y amor.

Una llamada de la comisaría saca a Annika de su propia conmoción. Está a punto de colgar y apagar el móvil, pero por alguna razón acaba contestando con desgana.

—¿Cómo ha ido todo?

—El marido de mi amiga ha muerto. —Annika no se reconoce en esa voz ni en esas palabras.

—Vaya, lo siento mucho —dice Raúl con torpeza.

—Esperábamos que saliera adelante —admite ella—. Solo tenía a su madre, que te puedes imaginar cómo está, así que me estoy encargando yo de todo.

—Entiendo.
—Avisa a Jiménez, ¿vale?
—Claro.
—Gracias, Raúl.
—Oye... —La voz del subinspector suena vacilante—. En realidad, yo te he llamado para otra cosa...
—¿Sí?
—Sobre lo que hablamos de la delegación emeritense... Tengo algo gordo.
—Raúl, ¿va en serio?
—¿Cómo?
—Te estoy diciendo que ha muerto alguien muy importante para mí —explota Annika—. Joder, ¿es que no tienes sentimientos?
—Perdona, perdona. Tienes razón.

Annika cuelga y deja salir un grito que se oye en toda la planta. Allí nadie se escandaliza demasiado. Están acostumbrados a todas las formas posibles de gestionar el dolor de la pérdida.

106.

Bruno se encamina hacia el bar.

Pese a la salud delicada de doña Paquita, la charla ha durado bastante. Acelera el paso, temiendo que Santiago se haya cansado de esperarle.

Al llegar, barre con la mirada todas las mesas y confirma que no anda por allí. Sí que están algunos otros conocidos con quienes acostumbra a tomar cañas o echar un mus de vez en cuando. Se le acerca uno de ellos.

—Qué bueno verte por estos barrios —le dice.

—Últimamente paro bastante. Me estoy dando a la mala vida. —Bruno hace una seña a Juan para que le ponga una cerveza y se acomoda en la barra.

En pocos minutos está integrado en una conversación sobre el partido que tendrá lugar entre el Betis y el Real Madrid. Aunque la Liga lleva pocas jornadas, la sorpresa la está dando el equipo verdiblanco, segundo en la clasificación. Si, contra pronóstico, gana al Madrid en el Bernabéu, se situará a la cabeza. Algún culé se frota las manos solo de pensar que los béticos le arrebaten el liderato a su máximo rival.

Bruno apuesta también por los verderones, que siempre le

han caído bien, aunque en verdad en lo único que puede pensar es en si Santiago le va a dejar tirado.

Por fin, ya cerca de las diez, lo divisa a través de la cristalera del bar y se reengancha al debate con una vehemencia fingida.

Santiago pide la caña de rigor y se la toma charlando con otros contertulios de la barra. Solo cuando le da el último trago se acerca al grupo en el que está Bruno.

—¿Qué tal?, ¿cómo lo lleváis?

Permanece allí sin prisa alguna. Se toma la segunda, luego la tercera, y cuando ya se han ido la mayoría de los clientes, se despide él mismo. Hace una seña casi imperceptible a Bruno.

—Me voy también, que se me ha hecho tarde. —Bruno le sigue al momento—. Hasta otra, chicos.

Al salir no ve a Santiago, pero enseguida repara en que le está esperando unos metros más allá.

—Escúchame bien: yo en mi coche y tú en el tuyo. No hemos ido juntos, sino que nos encontraremos allí. Y solo te echaré un cable si veo que la Frasca no se fía.

—Hecho.

107.

Un aire de decrepitud envuelve el club.

Es el mismo que Bruno recuerda de su anterior visita, tantos años atrás. La misma figura de mujer con curvas voluptuosas y las mismas letras rojas de neón. El edificio pide a gritos una mano de pintura. Todo forma parte del código no escrito de esos locales. Uno puede identificarlos en cualquier lugar sin el menor riesgo a equivocarse.

Aparca el coche junto al de Santiago y enciende la videocámara que lleva escondida en el bolsillo de la chaqueta. Cuando entra en la zona del bar, la mujer detrás de la barra está ya sirviéndole un gin-tonic a Santiago. Es una señora muy maquillada que roza el sobrepeso, de unos cincuenta y tantos y con un escote que deja imaginar en toda su magnitud sus enormes pechos.

El local está bastante concurrido. Además de la camarera, hay un par de hombres solos y un grupo de cuatro o cinco acompañados por varias chicas en las que parecen interesados. A los solitarios los conoce del pueblo: el marido de una de las amigas de su madre y un jubilado que enviudó hará un par de años. Los otros son más jóvenes y todos llevan camisetas de una peña taurina.

—Buenas. —Bruno imprime a su tono de voz una seguridad que para nada siente.

—Buenas noches —contestan Santiago y la camarera al unísono.

Bruno se coloca cerca del montijano como si hubiera caído en esa zona de la barra por casualidad.

—Ponme a mí otro cacharro de esos cuando puedas.

Ella le mira con ojillos desconfiados.

—Tú eres forastero.

—¿Este? —interviene Santiago—. Qué va, mujer. Este es del pueblo. Lo que pasa es que para poco.

—Vivo en Mérida.

—Eso es más o menos como ser del pueblo. ¿A dónde crees que vienen la mayoría de los de la capital? Pero a ti no te he visto antes.

Santiago vuelve a terciar para echarle una mano, a su manera:

—Porque al muy *atontao* le gusta más la gran ciudad y se va hasta Badajoz.

—¿Ah, sí? —La camarera esboza una sonrisa burlona—. Pues ya te digo yo que aquí no tenemos nada que envidiarles.

—A ver si es verdad. —Bruno recupera su aplomo.

Se introduce en la charla de ambos mientras piensa con frialdad. Ha sido lo bastante avispado para no seguir bebiendo alcohol en el bar de Juan tras la primera cerveza, y no quiere que la copa le enturbie la mente. La degusta a sorbos muy pequeños mientras deja que Santiago lleve el hilo de la conversación, que se centra, nuevamente, en el fútbol masculino.

Cuando termina la ginebra, su colega lanza una mirada a la camarera.

—Yo me subo, Frasca. ¿Está libre la del último día?

—Claro, está reservada para ti —responde ella con sorna.

—¿Y para mí? ¿Qué hay para mí? —pregunta Bruno, aprovechando la coyuntura.

Frasca le lanza otra de sus muecas burlonas.

—¿Cómo que qué hay? —Hace un gesto con la mano que abarca todo el bar—. Tendrás pocas para elegir.

—¿Estas? —El tono de Bruno es ahora despectivo, con un punto de prepotencia—. Un poco gastaditas ya. ¿No decías que aquí no había nada que envidiar a Badajoz?

Frasca mira a Santiago, que le hace un guiño desganado.

—Venga, mujer. Que es de confianza.

La camarera duda un momento más antes de decidirse.

—De otra cosa te podrás quejar, pero del material no. Es más, te voy a dar la última, mira tú por dónde. Que ha llegado hace poco.

—¿Cómo? —exclama Santiago—. ¿Y no se la ofreces a un buen cliente?

—Tú con la Güendolin, que ya has dicho que querías repetir. Ahora no te quejes. Vamos a darle a probar la nueva al recién llegado. —Se acerca más a Santiago y baja el tono de voz—. Tranquilo, si la tuya es del estilo. Pero esta es una yegua salvaje, me la han traído a medio domesticar.

Santiago lanza una carcajada y luego desaparece tras unas cortinas que hacen las veces de separación con otra zona del edificio.

Bruno se queda a solas con Frasca y permanece en silencio. Teme que si sigue hablando pueda meter la pata y mandar al traste todo lo conseguido. De modo que aguarda con paciencia a que ella reponga las bebidas al grupo del fondo. A la vuelta, ve cómo le hace un gesto para que le siga. Atraviesan ellos también las cortinas y recorren un pasillo estrecho que le recuerda al de una pensión de mala muerte. Después se repite el proceso que ya conoce. La mujer extrae un manojo de llaves del bolsillo del pantalón e introduce una en la cerradura.

El periodista sabe lo que le toca y prepara la cartera.

—No, hombre. —Frasca le detiene con un gesto—. Si Santiago dice que eres de confianza, eres de confianza. Paga cuando te vayas.

Regresa al bar tras desbloquear la cerradura. Bruno inspira hondo y se dispone a franquear la entrada a esa nueva sede del infierno para unas, del edén para otros.

Los goznes de la puerta chirrían como un grillo bajo tortura. Muy lentamente, penetra en la habitación. Hay una chica en la cama cubierta con un batín de lencería. Debajo se adivinan un tanga y un sujetador rojos. Tiene un largo cabello castaño y la cara vuelta hacia la pared de enfrente.

—Hola —dice Bruno con suavidad.

La chica ni se gira. Él se sienta en el borde de la cama.

—No vengo a hacerte daño.

Lentamente, ella se vuelve para mirarle con desprecio. Al ver su rostro, a Bruno le invade una rabia densa. Como Alma, probablemente ella tampoco haya cumplido la mayoría de edad. Pero lo que más le enfurece es el estado de su cara. Tiene la mitad hinchada y un cardenal le cubre el ojo izquierdo hasta el punto de no permitirle abrirlo. Ella le mira concentrando en el otro ojo todo el odio acumulado.

—¿Qué te han hecho?

La joven gira de nuevo la cabeza hacia la pared.

—Desgraciados —masculla Bruno.

Luego se levanta y empieza a dar vueltas por el cuarto como un león enjaulado. Sabe que necesita aplacar su cólera. Solo tras unos minutos es capaz de centrarse. Se deja caer en la silla junto a la cama, el lugar destinado a la ropa de la que deseen despojarse los hombres que recalan allí. Luego extrae la cámara de su bolsillo.

—Escucha, solo quiero ayudar. He venido para conseguir pruebas.

Ella fija la mirada en la cámara e inmediatamente se cubre con las sábanas.

—Necesito que me cuentes lo que pasa.

La chica sigue tapándose.

—Tranquila, puedo grabar solo el audio.

Bruno se acerca con cuidado, le retira la sábana del rostro y ella se defiende con un gesto brusco. La bata cae dejando sus hombros al descubierto.

Lo que Bruno ve entonces le deja fuera de juego.

—¡Tú también!

Un tatuaje ocupa buena parte de su omóplato izquierdo. Uno que ya ha visto antes.

108.

Otra vez en carretera.

Annika ha dejado a Socorro en el tanatorio, quien se ha empeñado en pasar allí la noche para acompañar a su hijo antes de darle sepultura. Ha tratado de hacerle ver que necesitaba descansar en su propia casa, pero ya se ha dado cuenta de que esa mujer la gana en cabezonería. Incluso medio atontada bajo los efectos de la sedación, no ha cedido ni un milímetro.

Se ha sentido tentada de ir a ver a Celia, pero se ha hecho tarde y teme molestar a Felipa. Solo le faltaba ponerse en contra también a la vecina. Así que aquí va, conduciendo de noche camino de Mérida.

A mitad de camino se fija en el cartel que anuncia Montijo. El pueblo de Bruno. Le recuerda con una nostalgia extraña y se pregunta cómo es posible sentir la pérdida de algo que una nunca llegó a tener. Se pregunta también qué andará haciendo el periodista de los ojos color miel. Quizá leyendo un cómic de héroes y villanos. O tal vez esté con alguna otra chica. El pensamiento le provoca un pinchazo en alguna parte en su interior. Suspira. No estaría mal poder contarle por lo que está pasando. Sentirle de su lado y que la entienda, o al menos la escuche. Incluso recibir un abrazo, como el que le dio Sonia días atrás. Solo que viniendo de Bruno sería bastante mejor. Pero no hay nadie de ese lado. Ya se encargó ella solita de cerrar la puerta.

En la carretera oscura destacan los letreros luminosos de un club de alterne. Está al pie de la autovía, al lado de Montijo y solo a unos pocos kilómetros de la capital. Uno más de esos cincuenta y nueve clubes que se distribuyen por toda la región, engordando las cuentas de tipos sin escrúpulos. Siente el impulso de desviarse y ver qué se cuece en uno de esos antros.

Un vehículo que le pita clamorosamente le hace pegar un respingo. Ni siquiera se había dado cuenta de haber levantado el pie del acelerador. Con un suspiro, lo pisa de nuevo y sigue su ruta. De todas formas no puede permitirse más problemas. En un día como hoy, no descartaba pegarle un mamporrazo al primer patán que viera propasarse.

109.

—*El trébol.*

Bruno señala con insistencia el tatuaje de la chica.
—¿Qué significa?

Ella le devuelve una mirada vacía, pero cree percibir una pizca de atención en el fondo de esos ojos claros.

—Necesito que me lo cuentes todo. Cómo has llegado aquí, quién te tiene encerrada, cuánto tiempo llevas así. Qué tiene que ver ese trébol con todo esto.

Vuelve a ignorarle. Pero al cabo de un minuto, es ella quien se señala el hombro. Quiere saber.

—Se lo vi a otra chica, en una habitación como esta —le explica él.

Ella sigue apuntando con el dedo hacia su hombro. Le mira con vehemencia.

—Estaba en Badajoz —sigue—. Le prometí que la ayudaría.

Él se da cuenta de que apenas le entiende y de que empieza a perder el interés. Permanecen así unos minutos más. Luego, casi como si hablara para sí, dice:

—Se llama Alma.

—Alma —repite ella, hablando por primera vez.

Ahora le mira de una forma diferente. Es una mezcla de miedo y esperanza. Se señala el pecho.

—Sanela.

Bruno sonríe con prevención.

—Hola, Sanela. Yo soy Bruno.

Ella permanece unos minutos más en la misma posición. Luego se yergue en la cama, apoya la espalda en el cabecero y arrebuja las sábanas alrededor de su cuerpo flaco. Y habla. Al principio de forma pausada e insegura, pero a medida que avanza, las palabras brotan de sus labios con mayor fluidez, sumida en una especie de histeria.

Bruno siente emoción e impotencia a partes iguales. Aunque no entiende ni una palabra, presta toda su atención a ese lenguaje indescifrable.

Un rato después, ella da por concluido su relato y Bruno se da cuenta de que ha pasado demasiado tiempo ahí dentro.

—Sanela, tengo que irme. No digas nada, ¿entiendes? Vamos a sacarte de aquí. A ti y a Alma.

Bruno querría tocarla para infundirle seguridad, darle un abrazo que la resarza en algo de toda la violencia, pero recuerda cómo se asustó Alma cuando lo intentó, esa reacción instintiva tras las palizas. Antes de irse, le lanza una última mirada. Ella se acaricia el tatuaje del hombro y le mira desde ese colchón que es también su cárcel. Recuerda el haiku que le vino a la cabeza cuando conoció a esa otra chica.

Princesas tristes.
En el castillo presos,
tréboles verdes

—Os sacaremos de aquí —dice una vez más.

Sabe que no debería hacer ese tipo de promesa, pero sabe también que se va a dejar la piel por cumplirla. Cierra la puerta tras de sí y recorre el pasillo en sentido inverso hasta alcanzar la línea divisoria de las cortinas.

Al llegar al bar, ve a Santiago de nuevo en la barra. Le espera con una sonrisa pícara.

—¿Bueno, qué?

La camarera también le mira expectante.

—No tengo queja.

Ambos se echan a reír.

—¿Qué te dije, Frasca? A este le van las duras. Si yo tengo ojo para estas cosas.

Bruno fuerza una sonrisa incómoda.

—Ponle otro copazo, anda —añade Santiago.

—No, que tengo que conducir.

El montijano endurece el gesto.

—¿Ahora me vas a venir con tonterías?

—Vale —recula enseguida Bruno, no quiere problemas—. Total, Mérida está aquí al lado.

—Así mejor.

La copa se le hace eterna, no puede evitar mirar de reojo a Frasca y preguntarse si sospecha algo. Solo puede pensar en salir pitando de allí, aunque esta vez sin que le apaleen. Pero la mujer parece relajada. Se ha repanchingado en uno de los taburetes y está de palique con un señor mayor. Ríe ostensiblemente con lo que quiera que le esté contando, y cada vez que lo hace provoca una sacudida de los descomunales pechos que el hombre contempla sin pizca de recato. Mientras, el periodista aguanta como puede la charla insulsa de Santiago hasta que este apura su copa y se da por satisfecho.

—Mañana tengo un encarguillo y me toca madrugar.

—Sí, yo también curro.

—A esta invito yo. Pero no te acostumbres. —Santiago saca la cartera y deja caer un par de billetes—. Hasta otra, vaquero.

Bruno se despide con un gesto de la mano, no sin antes

dirigir una última ojeada a Frasca, que sigue absorta en su galán. Ya en la calle, va directo a su coche, arranca y pone rumbo a la capital extremeña.

Cuando pierde de vista el club, deja escapar un suspiro largo y luego una sensación de euforia se apodera de él. ¡Lo tiene!

SÁBADO, 29 DE OCTUBRE

110.

Annika dice que los burpees *los haga hoy su tía.*

No tiene energía ni para salir de entre las sábanas, la va a tener para ponerse a saltar como una rana. Se ha despertado con la sensación de una mala resaca: dolor de cabeza, mal sabor de boca y el recuerdo deslavazado de una noche repleta de pesadillas.

Reúne las fuerzas justas para estirar el brazo y agarrar el teléfono. Hoy no se contiene por más tiempo y marca el teléfono de Felipa.

—Felipa no está. Soy Lucía, su hija.
—¿Y tu madre?
—Ha ido a la peluquería a arreglarse para el entierro.
—¿Puede ponerse la niña?
—Está en el patio jugando con mis hijos. Voy a ver.

Lucía tarda en regresar.

—No quiere.
—¿Cómo que no quiere?
—Ya sabes cómo son los críos, está metida en el juego y no le interesa nada más.

Annika cuelga con más desazón que antes. Tabita se ha subido a la cama, harta de esperar a que se levante o quizá justo porque sabe que es ahí donde su humana la necesita. Aún con el móvil en la mano, Annika se acuerda de Raúl. Está enfadada con él, pero sabe que en el fondo es otra forma de evasión de la tristeza propia. Y al mismo tiempo se siente un poco culpable por cómo le habló. Marca su número.

—Annika, ¿cómo estás? —pregunta él con cautela.

—Bueno, ya sabes. Me he venido a casa y pensé que quizá podíamos hablar sobre lo que me comentaste.

—Como dijiste que no tenía sentimientos...

—No me pillaste en el mejor momento —farfulla.

—Tranquila, la verdad es que mucho tacto no tuve. Andrea siempre dice que soy más bruto que un *arao*.

Se oye un barullo de fondo. Grititos infantiles, risas, una voz de mujer que protesta por algo, un altavoz de fondo.

—Oye, me pillas en el súper con la familia. Te llamo en un rato.

Annika se limita a esperar sin moverse de la cama. Tabita se ovilla pegada a ella, le lame la mano y luego apoya en ella la cabeza para que se la acaricie. No es un abrazo, pero es lo que más se le parece.

Media hora después, Raúl devuelve la llamada.

—Ya estoy de vuelta. Ayer tuve una intuición de las mías, y como no podía esperar, por la noche me puse en modo troncha.

—¿Fuiste a hacer una troncha? ¿A quién vigilaste?

—Prefiero no comentarlo por teléfono. ¿Quedamos esta tarde?

—Esta tarde es el entierro. —La voz de Annika se torna hosca.

—Claro, perdona.

Se hace un silencio. Annika detecta el sentimiento de torpeza y culpa del subinspector, pero no dice nada por ayudarle.

—De todas formas, hoy volveré —dice él—. Llámame si por la noche te ves con ánimos.

—No creo, Raúl.

—Vale, pues ya te pondré al día. Ahora tienes cosas más importantes en las que centrarte.

Annika cuelga el teléfono y lo lanza a la otra punta de la cama. Ese maldito aparato la deja con más frustración cada vez que lo usa.

111.

Bruno repasa la grabación.

La calidad de la imagen no es demasiado buena, aunque se ve perfectamente que la chica recluida es muy joven, muy probablemente, menor de edad, y se aprecian las señales de violencia en su rostro. En cuanto a la voz, se escucha con toda claridad. El problema sigue siendo el mismo: que no entiende ni torta.

Ni siquiera distingue cuál es el idioma en que le habló. La base parece eslava, lo cual tiene sentido, tanto por los rasgos de la chica como porque un alto porcentaje de las mujeres traficadas provienen de países con lenguas de esa familia. Pero exponerlo a una traducción es impensable: tiene en su poder un material demasiado sensible y supondría multiplicar los riesgos.

Se siente tentado de llamar a Annika para contarle sus avances y pedirle opinión, pero se contiene. Esta vez no lo hará hasta que lo tenga todo bien atado. Entonces sí, la deslumbrará ofreciéndole las pruebas en bandeja. Él lo publicará en los medios y ella atrapará a los culpables. Si sabe tener la paciencia suficiente, las cosas saldrán bien. Tienen que salir bien.

112.

La iglesia está abarrotada.

Antonio siempre tuvo don de gentes, y en su último día no va a ser menos: ha congregado a toda una multitud. Mientras que Violeta se crio en un centro de menores con Annika como única familia, Antonio lo hizo en San Roque, un barrio populoso de Badajoz donde todos se conocen.

Las primeras filas están copadas con las vecinas y amigas de Socorro, que rodean a la madre doliente. De hecho, ya casi no hay bancos libres. Localiza un hueco en uno de los del fondo y se sienta a esperar a que el párroco oficie el funeral. Al poco, una voz conocida la sobresalta:

—¿Puedo ponerme aquí, Anita?
—Claro.

Felipa se acomoda junto a ella en el poco espacio que queda.

—La Loli me ha tenido mucho tiempo, mira que le he dicho que el peinado era para un entierro y no me podía retrasar —se excusa.

Comienza la misa y ambas se centran en las palabras de consuelo y despedida dirigidas desde el púlpito. Cuando el cura da el acto por concluido, la vecina de Socorro se gira hacia Annika.

—Le daré el pésame ahora. No voy al entierro porque mi hija se ha quedado con la niña y era su día libre.

—Es normal. ¿Puedo ir después a verla?

Las facciones de la mujer se endurecen.

—Yo cuido a la cría de mil amores, pero no me pongáis en medio.

—No sé a qué se refiere. ¿Es por lo del otro día?

Felipa nota que ha hablado más de la cuenta y se levanta para marcharse, pero Annika la retiene.

—Le dijo ella que no me dejara verla, ¿verdad?

—Ya te he dicho que no me metáis, Anita. —Felipa se zafa y se aleja con paso firme.

Esa evasiva le ha confirmado su sospecha. Annika está furiosa, pero no puede ir a cantarle las cuarenta a una mujer a punto de enterrar a su hijo. Ni tampoco hacer como si nada. Se monta en el coche y pone rumbo a Mérida mientras el resto de los vehículos se dirigen al cementerio.

113.

Se enfunda las mallas y se va a correr con la galga.

La furia le ha devuelto la energía que la tristeza le arrebató. Corre y corre con todas sus fuerzas hasta que la propia perra renuncia a seguirle el ritmo.

—Tienes razón, Tabita. Ya es hora de volver.

Son las nueve de la noche cuando se tumba en el sofá y una tenaza en el estómago le recuerda que lleva sin comer desde el desayuno. Saca una pizza precocinada del congelador y la mete en el horno.

Pone de comer a Tabita mientras se hace la pizza y aprovecha para organizar el desastre en que se ha convertido su casa en los últimos días. El horno avisa con su pitido estridente de que la cena está lista. Se la zampa con ansia mientras ve las noticias. Es uno de esos días en los que no quiere quedarse en casa, necesita desconectar de todo, pero irse de fiesta es lo que menos le apetece del mundo.

Marca el número de Raúl sin pensárselo.

—No me digas que te has animado.

—Si aún estoy a tiempo...

—Dame tu dirección y paso a recogerte.

Annika titubea. Nunca dice dónde vive, es una de sus reglas grabadas en piedra. Pero Raúl es su compañero de trabajo y subinspector del grupo. Tiene que dejar de ser tan desconfiada. Además, podría conseguir sus datos cuando quisiera.

—Calle Augusto, sesenta y ocho —dice a regañadientes.
—Te pego un toque cuando esté abajo.

La misión consigue mantener la tristeza a algo de distancia. Elige ropa cómoda, se recoge el pelo en trenzas de raíz y prepara la mochila para una troncha en condiciones: agua, una manzana, un paquete de frutos secos, un cargador portátil para el móvil y, aunque vacila, al final incluye también la pistola reglamentaria.

Cuando suena el teléfono, sale y divisa a Raúl en un Toyota Land Cruiser. Lo conoce bien, es uno de los mejores vehículos camuflados del departamento. Trepa al asiento del copiloto.

—Buena elección.
—Hombre, para las tronchas hay que pillar uno cómodo.
—¿Y no te han puesto pegas con la autorización?
—Bueno.
—¿Bueno?
—Me camelé al inspector, cosas mías.
—Vaya liante estás hecho.

Raúl suelta una risotada.

—Oye, ¿podrías decirme por fin a dónde vamos? —pide Annika.
—A un sitio que ya conoces.
—¿Pharma Kim?
—Correcto. Un punto para la policía modelo.

Continúan en silencio hasta que llegan a la altura del edificio que alberga la empresa farmacéutica. Si esa zona ya se ve siempre bastante deshabitada, un sábado a medianoche parece el desierto del Gobi.

El subinspector apaga las luces y se desvía por un camino

paralelo a la carretera hasta que se divisan las traseras de la fábrica. Detiene el motor y acciona la palanca del sillón para reclinarlo. Annika espera unos minutos hasta que la impaciencia y la curiosidad pueden más que ella.

—¿Y bien?

—¿Y bien qué?

—¿Vas a explicarme de una vez qué puñetas has descubierto, o te lo tengo que sacar todo con cuchara?

Raúl ríe de nuevo, pero se toma su tiempo. Saca una bolsa de gominolas, la abre, mastica un osito. Coge un platanito, lo engulle también. Le ofrece a Annika, que lo rechaza con un gesto.

—Ayer verifiqué que no consta que vendan a nadie esos medicamentos —arranca—. Ni las viagras ni una serie de productos adelgazantes.

—¿Y qué se supone? ¿Que los fabrican pero no los venden?

—Absurdo, ¿verdad? Pues el rastro desaparece. Así que pensé que de alguna forma tenían que salir de la nave.

—Y viniste a darte una vuelta.

—Correcto. Llegué con la noche bien entrada y como soy muy cabezón, que eso también me lo dice mi Andrea, aquí aguanté hasta las tres de la madrugada.

—Sí que te lo tomaste en serio.

—En realidad, me hubiera ido mucho antes. No había luces, coches, nada. Ni rastro de vida humana.

—¿Pero?

—A medianoche, dos tipos salieron por la trasera de la nave. No parecían de seguridad, y además tenían unos frontales de los que se usan para espeleología y esas cosas. Sabes, ¿no?

—¿Y qué hicieron?

—Nada, fumarse unos pitis y echar un rato de palique. Pero la pregunta era obvia: ¿qué coño hacía esa gente currando a esas horas y a oscuras? Así que me quedé a ver qué se traían entre manos.

Raúl calla como si esperara que Annika le espoleara para seguir hablando, y eso hace ella:

—¿Qué pasó?

—En las tres horas siguientes, nada. Solo que ya no pensaba moverme. Tendrían que acabar saliendo, aunque fuera para irse a su casa a sobar. Y entonces —hace una pausa para darle emoción mientras se traga una fresita— sucedió lo más interesante.

—Deja de hacer eso.

—¿Qué?

—Lo de la intriga. Y lo de atiborrarte como un crío chico. Suéltalo de una vez.

—Está bien. Mi Andrea también me dice que soy un cuentista de cuidado. —Raúl se ríe con ganas—. El caso es que llegó una furgo y aparcó en la trasera, justo por donde habían salido antes los tipos. Desde donde estaba yo no apreciaba mucho, pero sí lo suficiente para saber que estaban cargándola. Y que no tenía ningún logo de la empresa, nada corporativo que pudiera identificarla.

—Si serigrafían hasta los bolis... —dice Annika, recordando el que apareció en la habitación de Sara Pineda.

—Justo.

—¿Y qué más?

—Nada. Acabaron de cargarla, los dos tipos se metieron en ella y se piraron de allí junto con el conductor.

—¿Pudiste reconocer a alguno de los tres?

—No. Y tampoco tengo nada que lo demuestre. Eché fotos con el móvil, pero sin el flash y a esa distancia no sale un carajo.

—O sea, que no tenemos nada. ¿Ni la matrícula siquiera?

—Tendría que haber salido del coche y aproximarme, era demasiado arriesgado. Pero... —Raúl extrae de su mochila una réflex con un aparatoso módulo de visión nocturna—, —para eso estamos hoy aquí.

Annika se la quita de las manos.

—¿Desde cuándo tenemos presupuesto para cacharritos así?

—Desde nunca. Es mía.

—Menudo juguete.

—Me flipa la fotografía. Es una afición cara, pero de vez en cuando me cae algo en los cumpleaños. A base de hacerme viejo, me voy haciendo con cosillas: trípode, mando a distancia, diferentes objetivos... Esto fue por el aniversario. Casi no he tenido tiempo de probarlo.

—Pues vamos allá.

114.

Ha transcurrido algo más de una hora.

Y, salvo un par de gatos que han atravesado el páramo y una lechuza que les ha asustado con su ulular, no ha sucedido absolutamente nada. Raúl se ha terminado su bolsa de golosinas y está conteniéndose para no abrir la segunda.

—Reconozco que se te da mejor que a mí —dice Annika de repente.

—¿El qué?

—Tratar con el jefe.

—Ya. —Raúl coge la bolsa, va a abrirla, la vuelve a soltar con un suspiro—. Si te sirve de algo, Jiménez no es precisamente un tipo fácil de llevar.

—¿Un capullo, dices?

El subinspector suelta una carcajada.

—Como un camión.

—Ya, pero aun así. Yo solo quiero hacer mi trabajo de forma correcta, y cuanto más lo intento, más le encabrono —confiesa ella.

—Hazlo sin que se note. O, al menos, sin que se note que lo haces tan jodidamente bien.

Annika le mira inquisitiva.

—¿Qué? Eres buena, coño. Se nota a la legua. Y eso es lo peor, que no lo disimulas.

—¿Y qué se supone que tengo que hacer?

—Pues lo mismo que los demás. Cederle el mérito a él.

—Pero si no lo tiene, es un mediocre —se queja ella.

—Y a ti qué más te da. Tú eres agente, él es inspector y jefe de grupo. ¿Quieres ascender? Cúrrate los exámenes.

—No es eso...

—Pues entonces deja que se ponga las malditas medallas. A ti te van a pagar lo mismo, y lo que es mejor, te van a dejar hacer tu curro tranquila.

—Ya.

—Lo que pasa es que te jode que un memo como él se lleve todos los reconocimientos.

Ella permanece callada un momento.

—Supongo que sí —admite al fin.

—Pues así funciona el mundo, colega.

Annika refunfuña, pero en el fondo sabe que Raúl tiene razón. Le quita la bolsa de gominolas.

—¿Y tu manzana? —se burla él.

—Que le den por saco a la manzana.

Ambos guardan silencio. Annika comisqueando, Raúl con el rostro ceñudo.

—Estoy pensando que hoy es la peor noche de la semana —dice él tras un buen rato.

—¿Por qué? —Annika se sacude el azúcar de las manos.

—Pensé que al ser sábado todo estaría tranquilo y podrían aprovechar para sacar otro cargamento.

—Tiene sentido.

—Pero no me acordé de los controles de alcoholemia.

—¿Qué tiene que ver...? —Annika se interrumpe al caer en la cuenta—. Hostia, claro.

—Les dan el alto en un control rutinario, notan algo raro y deciden registrarles.

—Y la han cagado hasta el fondo. No pueden permitirse un riesgo tan tonto.
—No.
—Somos unos pardillos.
—De manual —reconoce él.
—¿Nos vamos a casa?
Raúl asiente.
—Será lo mejor. Total, te has acabado todas las gominolas.

DOMINGO, 30 DE OCTUBRE

115.

Bruno se dirige pesadamente a casa de doña Paquita.

Se ha servido dos buenas raciones del cocido preparado por su madre y, fruto de ello, ha dormido como un leño. Carla le ha tenido que sacar de la cama como cuando era un crío que no quería ir al colegio.

Se alegra al comprobar que la anciana tiene mejor aspecto. Aún perdura el aire de cansancio y el rostro macilento, pero está peinada y aseada como de costumbre, y el café vuelve a aguardar humeante sobre la mesa camilla.

—La veo mucho mejor.

—Una no es tan fácil de tumbar.

Él aprovecha ese momento de asueto para tantear algo que le ronda la cabeza.

—Doña Paquita...

—Dime.

—¿Qué idioma hablaba cuando vivía en Yugoslavia?

—Con mi marido, en francés, aunque se defendía con el español y a veces me pedía que le hablara en mi lengua materna. Y con nuestras amistades, según el caso —cuenta alegremente—. Muchos eran del círculo diplomático de Edin. Teníamos conocidos que habían pasado alguna época en América del Sur con quienes podía charlar en español. A veces incluso en inglés. No es que se me diera muy bien, pero chapurreaba lo básico.

—Toda una políglota.
—Así es. —Ella esboza una sonrisa con un punto de vanidad.
—Aunque necesitaría alguna otra lengua para desenvolverse en la vida diaria —tantea.
—Claro, fueron muchos años.
—¿Qué era lo que se hablaba allí? ¿El yugoslavo?
—Ay, ese era otro motivo de disputa. Anda que no habría tela que cortar sobre la relación entre la política lingüística y la realidad de la lengua.
—Ilústreme.
—Si tanto te interesa... —La anciana se recoloca en su sillón—. El idioma oficial cuando llegué era el serbocroata. Desde que el país se disolvió, dio paso al croata y al serbio y, más tarde, al bosnio y al montenegrino, que surgían con los nuevos estados creados tras la desmembración de Yugoslavia.

A estas alturas Bruno ya se ha perdido.

—¿Y usted? ¿Qué lengua aprendió?
—Ya te digo que en Sarajevo lo que se hablaba por entonces era el serbocroata.
—Pero ahora ya no se sigue hablando...
—No.
—Vaya...
—Aunque todas las lenguas eran parecidas.
—¿Cómo de parecidas?
—Han ido distanciándose, ya no es tan sencillo comprenderlo como cuando se hicieron oficiales. Pero proceden de la misma raíz.
—¿Son eslavas? —indaga él.
—¿Se puede saber a qué viene tanta pregunta? Tú tienes en mente algo que no me has contado.

—Qué va, si es curiosidad.

—Sí, son eslavas —contesta ella a regañadientes.

—Solo una cosa más. ¿Las lenguas eslavas también se entienden entre sí?

—Eso es como decir que el portugués y el español se entienden, o el francés, o el rumano... Algunas sí y otras no. —Doña Paquita comienza a hartarse del interrogatorio—. Bueno, ya está bien. Que me vas a cansar antes de empezar.

—Tiene razón. Estábamos en Sarajevo.

Su mirada se enturbia.

—Eso es. En el comienzo de la guerra.

—Será difícil recordarlo.

—Sí. Pero para eso estamos aquí, ¿no?

Ella se toma unos instantes y se sumerge una vez más en su pasado:

—Como ya te dije, fue una combinación de factores muy compleja la que favoreció los conflictos: exaltación nacionalista y separatista, crisis social, fin del comunismo... Todo se fue cociendo al mismo tiempo. Y, una vez empezó, ya no había forma de pararlo. Primero se disolvió el país, y dos de sus partes, Croacia y Eslovenia, iniciaron un proceso de independencia; ahí comenzó la sangría.

Doña Paquita va desmenuzando lo que aconteció a nivel político y social durante aquellos años mientras Bruno escucha con atención. Aunque supo de la desgracia de esos pueblos balcánicos a través de los telediarios de la época, nunca llegó a entender toda aquella trama de circunstancias. Religiones, ideologías, identidades, fronteras y, en medio, decisiones políticas que condujeron a que personas que vivían en vecindad se odiaran hasta el punto de cometer las mayores barbaridades entre sí.

—Lo peor fue la limpieza étnica. Tras el referéndum para la independencia de Bosnia, la situación se recrudeció y temí de nuevo por mi vida. El nuevo territorio bosnio estaba inmerso en una guerra cruel que pretendía exterminar a hermanos y hermanas.

—Pero Sarajevo resistió, ¿no? —Bruno ha hecho los deberes y no duda en meter baza.

—Cuatro años —confirma ella—. Cuatro terribles años de un asedio que consistía en infligir el mayor sufrimiento posible a la población para que las autoridades bosnias se rindieran. Y adivina quién salió perdiendo.

—La población civil.

—Empezando por nosotras. Las violaciones de niñas y mujeres en masa se utilizaron como arma de guerra.

Doña Paquita traga saliva. Bruno ve cómo las lágrimas resbalan por sus mejillas. Le sorprende, porque a pesar de todos los infortunios y las penurias que lleva narrados, es la primera vez que la ve llorar.

Ella le explica cómo a muchas de sus conocidas las encerraron en centros de detención donde las forzaban sistemáticamente. Aunque se hablaba de lo que pasaba ahí dentro, nadie lo sabía con certeza.

—Hasta que un día, la hija de mi mejor amiga consiguió escapar de uno de ellos. Y nos lo contó.

Bruno toma la mano de doña Paquita.

—Yo, que me creía encallecida de todo el dolor, no pude soportarlo —confiesa—. Emina tenía la misma edad que mi madre cuando las fuerzas franquistas la encerraron. La certeza de lo que ella vivió antes de que la fusilaran me golpeó con tanta fuerza que me derrumbé. Como aquella muchacha. Estuve varios días encerrada en casa sin poder hablar con nadie. Cuando por fin salí, fue para irme y no regresar.

Doña Paquita calla de forma abrupta. Bruno no acierta a hacer otra cosa que apretarle la mano y aguardar en silencio. Transcurren varios minutos hasta que la mujer se sacude la tristeza y recupera el aplomo.

—Yo creo que por hoy ya está bien.

Bruno sonríe con ternura ante la poca sutileza a la que comienza a habituarse. Cuando se levanta para irse, se acerca y en un impulso le da un beso en la mejilla a doña Paquita.

116.

Annika está a punto de salir con la perra cuando suena el teléfono.

En la pantalla aparece un número desconocido.
—¿Hola?
—Eeeh... Buenos días. ¿Annikaka... Kaunda?
—Al habla.
—Soy Lourdes Tapia. Estuvo en mi casa la semana pasada. Por un momento, a la policía la pilla en fuera de juego.
—Para hablar sobre Sara.
—Sí, sí. Buenos días, Lourdes.
—Me he pasado la semana dándole vueltas y he recordado algo, aunque quizá sea una tontería.
—¿Qué tal si me acerco a tu casa en una media hora?
—Perfecto, aquí estaré.
Tabita alza la cabeza con mirada lastimera; tanto, que la hace sentirse culpable.
—Lourdes, ¿te importa si me llevo a la perra? Puedo dejarla en la terraza.
—Sin problema.

Lourdes la espera asomada al balcón. Saluda con la mano y baja a abrir. Ambas atraviesan el espacio diáfano de la planta baja destinado a sala de baile, hoy vacío.

—¿Día de descanso? —pregunta Annika.

—Sí, aunque la semana ha sido dura. Las clases de siempre más un curso intensivo de bailes urbanos.

—¿Dónde dejo a la perra?

—Que se quede con nosotras, no hay ni rastro de los michis. Se ve que se les ha alargado la juerga del sábado.

Tabita olfatea nerviosa el ambiente mientras ambas toman asiento. Lourdes no tarda en ir al grano:

—Como le dije, Sara era muy reservada y yo no la presionaba cuando no le apetecía hablar sobre algo. Pero he pensado mucho en la última vez que charlamos. Estaba más nerviosa que de costumbre.

—¿Cuál era el motivo?

—No lo sé. Quizá estaba planteándose en serio dejar a Álvaro, o quizá fuera solo una bronca reciente. —Se detiene un instante, toma aire y continúa—: Ahora creo que debí haber preguntado.

A Annika le viene una idea de repente:

—Lourdes.

—¿Sí?

—¿Crees que podía haber otra mujer?

—Por supuesto.

Ella la mira sorprendida.

—¿«Por supuesto»? ¿Tan segura estás?

—Ya le dije que Álvaro es un cabronazo. La controlaba al detalle, pero luego él salía por ahí y pillaba lo que podía. En la noche de Mérida nos conocemos todos.

—Ya, lo de Irene...

—Y no solo. Es de los que acaban la juerga más de una vez en un puticlub —dice con repugnancia.

Annika tuerce el gesto. Lo tiene todo, el tal Álvaro. Pero

se están desviando del tema; ella en quien piensa es en Pablo. En Pablo y en Montse.

—El caso es que yo me refería al otro.

—¿Al otro?

—A ese hombre con el que se había ilusionado. ¿Podía estar con otra mujer?

Lourdes frunce el ceño.

—No tengo ni idea, ni siquiera sé quién era el tipo. ¿Puedo seguir?

—Claro.

—Le decía que ese día noté a Sara muy rara. Era como si quisiera contar algo y al mismo tiempo no quisiera o no se atreviera.

—¿Podría ser algo más concreta?

—He tratado de recordar las palabras exactas. Dijo algo así como que había cosas que era mejor no saber, porque podían destrozarte la vida. Y que fue feliz hasta que lo entendió todo.

Annika la mira esperando algo más.

—Parecía llena de amargura, me dio mucha pena —añade Lourdes.

—¿Cuánto hace de esto?

—Unas tres semanas antes de... de su muerte.

—¿Y no podía referirse a que ese hombre en el que se había fijado ya estuviera con otra? —insiste Annika.

—No lo sé.

—Está bien. ¿Qué más?

—Solo eso, lo siento.

—¿Solo eso?

—Creía que tal vez sirviera para algo. —Lourdes agacha la cabeza.

—Pues no sé cómo.

Annika se arrepiente de su tosquedad, pero no tiene tiempo de disculparse porque en ese momento entra un gato por la ventana. Tabita se lanza a por él ladrando como una descosida. Perra y gato corren en círculos por la habitación atropellando todo lo que pillan a su paso.

—¡Deténgala, se va a comer a Romeo! —grita Lourdes.

La policía logra atrapar a Tabita, no sin que antes le entalle la cola al gato con un mordisco, quien le devuelve un zarpazo, que a su vez la perra trata de resarcir con un nuevo bocado.

—¡Ya basta, Tabita!

Annika la separa, pero la perra sigue enseñando los dientes sin ánimo de retirarse.

—Será mejor que me vaya. Parece que le han vuelto sus mañas de cazadora —le dice a la profesora, que está concentrada en evaluar los daños de su Romeo.

Mujer y perra salen de la casa igual de enfurruñadas. Mujer, por la sensación de perder el tiempo. Perra, por la de perder una buena presa.

117.

Bruno llega a casa de su madre.

No puede dejar de pensar en el idioma de Sanela. Algunos de los países de Europa oriental donde hay más delitos de tráfico de personas coinciden con la zona de los Balcanes, y cada vez está más convencido de que la lengua en la que se dirigió a él era eslava. Pero puede provenir de la República Checa, de Ucrania o de tantos otros lugares donde se hable alguno de los idiomas de esa extensa familia.

Aun así, quizá doña Paquita pudiera reconocerla. Solo hay una forma de averiguarlo. Tras darle muchas vueltas, va al cuarto a por la videocámara y se encamina de nuevo hacia su casa.

Por primera vez desde que acude, la puerta está cerrada con llave. Prueba a llamar al timbre, pero nadie contesta del otro lado. Cuando está a punto de irse, divisa a la anciana calle abajo, acompañada de otras dos vecinas de su edad.

—Hijo, ¿qué haces aquí otra vez? —dice al llegar junto a él—. ¿Se te ha olvidado algo?

—No, es que... me extrañaba que no hubiera nadie.

—Estaba en misa. Pero pasa, pasa —dice mientras abre y le franquea la entrada.

Bruno entra presa del nerviosismo y espera a que doña Paquita se quite el abrigo.

—¿Quieres tomar algo?

—No, gracias.

—¿Ni un vaso de agua?

—Agua estaría bien —concede.

Ella va a la cocina y regresa al poco con una jarra y dos vasos. Sirve con calma, bebe un sorbo y por fin se concentra en él.

—Ya me dirás qué te ha traído de vuelta.

—No sé por dónde empezar...

—Quizá por las lenguas eslavas —dice ella con una media sonrisa de sabelotodo.

—Ya veo que no se le escapa una.

—Ay, querido. A mí me la vas a dar, a mi edad.

—Estoy trabajando en un reportaje y hay algo que quiero denunciar. Creo que tengo una prueba, pero no sé cómo interpretarla —confiesa Bruno de un tirón.

—Y esa prueba está en un idioma que no entiendes —completa ella.

—Verá, pensé... no sé, quizá usted comprenda algo de lo que dice. ¿Me ayudaría?

Doña Paquita le observa muy seria. Entonces, de repente, suelta una carcajada. Es una risa fresca que hace sonreír a Bruno con timidez.

—¿Por qué no? —Ella se enjuga una lágrima con su pañuelito—. Hacer de detective para un joven periodista. No suena mal.

La voz de Sanela resuena en la habitación. Los minutos pasan y él observa expectante a doña Paquita. Al principio parece asombrada, pero después sus facciones se endurecen y no es capaz de descifrar lo que pasa por su cabeza. Así transcurre la escucha hasta que su propia voz se despide de la chica. Detiene la reproducción y espera.

—¿Ha entendido algo?

El rostro de la mujer continúa impasible.

—¿De dónde lo has sacado? —pregunta ella un momento después.

—Es de un club que hay aquí al lado, a solo unos kilómetros del pueblo.

—Vete.

—Pero...

—¡Vete de mi casa, he dicho! No quiero tener nada que ver con esto.

—Doña Paquita, dígame al menos...

Ella alza la mano para cortarle en un gesto autoritario que nunca le ha visto. Bruno se retira con gesto alicaído. Da la vuelta un segundo antes de franquear la salida y la busca con la mirada, pero la anciana mantiene sus ojos fijos en la puerta por la que él tiene que salir y llevarse todos sus problemas.

Piensa que si esto fuera una película, doña Paquita le llamaría en el último momento y le explicaría qué ocurre. Y todo se resolvería. Pero no lo es.

LUNES, 31 DE OCTUBRE

118.

El lunes empieza con la reunión de puesta en común.

O lo que es lo mismo, la reunión para escuchar a Jiménez. Se la pasa echándoles monsergas por esto o aquello, y tan solo los últimos minutos los dedica a que cada uno exponga los avances en sus respectivas tareas. Cuando les toca el turno a Raúl y a ella, Annika deja todo el protagonismo al subinspector. Una vez más, tiene que reconocerle su habilidad: pone al día a los compañeros de las pesquisas con respecto a la empresa farmacéutica, y lo hace de forma que cualquiera diría que todos los méritos han sido cosa del inspector y ellos, unos simples ejecutores de sus órdenes.

—Buen trabajo, subinspector Valverde —dice Jiménez.

Raúl le hace un guiño disimulado a Annika. «Así es como se hace», parece decirle.

Después, Jiménez retoma su soliloquio y da cuenta de algunos casos llevados desde la UDEV, relatando los últimos pasos dados. El más mediático, por trágico e inusual, es el del asesinato de Sara Pineda. Annika se pone alerta en cuanto escucha el nombre de la chica.

—La fiscal pide veinticinco años para Álvaro Vilas por asesinato con agravantes de alevosía y ensañamiento. Como ya imaginarán, el juicio aún tardará meses en celebrarse, durante los cuales el presunto culpable permanecerá en prisión provisional. El comisario, así como el inspector jefe de la Policía Judicial, nos transmiten su enhorabuena por la rápida y eficaz gestión realizada desde la UDEV.

El recuerdo de Álvaro deja a Annika un regusto desagradable. Su empeño en bucear en la vida de la víctima la ha conectado con otra realidad que quizá esté poniendo en peligro más vidas, pero una nunca deja del todo aquellos casos que no ha resuelto como habría querido.

La reunión llega a su término y ella se reparte las tareas con Raúl y se centra en la faena.

Una hora después, el subinspector se le acerca con un brillo en los ojos. Nada más verle sabe que ha dado con algo.

—¿Qué es?

—Lo del viernes fue casualidad —dice—. Casualidad y que tengo una potra que a veces no me la creo.

—¿Y eso?

—Los lunes y los jueves hay unas alteraciones en el ritmo de producción. Dos operarios, siempre los mismos, entran y salen más tarde. Me apuesto un brazo a que son los días que la furgoneta pasa a recoger la mercancía.

—Pero el viernes también fue.

—Esta rutina ha sufrido algunas irregularidades. La semana pasada no se dio ninguno de los dos días... hasta el viernes. Algo alteró los planes. Y justo estaba yo allí para verlo.

—Eso significa...

—... que hoy es el día —completa Raúl con cara de satisfacción.

119.

Bruno remolonea sin ganas de salir de la cama.

Se pregunta si lo ha fastidiado todo una vez más. Ayer doña Paquita parecía realmente enfadada. No solo no le ha ayudado a desentrañar lo que le contó Sanela, sino que quizá ya no quiera verle más. Puede que haya perdido su única fuente de ingresos, además de un trabajo que había conseguido engancharle como pocos.

> *Números rojos.*
> *Y hasta el corvejón*
> *la gamba metí.*

Los borborigmos le recuerdan que va siendo hora de desayunar. Al llegar a la cocina se topa con su madre, que también parece de malos humos.

—Pero ¿qué horas son estas?
—Tampoco es para tanto...
—Hace ya un buen rato que llamó doña Paquita.
—¿Doña Paquita?

Bruno se estremece. De entre todas las catástrofes que vaticinó dando vueltas entre las sábanas, que la anciana amiga de su madre le haya contado a ella lo que escuchó en la grabación es una de las peores. Con todo el cuidado que ha puesto en ocultarle los líos que se trae...

—*Mamma*, deja que te explique.

—Qué me vas a explicar, si siempre has sido un dormilón. Anda, espabila, que te está esperando.

—¿Cómo?

—Me dijo que fueras a verla en cuanto te levantaras.

—¿En serio?

—Parece muy impaciente por seguir charlando contigo. —Suaviza el tono y esboza su primera sonrisa—. Algo estarás haciendo bien.

No tarda más de diez minutos en plantarse en casa de doña Paquita. Lo justo para beberse un café, hacerse el lavado del gato y ponerse los primeros vaqueros que ha visto a mano.

La encuentra sentada en su sillón. Ni siquiera le saluda, sigue con la misma máscara impenetrable del día anterior. Cuando quiere, esa mujer es más dura que las piedras.

—Buenos días, doña Paquita —dice con voz sumisa.

—Te ofrecería un café, pero ya casi es la hora del aperitivo.

—No se esfuerce, ya me ha echado la bronca mi madre —suspira.

Como doña Paquita no dice nada más, toma él la iniciativa:

—Anoche, cuando me echó, pensé que no me querría ver más.

La mujer deja escapar una exhalación.

—Me asusté —admite—. Y me pareció injusto que te metieras en mi casa con algo así, sin ni siquiera avisarme.

—O sea que lo entendió.

—Es bosnio. Me pierdo en algunas expresiones, pero claro que lo entiendo. —Ella alza la barbilla y le mira con profundidad—. Mira, hijo, si me vine a este pueblo fue precisamente para morir tranquila. Me parece que ya he sufrido bastante en esta vida.

—Yo... Lo siento.

—Te he llamado para disculparme por mi reacción. Y para que dejemos las cosas claras y podamos continuar con nuestro trato.

Bruno podría haber dicho que de acuerdo, que le parece lo justo, solo que entonces no sería Bruno.

—Pero usted me está contando todo el dolor que ha conocido en su vida. De ese modo, también lo está reviviendo.

—Eso es diferente. Lo hago por un motivo.

—Recuérdemelo.

—Lo sabes muy bien. Para que, a través de mi historia, otras personas puedan ver a lo que conducen el odio y las guerras.

—¿Como una forma de poner su granito de arena para dejar un mundo mejor?

—Eso es.

—¿Para evitar el sufrimiento que usted conoció? —continúa él.

Ella se limita a asentir.

—¿Para eso me pidió ayuda, para ayudarla a ayudar a otros?

Cabecea de nuevo, algo menos segura.

—¿No es acaso lo mismo lo que yo le estoy pidiendo ahora? Muchas mujeres siguen sufriendo. Ven pisoteados sus derechos más básicos, las tratan peor que a objetos, solo para hacer caja con sus cuerpos. Se aprovechan de su situación de vulnerabilidad para engañarlas y traerlas a un país extranjero, donde no entienden el idioma ni tienen a nadie en quien confiar. ¿No le recuerda a algo? Usted pasó por situaciones muy duras, pero estas chicas lo tienen todavía peor.

—¿Peor, dices? —Los labios de doña Paquita tiemblan.

—Aquí, ilegales en un sistema de por sí injusto, están encerradas sin escapatoria, sin derechos, expuestas a una explotación que no es otra cosa que lo que me contaba ayer: violaciones sistemáticas. Esta vez no es un centro de detención, sino un club de alterne en mitad de una carretera por la que pasan miles de personas cada día sin siquiera mirarlo. Desconocen lo que ocurre ahí dentro, y tampoco tienen mucho interés en quererlo conocer. Esta vez —continúa Bruno, ya encendido— no son militares los que las violentan, sino hombres que entregan un billete a cambio. Sus vecinos, los hijos, o incluso los nietos de sus vecinos. Hombres que no ven en esas chicas más que un cuerpo al que tienen derecho por haber pagado por ello. El sistema les hace sentirse impunes y prefieren no cuestionarse nada, porque es más fácil y cómodo seguir contando con ese privilegio. Todo eso que me ha contado lo tiene a diez minutos de aquí. No tiene que irse más lejos, ni tampoco remontarse al pasado. Y usted dice que quiere luchar contra ello, mientras esas chicas siguen allí cada día y cada noche, sin que nadie haga nada por ellas.

Bruno se detiene. En el calor de su filípica ha ido alzando la voz, y ahora nota que la anciana está pálida. El muro de contención que le había hecho mantenerse impávida se ha desmoronado. Ya no solo le tiemblan los labios, sino todo el cuerpo.

—Yo, yo... —Bruno se alarma—. Lo siento, no quería...

No sabe qué hacer. Por un momento teme por su salud. Está a punto de llamar al 112 cuando ella hace un gesto tembloroso hacia la jarra de agua. Bruno le sirve un vaso y se lo acerca a los labios con suavidad, hasta que consigue que trague un sorbo. Poco a poco, doña Paquita comienza a recomponerse.

Cuando se ve con fuerzas para hablar, le mira con tristeza.

—Tienes más razón que un santo, hijo.

120.

Está convencida de que esa trama tiene que ver con Pablo.

Se hace necesaria otra visita al ejecutivo. Le pondrá contra las cuerdas y de paso le hará confesar si existió algo entre Sara y él. Si fue así, tiene que saber mucho más de lo que le contó.

Pero antes debe ocuparse de otras cosas. No quiere seguir anteponiendo su trabajo a todo lo demás ni seguir retrasando la conversación pendiente con Socorro, de modo que marca su número.

—¿Dígame?

—Socorro, soy Annika. ¿Cómo estás?

—Tirando, hija, qué otra cosa puedo hacer.

A Annika le apena su tono desgarrado.

—Me gustaría acercarme a verte —dice con timidez.

—De acuerdo.

Su respuesta le escama.

—¿Sí? ¿Puedo?

—No es que tenga muchos ánimos, pero hay cosas que hablar entre nosotras.

—¿Te parecería bien a la hora del almuerzo?

—Sí, prepararé algo para que comamos las dos —conviene Socorro.

—Ni se te ocurra molestarte —se apresura a decirle—. Podemos comer fuera, yo invito.
—Qué tontería, ya ves lo que me cuesta echar un poco más en el puchero.

121.

—¿*Preparada?*

Doña Paquita asiente en silencio.

—Lo pararé cada medio minuto para que pueda ir traduciendo lo que entienda.

Casi una hora después llegan al final de la grabación. Bruno se siente mareado. Ahora comprende por qué ella reaccionó de esa manera. Secuestros, palizas, agresiones de todo tipo y una explotación sexual propia de unos absolutos bárbaros. Y no solo de Alma o Sanela, amigas que fueron engañadas juntas; la realidad que ha contado engloba a decenas de mujeres.

—Esta cinta es una bomba de relojería —acierta a decir.

—Deberías entregarla a las autoridades.

Bruno sabe que tiene razón. El asunto le va demasiado grande. Sin embargo, le faltan algunos interrogantes que resolver antes de entregarla.

—Prométame que no dirá nada.

—Hijo, lo que tienes en tus manos te pone en peligro a ti también. Y a todos los que lo conozcamos.

—Se lo llevaré a la policía —concede para calmarla.

—Hazlo enseguida. Hay que parar a esa gente. —Vuelve a temblarle la voz.

—Quédese tranquila, doña Paquita —dice mientras se pone en pie—. Lo que usted ha hecho hoy no tiene precio.

Bruno pasa de largo por la casa de su madre y se mete directo al coche. Hay algo que tiene que comprobar cuanto antes. De camino, llama a Carla para avisar de que se marcha para Mérida.

—*Ma, figlio*, ¿cómo haces las cosas así? ¡Si no has cogido ni la maleta!

—No pasa nada, tenía una muda y poco más.

—Pero bueno, y sin despedirte siquiera —le reprocha—. ¿Y la comida, qué? ¡Estaba haciendo croquetas!

Eso sí lo lamenta Bruno de verdad. Pero no hay tiempo que perder.

122.

Bruno aparca en un vado y sube las escaleras a toda prisa.

¿Dónde lo habrá puesto? Rebusca en la mesita, en la papelera, en los cajones del escritorio... ¿Acaso lo tiró? ¿Cómo pudo ser tan necio? Comienza a desesperar cuando ve una hoja que sobresale de su cuaderno de haikus. Tira de ella y ¡bingo! Ahí está la nota que encontró en su chaqueta días atrás. La que Penélope le coló con ese extraño abrazo en su coche.

A Álvaro no puedo recurrir. Le mataría a él, sí, pero también me mataría a mí. A mi familia tampoco. Mamá ya no se entera de nada, y en todo caso solo la haría sufrir. Y papá... no le daré ese gusto. Tampoco puedo poner a Lourdes en peligro. No, saldré de esta yo sola. Tengo que alejarme de los dos. De los dos. Dejar el trabajo, irme fuera, muy lejos.

Debería parar esto. Denunciarlo. Pero si lo hago, irán a por mí. O quizá me busquen de todas formas. Sé demasiado. Y en ese caso, me meta donde me meta, acabarían encontrándome. Y yo viviría siempre con miedo. Estoy harta del miedo. No quiero más.

¿Me pondría la policía algún tipo de protección? ¿O eso solo pasa en las películas? De todas formas, ¿cómo se supone que van a defenderme de algo así? Aunque si no lo destapo, seguiré corriendo

peligro siempre. Supongo que tendré que asumir el riesgo, y rezar por que todo...

La nota acaba así. Quien la escribió se vio interrumpida por algo. Y, gracias a la confesión de Sanela, ahora por fin cree que tiene la respuesta. Marca el número de Annika. A los pocos tonos oye su voz. Empieza a hablar atropelladamente hasta que se da cuenta de que al otro lado no hay más que la grabación uniforme del contestador automático.

—Holaaa, soy Annika. Deja tu mensaje.

—Mierda.

Él espera el pitido y piensa bien qué decir.

—Soy yo, Bruno. Tengo las pruebas. Llámame en cuanto escuches esto, es muy importante.

Y luego, bajando aún más la voz:

—Penélope no se suicidó. Creo que sé quién la mató. A ella y a... Sara.

Cuelga y sale de la habitación. La puerta del piso está entreabierta.

—Joder, vaya despiste llevo encima.

Cierra con dos vueltas de llave y un kilo de aprensión. Luego se gira para volver a su cuarto y decidir por dónde seguir. ¿Espera a que Annika le devuelva la llamada? ¿Se planta él mismo en comisaría?

Sin embargo, ni llega a su cuarto, ni sigue haciéndose preguntas. El sonido de pasos tras él le alerta, pero le falta tiempo de reacción. Un golpe en la sien hace que caiga al suelo como una marioneta de trapo. El mundo entero se funde a negro. Ni siquiera ve las estrellitas primero; eso debe de ser solo cosas de los cómics.

123.

Pulsa el timbre y aguarda frente a la mirilla.

La mujer que abre ha envejecido varios años desde la última vez que la vio. Va vestida de negro de la cabeza a los pies, y una mirada triste traspasa cualquier cosa que enfoque.

—Le faltan unos minutos a los garbanzos.

Annika busca detrás de Socorro.

—¿Y Celia?

—Le pedí a Felipa que se quedara a comer en su casa hoy —dice Socorro—. Tenemos que hablar de cosas que le conciernen y es mejor que no esté presente.

—Está bien. —Se siente decepcionada, pero sabe que la abuela de la niña lleva razón en esto.

Al poco, la mujer retira la cazuela del fuego y sirve su contenido en dos platos. Annika trata de ayudarla, pero ella lo rechaza enérgica.

—Solo eso me faltaba, tener una invitada y ponerla a trabajar —zanja.

Socorro sirve sendas generosas raciones de cocido extremeño y ambas se centran por unos minutos en cucharear en silencio. En el fondo, Annika lo agradece; ni recuerda cuándo fue la última vez que comió algo en condiciones. Pero no dispone de mucho tiempo y sabe que ha de abordar la cuestión cuanto antes.

—Me gustaría que habláramos de lo que me ha traído aquí —se lanza.

Socorro suelta la cuchara y la mira con cara de circunstancias.

—Tienes razón. Se me hace muy difícil y no sé cómo decírtelo.

Esa mujer la sorprende por segunda vez en el día. Un pensamiento la asalta de repente.

—¿Qué ocurre? ¿Seguro que Celia está bien?

—Está perfectamente.

—De acuerdo. —Annika se tranquiliza—. Pues de ella quería hablarte. No puedes impedirme que la vea, Violeta era mi familia y ella también lo es, y...

—Tienes razón —repite Socorro—. Tú eres tan familia suya como yo.

Annika se queda descolocada. Eso sí que no lo esperaba.

—A veces la familia nos viene dada, pero otras la encontramos por el camino —prosigue la mujer.

—Eso es —conviene Annika, aún sin entender ese cambio de actitud.

—La verdad, casi no te conozco —dice con sencillez—. Sé por mi hijo que eres una buena persona, y estuviste aquí desde el principio queriendo ayudar...

—¿Pero?

—Pero nada. No me he portado bien contigo. No me inspiraste confianza —confiesa—. Y, para colmo, me pusiste las cosas todavía más difíciles con Celia. Así que yo tampoco te las puse fáciles a ti.

—Le dijiste a Felipa que no me dejara ver a la niña, ¿verdad?

—Sí —admite ella—. Y estuvo mal. Por eso quiero pedirte perdón.

A Annika le conmueve la confesión de Socorro. Hay honestidad y pesadumbre en sus palabras. Hace un esfuerzo por ser indulgente.

—Bastante tenías, es normal. Todo aclarado.

—Espera, ese no es el verdadero motivo por el que quería hablar contigo.

Annika retira el plato, ya vacío, y deja escapar un suspiro. No iba a ser tan fácil.

—¿Qué pasa?

Socorro se da unos segundos antes de hablar.

—Me gustaría que te plantearas adoptar a Celia —dice sin ambages.

—¿Qué?

—Ya no tengo edad para criar a una niña.

—Estás de broma, ¿no?

La mujer le devuelve una mirada muy seria.

—En absoluto.

Annika mira a todos lados como si hubiera una cámara oculta.

—Socorro, te estás equivocando. Yo solo quiero que me dejes ver a la niña.

—No me equivoco. Ha perdido a sus padres, pero aún te tiene a ti. Te desvives por ella, tienes la edad de Violeta y toda la energía para criarla.

—Esto es de locos. No puedo hacerme cargo de una niña. ¡Si apenas tengo tiempo para cuidar de mi perra!

—El tiempo se saca, mujer. Siempre se saca.

Annika se levanta y se pone a dar vueltas por la habitación. La situación la está superando.

—Pasas de no dejarme ver a la niña a decirme que me la quede. No sabes lo que dices, Socorro.

—Es lo que Violeta habría querido.

—¡Ni se te ocurra meter a Violeta en esto!

—Pero...

Annika hace un esfuerzo por controlarse.

—No sigas por ahí, Socorro. No sigas por ahí.
—Piénsalo.
La policía sale dando un portazo y corre hacia el coche como alma que lleva el diablo. Es eso, o perder la cordura ella también.

124.

Bruno se despierta sin saber dónde está.

Tiene un dolor de cabeza agudo que le impide pensar y a su alrededor reina la oscuridad. A medida que recuerda, el pánico se apodera de él. Alguien le ha golpeado en su propia casa. Comprueba que tiene las manos atadas a la espalda. Trata de gritar, pero está amordazado. Se levanta con torpeza y consigue dar unos pasos inseguros y tambaleantes hasta que choca contra una pared. Lo intenta de nuevo, ahora más despacio, pero de nuevo se da contra un muro. Así, poco a poco, va tomando conciencia del espacio en el que se encuentra. Es una habitación de unos diez metros cuadrados.

Se apoya en una pared y se deja caer hasta quedar sentado en el suelo. Desde ahí escudriña la oscuridad y esta vez percibe una raya de luz tenue. Es la rendija de la puerta por la que le han introducido. Va hasta ella, busca el picaporte y se gira para agarrarlo con las manos. Cuando lo consigue, confirma que la llave está echada. Da unos pasos hacia atrás y golpea la puerta con todas sus fuerzas. Luego empieza a propinarle patadas hasta sentirse exhausto y dejarse caer de nuevo. Toma aire varias veces para intentar controlar el ataque de ansiedad que se le viene encima.

125.

Annika llega a Mérida hecha un manojo de nervios.

Tiene un bloqueo que no sabe ni cómo empezar a manejar. Pero si algo está claro es que Socorro tampoco puede pensar con claridad. ¿Criar a Celia, ella? La muerte de su hijo le ha hecho perder el juicio a esa mujer. Y como siga dándole vueltas, va a perderlo ella también. Necesita más que nunca refugiarse en el trabajo y despejar incógnitas. Como la que representa Pablo Velasco. Qué tiene que ver con Sara, con Montse y con los chanchullos millonarios que se cuecen en la trastienda de su empresa. Toma una de esas decisiones que pueden salir o muy bien o muy mal: le sonsacará la verdad de una vez, cueste lo que cueste.

Llega con tiempo para ver irse a los empleados de la oficina y comprueba que la luz de su despacho está encendida, pero también la de Miguel. La tarde cae aprisa y ya no deben de quedar más que ellos dos. Tiene que abordarlo solo. Esperará. Al cabo de un rato, las dos luces se apagan y ambos salen juntos en dirección a los aparcamientos. Pero no acaban de despedirse, siguen hablando sin parar. Sin duda es cierto que hay problemas en la fábrica, porque ninguno parece muy contento. Por fin se montan en sus respectivos coches, situados uno al lado del otro. Annika chasquea la lengua. No ha habido manera de pillar solo al gerente. Solo le queda una opción: seguirle.

El Audi de Pablo toma la misma ruta que la última vez, y en unos minutos entra en el garaje de la vivienda situada en el otro extremo de la ciudad. Annika aparca varias casas más abajo, le da unos minutos e inspira profundamente: hora de saber la verdad.

Aguarda con paciencia frente al portero automático, sabedora de que está siendo observada a través de la cámara. Tras unos instantes de espera, la cancela se abre. Sube los escalones que la separan de la puerta principal, donde la recibe un Pablo tan sonriente y seductor como la última vez.

—No me digas que has decidido aceptar ese martini.

Pero no cuela. Por encima de esa sonrisa hay unos ojos fríos que no son capaces de acompañarla.

—Qué bien que te alegres de verme.

—No hay hombre que no se alegre de ver a una mujer como tú. Aunque reconozco que no es buen momento...

—Solo será un minuto —dice ella, franqueando la puerta con decisión.

A él no le queda otra que permitírselo.

—Tomemos ese cóctel, entonces. Tengo reservas para todos los que quieras.

Annika barre el espacio de un vistazo. Si la casa llama la atención desde el exterior, no es nada comparado con el interior, más a tono con las cifras astronómicas que ganan los directivos como él. Un estilo demasiado kitsch para su gusto, pero que sugiere dinero a raudales.

A Pablo no le pasa desapercibida la forma en que lo observa todo.

—Espero que te guste la decoración. Me encargué yo mismo.

—Se nota.

Él sonríe algo más inseguro. No sabe bien cómo tomárselo.

—¿Podemos sentarnos?

—Por supuesto. —Pablo se acomoda en un sillón barroco de respaldo alto con ornamentados remates en pan de oro. Le indica otro del mismo conjunto.

—Curiosas butacas.

—Es un diseño exclusivo inspirado en Luis XVI.

—En el rastro vi unas parecidas.

—¿Qué te pongo de beber? ¿Un güisquicito?

El gerente hace oídos sordos y se sirve él mismo de una botella situada en el aparador.

—Pablo, voy a serte muy clara. No he venido aquí a ligar contigo.

Él muestra su mejor cara de póquer.

—Eso sí que no me lo esperaba.

—Sara no estaba tan sola como parecía. —Annika se lanza de cabeza—. Tenía amigas. Y resulta que las mujeres nos lo contamos todo.

—No me digas.

—Te doy la última oportunidad de decirme la verdad.

Él degusta con lentitud su bebida y deja escapar un suspiro.

—¿Qué es lo que quieres?

—Te lo acabo de decir. La verdad. Tenías una relación con Sara, ¿no?

La respuesta se hace esperar. El vaso casi se le ha terminado a Pablo cuando al fin habla:

—Sí. ¿Contenta?

—Cuéntame más.

—Me gustó desde el día que la vi —empieza él, resignado—. Al principio no entendía tanta timidez, pero después comprendí que estaba asustada. Entonces utilicé todas mis estrategias para que confiara en mí.

—¿Por qué?

—No sé. En parte porque me gustaba, y en parte supongo que por ego. Para demostrarme a mí mismo que podía.

—Y lo conseguiste.

Él asiente con una expresión de pudor que no le pega nada.

—¿Y su pareja?

—Ese desgraciado me daba igual. —Las facciones de Pablo se endurecen—. No la trataba como se merecía.

—En eso estamos de acuerdo. ¿Y qué pasó entonces?

—¿Cómo que qué pasó? Pues que la mató.

Annika escudriña su rostro con intensidad. Sigue sin saber cuándo dice la verdad y cuándo no.

—¿Por qué lo hizo?

—Ese hombre está enfermo, deberían encerrarlo para siempre. Es más, deberían hacerle lo mismo: quitarlo de en medio.

Annika siente un estremecimiento: la sangre fría de Pablo Velasco en todo su esplendor. Se infunde valor y continúa:

—Quizá descubrió que salía contigo y por eso la mató.

—Si lo que pretendes es que me sienta culpable, no lo vas a conseguir. —Ahora al rostro y al tono se ha sumado una mirada igual de severa—. El enfermo es ese tal Álvaro, no yo.

—He cambiado de opinión —dice Annika—. Ponme un whisky a mí también.

Da un sorbo y se pasa el líquido de un lado a otro de la boca con mucha parsimonia. Le parece que está malísimo, pero no importa. El objetivo no es otro que dejar pasar el tiempo, restarle un poco de esa maldita confianza en sí mismo. Busca sus ojos de un azul casi translúcido y clava en ellos una mirada penetrante.

—¿Y qué pasa con Montse?

Ahora sí nota el nerviosismo en los gestos de Pablo.

—¿Con Montse?

—Con Montse, sí. ¿Te la camelaste antes o después de Sara? ¿Es esa tu práctica habitual? ¿Tirarte a todas tus empleadas?

Él rellena su vaso. Luego la mira a los ojos.

—Eso fue distinto.

—Ajá.

—Nos acostábamos de vez en cuando, solo eso. Y no volví a hacerlo desde que empecé con Sara.

Annika da otro sorbo al whisky. Le repugna tanto como el propio Pablo, aunque lo disimula como puede. Lo del whisky.

—Eres todo un ejemplo de fidelidad, ¿no, Pablo?

—Es la verdad. Lo de Sara empezó como el tonteo con la nueva empleada, pero me enamoré de ella.

—No lo dudo ni por un momento.

—¿Por qué iba a mentirte?

—Se me ocurren mil razones. Pero dime tú: ¿por qué no me lo contaste antes?

—¿Para qué? Sara ya estaba muerta. Solo me supondría más problemas.

—Así volvías otra vez con Montse, ¿no? A rey muerto, rey puesto. Menudo enamoramiento el tuyo.

—Que yo sepa, el sexo consentido todavía no es un delito. Y ahora, si no te importa, estoy en mi casa y me gustaría descansar un poco.

Pablo se levanta en una clara invitación para que Annika también lo haga. Pero no está dispuesta a irse de allí sin aclararlo todo, así que no se lo piensa y se la juega a una carta:

—Hay algo más.

—¿Perdón?

—Algo que aún no me has contado.

—Si quieres, te paso mi *body count*.

—¿Qué?

—La lista de todas mis conquistas.

Ella hace un gesto de desprecio. Está hasta el moño de ese tipo.

—Mejor me hablas de los medicamentos falsos —le espeta.
La expresión del gerente cambia de golpe. Antes de que a Annika le dé tiempo a reaccionar, se ha puesto de pie y se ha abalanzado sobre ella.

126.

La ansiedad ha dado paso al pánico.

Y el pánico, a una suerte de conformidad. Bruno ya solo espera que alguien aparezca y le saque de la incertidumbre. Sin embargo, cuando escucha voces que se acercan, se acurruca instintivamente en el rincón en el que lleva horas sentado.

La luz le ciega tras tanto tiempo sumido en la oscuridad.

—Así que este es el fisgón. Vaya, vaya.

—Has ido demasiado lejos, chico. —Una segunda voz se dirige a Bruno—. No será porque no te lo avisé.

Bruno la reconoce al instante. El mismo acento, la misma entonación... ¡Es el gorila que le echó a patadas del club de Badajoz! Se horroriza al recordarlo. ¿Qué le hará esta vez?

—Ya sabes lo que toca, Val.

Los ojos de Bruno van adaptándose a la luz. Primero ve recortadas las sombras de los dos hombres. La mayor corresponde al matón, con su boina incluida, que le quita la mordaza. En cuanto al otro, no le ha visto nunca.

—¿Quiénes sois?

—¿Has oído eso? —dice Val—. Aún va con ganas de saber más. Estos periodistas no tienen remedio.

—Ya no se lo contará a nadie.

Sus pasos se alejan y Bruno se queda a solas con Val.

—¿Qué significaba eso? —pregunta con voz trémula.

—Lo que parece. Cuando quiere, el jefe es muy claro. —Val deja escapar una carcajada ante el semblante horrorizado del periodista. Luego se pone serio—. ¿Sigues con curiosidad?

Bruno traga saliva. Cualquier cosa antes de que le manden al otro barrio.

—Mucha.

—Pues esto va así: básicamente, nuestra forma de hacer negocios no les gusta a los maderos. Por eso nos molesta que alguien venga a meter las narices. Te avisé, pero tenías que hablar con esa furcia y seguir tocando los cojones. ¿Piensas que soy idiota? ¿Crees que no te he mandado vigilar todo este tiempo?

—Te estás complicando la vida. No puedes matarme como si fuera una de esas chicas que secuestráis.

—Eso lo vamos a comprobar ahora mismo.

Bruno trata de mantener la cabeza fría. Por el momento lo único que se le ocurre es seguir ganando tiempo.

—¿Y Penélope? Fuiste tú, ¿verdad?

—Es lo bueno de trabajar con farmacéuticos. —Val esboza una sonrisa ufana—. No hace falta ensuciarse las manos, saben cómo hacer para que parezca otra cosa... He aprendido mucho de ellos.

—¿Por qué? —Bruno trata de controlar su rabia.

—Esa era otra que no sabía estarse quietecita. Cometimos errores con ella. El primero fue utilizarla para alejar al Casimiro la noche que nos cargamos a su novia. Pe le tenía enchochado y venía cada dos por tres a buscarla. —Val muerde el desdén con sus palabras—. Así que le dije que le contara algún cuento, que estaba preñada de él, qué sé yo, lo que quisiera, pero que le retuviera unas horitas.

A Bruno se le dibuja un gesto de amargura.

—Y cuando entendió para qué la habíais utilizado, se arrepintió.

—Me desafió —admite Val—. Decía que iría a verle a la cárcel y le contaría la verdad. Para colmo, la muy puta me robó algo importante.

—La nota de Sara.

Algo cambia en la mirada del matón. Se diría que ahora hay un punto de reconocimiento.

—Muy bien, Sherlock. Eres más espabilado de lo que pareces.

—¿Por qué ella? ¿Por qué tantas muertes?

—Colega, hay que sobrevivir. A veces, a costa de otros. Esta también sabía más de lo que debía. Por lo visto, estaba dando problemas con los productos que se fabrican aquí. Yo me limité a obedecer las órdenes.

—¿Era necesario cebarse de esa forma? Todas esas puñaladas...

—Tenía que parecer algo pasional.

—Pero encontraste el papel y te lo guardaste.

—Fui gilipollas. Creí que podría venirme bien en algún momento, hasta que la zorra de Pe me lo quitó. Lo negó una y otra vez, pero yo sé que fue ella. No pudo ser nadie más.

—Os atraparán. Lo averiguarán todo y tú irás derecho a la trena.

Val niega con la cabeza.

—Está muy bien pensado. ¿La tal Sara? Una desgraciada a la que mata su novio en el calor de una discusión doméstica. Lo dan en las noticias, sumar un número más en las estadísticas, las feministas hacen su minutito de silencio y a otra cosa. ¿Penélope? Una fulana a la que la vida no le ha hecho más que putadas y que decide quitarse la vida. Eso no da ni para las noticias. Y luego estás tú. ¿Quieres saber cómo te verán a ti?

—Por favor. —Bruno alza la barbilla en un gesto desafiante, aunque le tiembla hasta el pirsin de la ceja.

Val sonríe, se enciende un cigarrillo, da una calada. Disfruta creando expectación. Y pavor.

—Un colgado que ha palmado de sobredosis. Un pinchacito y listo. La furgo te dejará en el parque de las afueras del Peri, donde todos saben que se pasa la droga. A nadie le gusta escarbar mucho en esos mundos.

—No colará.

—Ya lo creo. Hasta tu madre acabará resignándose a la cruel verdad de que ningún padre conoce a sus propios hijos. En unos meses no serás más que un nombre en una lápida con flores secas.

Val sale de la habitación y cierra la puerta tras él. La oscuridad envuelve de nuevo a Bruno, que deja escapar un aullido de frustración. Cuánta razón tenía doña Paquita cuando le advirtió que no se metiera en camisa de once varas, y Penélope, y Annika al pedirle que dejara la investigación. Todas le avisaron. Hasta el jodido asesino que va a acabar con su vida. Y él no quiso escuchar a nadie. Se ha creído que podía salir airoso como un Vengador más.

El final llega.
En el castillo preso
un imbécil: yo.

127.

—*¿A qué viene esa sarta de tonterías?*

Pablo tiene la cara roja de ira y está a un palmo de Annika.
—Me he dejado la piel en mi trabajo. ¡No consiento que me acuses de algo así!
—Podemos probarlo.
—¡Mientes!
Él la agarra por la muñeca.
—Suéltame, Pablo. —Annika habla con más firmeza de la que en realidad siente.
—¿O qué?
La sonrisa de Pablo es ahora mucho más siniestra.
—¿Vas a encerrarme como a Álvaro?
Annika permanece quieta. Él la aprieta con más fuerza y ella trata de pensar con claridad. Tiene la pistola en el bolso y una mano libre, pero sabe que el mínimo movimiento puede ponerle más nervioso. Ha de ser cauta, ir con disimulo...
—Ni se te ocurra.
Él le arranca el bolso de un zarpazo. A tomar por saco estrategia.
—Fue eso, ¿verdad? —dice resignada—. Sara averiguó en qué andabas metido.

Pablo mete la mano en el bolso y saca la pistola.

—Pensaba contarlo. Por eso la mataste —sigue ella.

—¡No!

La apunta con la pistola.

—No hagas ninguna tontería, Pablo. Mis compañeros están esperando fuera —miente Annika—. No sabes las ganas que te tienen.

—Yo no la maté.

—Esa frase ya la he oído más veces.

—La quería.

—También esa.

Él vuelve a sentarse en su sillón de rey absolutista.

—Tienes razón. Sara escuchó cosas que no debía. Era una chica lista, enseguida ató cabos. —Su mirada se extravía con un punto de nostalgia—. Me pidió que lo dejara.

—Pero tú no estabas dispuesto. Demasiado dinero en juego.

—Una vez que te metes, no es tan fácil. Es lo que intentaba hacerle ver.

—Ella no lo entendió, ¿verdad? —Annika se va acercando poco a poco. Pablo está derrumbándose y no sabe por dónde puede salir.

—¡Estaba en ello! Y te repito que la quería. Compré esta casa pensando en Sara, para formar un hogar cuando se separara de ese miserable.

—No me creo ni una palabra, Pablo. ¿Quién la mató? ¿Fuiste tú o fue Montse?

—¿Qué? ¡No has comprendido nada, joder!

Annika teme por su vida. Pero en lugar de disparar, el directivo baja la pistola y se la devuelve con un gesto de mansedumbre, como si renunciara a cualquier intento de salirse con la suya. Ella se rehace enseguida, toma el arma y la desliza detrás de su cintura, a mano por si vuelve a necesitarla.

—Venga, te vienes conmigo a comisaría —se lo dice con tacto, como si fuera un niño pequeño al que pudiera darle un berrinche y perder el control de nuevo—. Allí aclararemos todo. También lo de los cargamentos nocturnos.

Sin embargo, él no se mueve.

—En cuanto a eso... podemos solucionarlo.

—¿Cómo?

—Eso, lo de los medicamentos. Puedo ayudarte a olvidarlo.

Ella comprende por dónde va.

—¿Vas a untarme, Pablo? ¿Cuánto vas a ofrecerme de ese dinero que sacas de jugar con la salud de los demás?

—¡Yo no hacía nada! Miraba para otro lado y me llevaba un pellizco por ello. Tú podrías hacer lo mismo.

—Eres un embustero, además de un indeseable sin escrúpulos. Y, lo que es peor, crees que todos somos como tú.

—¿Cuánto?

Annika hace amago de sacar otra vez el arma.

—Tira, anda.

—Te estoy diciendo la verdad —insiste él—. Yo no organizaba nada.

—Llevas la gerencia, Pablo. A ningún juez se le escaparía que eres el único con control sobre todo lo que pasa en esa empresa.

—Te equivocas. Hay alguien que lo controla todo mucho más que yo.

Annika se queda paralizada. Los engranajes giran en su cabeza. Encajan apenas unos segundos antes de que el propio Pablo le dé la respuesta. ¡Miguel!

128.

Annika sale de casa del gerente acelerada.

De camino al coche, saca el móvil para llamar a Raúl. Entonces ve que tiene un mensaje de voz. Es de Bruno, y lo envió hace ya varias horas. La invade un mal presentimiento que se confirma en cuanto escucha sus palabras. Penélope. Sara. De acelerada pasa a estar cardiaca. Trata de devolverle la llamada, pero no hay nadie al otro lado. No, Bruno también no. No podría soportarlo.

Marca el número del subinspector con dedos temblorosos.

—¡Raúl! Raúl, ¿estás ahí?

—Pues claro. No habrás cambiado de planes, ¿no? —contesta él de buen humor—. Mira que le he dicho a Andrea que la acompaño el sábado al teatro a cambio de escaparme esta noche...

—Llego en tres minutos —le interrumpe Annika—. Espérame con el coche en marcha, no hay tiempo que perder.

129.

El sicario trae consigo todo su arsenal.

Una jeringa y varios botes con un contenido incierto para Bruno, pero cuyo resultado conoce: su propia muerte.

Está disponiéndolo todo cuando aparece el otro tipo.

—Date prisa, coño. La furgo está al caer y este tío ya tiene que estar fiambre.

Bruno no deja pasar la oportunidad.

—¡Eh, tú! ¡Val te ha traicionado!

—¿Qué está diciendo?

—Yo qué sé, no le hagas ni caso. —El matón se apresura con los preparativos de la inyección. Está tan nervioso que uno de los botes cae al suelo.

—¿Qué haces, torpe?

—¡Es la verdad! —insiste Bruno—. Este tipo quería destruirte, no te fíes de él. ¡Tenía una prueba de que querías matar a Sara! ¡Por eso asesinó a Penélope!

El hombre empieza a mosquearse.

—¿De qué va esto, Val?

Bruno se adelanta antes de que al otro le dé tiempo a reaccionar:

—La prostituta a la que se cargó haciéndolo pasar por suicidio. Fue idea suya, ¿no es cierto? Eso no salió de ti.

A Miguel le cambia la expresión. Vista y no vista, una nueve milímetros aparece en su mano derecha, apuntando directamente al pecho de Val.

—Así que por eso actuaste por tu cuenta.

—Pero, Miguel... ¿de verdad vas a creer a este pringado?

—Pues mira, sí. Del que nunca debí fiarme es de un puto kosovar.

Bruno aprovecha el momento de confusión. En dos zancadas se coloca a la altura de Miguel y le pega una patada al más puro estilo Van Damme. De dónde se ha sacado esa habilidad, nadie lo sabe. Pero ahí va, directa a la barbilla. El hombre cae y se agarra la cara con gesto de dolor.

—¡Hijo de puta!

Val tampoco ha perdido el tiempo. Agarra la pistola que ha caído al suelo en el lance y encañona a Miguel, que trata de incorporarse.

—Parece que se invierten los papeles, ¿no, jefe? —dice con recochineo al tiempo que le clava el cañón de la pistola en la sien—. Te dije que no volvieras a meterte con mi país.

Mientras tanto, Bruno echa a correr pasillo adelante.

—¡Estúpido, se nos escapa!

Val mira la puerta por la que ha salido Bruno, luego a Miguel, luego de nuevo la puerta. Se acerca a su jefe, le pega en la cabeza con la culata de la pistola y se lanza en pos del periodista.

—Ya aclararemos esto —murmura para sí.

130.

—*Te has saltado el semáforo.*

Raúl se agarra al asidero del coche como si esa falsa sensación de seguridad pudiera librarle de estamparse. Annika le dijo que conducía ella y desde que se puso al volante va como una kamikaze. Sobrepasa con creces la velocidad permitida y adelanta a diestro y siniestro. Ahora también se ha saltado un paso de peatones. Ya se ha ganado pitidos, insultos de todo tipo y hasta un manotazo que ha propinado en el capó un señor con muy mala leche.

—Al menos pon el rotativo, mujer.
—Ponlo tú si no quieres que nos empotremos.

Raúl lo enchufa en la toma del mechero y lo coloca en el techo del camuflado. En cuanto acciona la luz y la sirena, los coches comienzan a apartarse. Los destellos azules iluminan la calle mientras Annika hace rugir el motor.

—¿Puedes decirme por qué corremos tanto? Se supone que íbamos de extranjis.
—Me temo que no hemos sido los únicos en descubrir el tinglado.
—¿Y eso qué significa?
—Significa que he puesto a alguien en peligro —dice Annika con la vista clavada en el asfalto.

Al tiempo que acaba la frase, pisa con todas sus fuerzas el freno y el coche gira sobre sí mismo antes de quedar varado en mitad de la carretera. Una furgoneta que venía de frente da un bandazo tratando de evitarles y el subinspector vuelve a colgarse del asidero.

—¿Es que quieres matarnos? ¡Tengo dos hijas, por Dios bendito!

—La furgoneta, Raúl. Mira la furgoneta.

Él observa el vehículo que se aleja tras un sonoro bocinazo.

—Son ellos —dice perplejo—. Hay que seguirlos.

Annika no reacciona. Cada vez más coches se suman a los pitidos indignados, pero ella sigue petrificada, incapaz de decidirse.

—¡Vamos, se nos van a escapar!

131.

El pasillo da a una zona mucho más amplia.

No hay una sola ventana, de modo que Bruno debe manejarse entre sombras. Tan solo unas luces de baliza iluminan aquí y allá el edificio, lo justo para intuir que se encuentra en la planta subterránea de una nave industrial. Hay cajas, palés y toda una serie de aparatos dedicados al embalaje. Bruno los va esquivando sin parar de correr. Las manos atadas a la espalda le entorpecen y trastabilla en un par de ocasiones. Eso, junto al desconocimiento del espacio, hace que no tenga ninguna posibilidad frente a Val. De ahí que en cuanto oye sus pasos decida esconderse.

Así, agachado tras un palé que sostiene un paquete de grandes dimensiones, espera hasta que deja de oír a su perseguidor. Contiene la respiración y aguarda aún un poco más. Cuando se decide a asomar la cabeza, se topa con la sonrisa sádica del matón.

—Muy divertido. Final del juego.

Val le agarra de uno de los brazos. Lleva la pistola en el cinturón y la jeringa en la mano derecha. Y percibe la mirada que dirige Bruno a ambas.

—Ya ves que tengo para elegir.

El eco de otros pasos resuena en la nave.

—¿Jefe? —llama Val—. Jefe, lo tengo.

Miguel no contesta, pero los pasos continúan acercándose. Bruno nota el nerviosismo del sicario, que le aprieta con fuerza.

Entonces la ve avanzar entre los palés.

132.

—¡*Alto, policía!*

La voz de Annika resuena en toda la planta. Tras un momento de desconcierto, Val se recobra y utiliza a Bruno de parapeto.

—Anda, pero si es tu amiguita. —Coloca la punta de la jeringa en el cuello de Bruno y se dirige a la policía—: Si intentas algo, le inyecto esto hasta el fondo. Lo vas a ver morir delante de tus narices.

El pánico enturbia la mente de Annika.

—¿Es que no me has oído? ¡Baja el arma!

Ella sopesa sus posibilidades y comienza a bajarla.

—¡No! ¡Te matará a ti también! —grita Bruno.

Val le pega un rodillazo que le obliga a callar. Luego mira a Annika.

—¿Qué? ¿Empezamos por él?

Ve cómo deja la pistola en el suelo y sonríe.

—Buena chica. Ahora pégale una patada hacia acá.

Ella vacila y él grita más alto a la vez que pincha la aguja en el cuello de Bruno, que intenta zafarse sin resultado.

—¡Ya!

Annika obedece. Val recoge la pistola con el brazo libre.

—Voy a salir —dice bajando el tono—. Y tú no te moverás de ahí.

—Ni hablar. —Otra pistola emerge de la oscuridad. Tras ella, Raúl apunta con las dos manos y un ligero temblor de brazos.

—Quítate de en medio, tengo un rehén.

—Suéltale —ordena Raúl—. De aquí solo saldrás esposado o con los pies por delante.

—¡Le mataré, estúpido!

El sonido de una detonación desata el caos. Val inyecta el contenido de la aguja en la yugular de Bruno y Annika se abalanza hacia ellos. Entonces, el sicario la apunta con el arma. Se oyen dos nuevos disparos.

Sobreviene el silencio. Por un momento nadie parece saber lo que ha ocurrido. Unos segundos después, el cuerpo de Val se desploma. La boina cae a unos centímetros de él, dejando su cabeza lampiña al descubierto.

La caída también ha arrastrado al periodista, cuyo cuerpo está atacado por las convulsiones. Tiene los ojos en blanco y de su boca sale una espuma blanquecina. Annika le sacude sin lograr ninguna reacción. Comienza a darle masajes cardiovasculares en un intento desesperado de salvarle. Esto no puede pasar. Es ella quien le ha metido en esto. No puede haberlo hecho tan mal. No puede.

El sonido de las ambulancias la devuelve a la realidad. Un tropel de enfermeros despliegan su instrumental. La retiran de la zona y cargan en sendas camillas los cuerpos inconscientes de los dos hombres. También sus compañeros han llegado. Están señalizando el escenario del crimen, justo como si todo empezara aquí. Y, sin embargo, ha acabado. El juego ha acabado. Las lágrimas que lleva tanto tiempo conteniendo se desbordan al fin por sus ojos. Concentran toda su rabia, su tristeza, su impotencia. Annika no se las enjuga.

EPÍLOGO

I. Las chicas del trébol

Carla se arropa con la camilla y observa a esas dos muchachas pálidas y asustadizas que aparecieron hace tan solo unos días en la vida de su buena amiga.

—¿Cómo están?

—Todavía con el miedo en el cuerpo, pero estoy segura de que saldrán adelante —contesta doña Paquita.

—No podían estar en mejor sitio.

Una de las chicas le devuelve una mirada tímida.

—Coge otra magdalena, niña —la anima doña Paquita—. Las he hecho para vosotras.

—Además, aquí van a engordar rápido. —La italiana se permite una media sonrisa, aunque se torna seria enseguida—. Has sido muy valiente.

—Tonterías. Ellas sí que lo han sido. Gracias a su testimonio, la policía ha destapado esa red internacional.

—Qué horror.

Permanecen en silencio por unos minutos. Es doña Paquita quien toma de nuevo la palabra:

—Hablemos de algo más alegre. Tenemos una buenísima noticia. Alma, Sanela, ¿se la contamos a Carla?

Las muchachas asienten algo confusas. No la entienden bien cuando habla en español, pero es la primera persona de la que se fían de verdad en mucho tiempo.

—Han encontrado a su amiga —dice doña Paquita emocionada.

—¿A otra de las chicas del trébol? Entonces ¿ya están todas?

—A Azra. Falta una. —La expresión de doña Paquita se ensombrece ahora un tanto—. Sabina, la segunda «S».

Eso sí lo comprenden Alma y Sanela. Sus rostros encajan sendas muecas de dolor al recordar a su amiga.

—Pero siguen buscándola. Estoy segura de que la encontrarán —se apresura a decir la anciana—. Quizá incluso lograra escapar y haya empezado una nueva vida.

—Puede ser. Entonces, ¿dónde está Azra?

—Esa es la otra parte de la buena noticia. —Doña Paquita sonríe de nuevo—. De camino.

—¿De camino a dónde? —Carla no entiende nada.

—A Montijo.

—¿Viene para acá? ¿Y dónde va a quedarse?

—En mi casa, por supuesto. Hay sitio de sobra. Además, serán solo unos días para que las tres puedan reencontrarse.

—Qué bonita la forma en que te estás volcando con estas chicas.

Carla no puede evitar emocionarse. Desde lo de Bruno tiene las emociones a flor de piel. Saca un pañuelo del bolsillo y se enjuga una lágrima con la punta.

—Han sufrido mucho, querida. Y la amistad que simbolizaba ese tatuaje con sus iniciales ayudó a que no perdieran del todo la esperanza. Se necesitan unas a otras más que nunca.

—Han tenido buena suerte dando contigo. Igual el trébol de las cuatro hojas sí que ha hecho efecto —Carla se acaba el café—. Tengo que irme ya, a mí también me necesitan en casa.

—Mucho ánimo.

Doña Paquita le hace un gesto para que se acerque y abraza con fuerza a su amiga. Bien sabe ella que Carla también lo ha pasado muy mal.

II. *Caso cerrado*

Annika se acerca a la mesa de Raúl y le muestra un expediente con una goma alrededor. Él comprende enseguida.

—¿Se acabó?

—Ahora sí.

Ella repara en el cansancio de su rostro. Raúl parece haber envejecido en los últimos días.

—¿Cómo estás tú? —pregunta con cara de preocupación.

—Bien, creo —contesta el subinspector—. No es fácil asumir que has matado a alguien.

Ella apoya la mano en su hombro.

—Era él o nosotros. Sabes que lo hiciste bien.

—Supongo —admite él—. Eso me repite el psicólogo.

—Yo no estaría aquí si no hubieras reaccionado a tiempo. Y mira, entre ese cabrón sin escrúpulos y yo, me prefiero a mí.

—Yo también te prefiero a ti.

Annika deja escapar una sonrisa. Sin embargo, él sigue muy serio.

—Cuesta creer todo lo que había montado en torno a esa nave industrial. Me olía lo de los medicamentos falsos, pero la trata de mujeres, los homicidios... Cada vez que lo pienso se me pone mal cuerpo.

—Creo que cuando uno lleva mucho tiempo haciendo algo, por ilícito o inmoral que pueda ser, acaba sintiendo impunidad —reflexiona ella—. La red de medicamentos les conectó con otras organizaciones criminales y vieron la oportunidad de lucrarse con el tráfico de las mujeres desde Bosnia.

—Lo que no me has contado es cómo enlazaste el asesinato de Sara.

—Una de sus amigas la vio asustada por algo que descubrió. Al principio no sabía qué podía significar, pero luego comprendí: si había tenido una relación con Pablo, podía haberse enterado de sus trapicheos.

—Lo que no esperabas es que fuera Miguel quien estuviera detrás.

—No —reconoce ella—. Pero como su secretario y confidente, tenía acceso a todo. Podía dirigir las operaciones desde su propio escritorio. El listillo de Pablo no era más que una marioneta en su función.

—Menos mal que el matón dejó a Miguel fuera de juego y los compañeros lo encontraron antes de que pudiera escapar. Y bueno, en cuanto a los jefes, ya sabemos nosotros que a veces son los que menos pintan —dice Raúl, con una sonrisa maliciosa.

Annika asiente, pero no olvida que ese embrollo ha empeorado aún más su relación con el inspector. Todos saben que ella quiso seguir investigando la muerte de Sara y que Jiménez se lo prohibió y la ridiculizó por ello. Y, para colmo, resolvió junto a Raúl el caso de los medicamentos. No, eso no se lo va a perdonar. Ha de andarse con más cuidado que nunca.

—Pues sí —dice con tiento—. Y mira, ni Pablo ni Álvaro son santos de mi devoción, pero eran inocentes y, a su manera, los dos querían a Sara.

—Bueno, tanto como inocentes... Pablo permitía que la red operara. En cuanto a ese Álvaro, es otro mal bicho. Lo único que me jode de todo esto es que quede libre de cargos —se lamenta el subinspector.

—Así ha de ser. No tuvo nada que ver con la muerte de Sara. De hecho, Miguel vio la oportunidad perfecta para quitársela de en medio cargándole a él su muerte.

—Al menos pasó unas cuantas noches en el calabozo —dice Raúl.

—Quién sabe, quizá le ayudaron a recapacitar. Va a comenzar el proceso de rehabilitación para maltratadores.

—Ojalá no vuelva a hacerle a ninguna mujer lo que le hizo a Sara.

—Ojalá.

—Oye, ¿qué sabes del periodista? Cuando le vi echando espumarajos por la boca, pensé que no lo contaba.

Ella se estremece al recordarlo.

—Yo también.

—¿Entonces? ¿Cómo está?

Annika sonríe. No es una media sonrisa, ni una sonrisa breve o suspicaz. Es una sonrisa completa, honesta y casi podría decirse que dichosa. Una que Raúl no recuerda haber visto nunca en labios de su compañera. La observa con curiosidad, preguntándose qué se ha perdido.

III. El vegetariano

Se han citado en el mismo restaurante de la última vez. Ella llega con quince minutos de retraso, pero esta vez él no se ha preocupado. Sabía que aparecería.

—¿Cómo estás? —Annika toma asiento y le mira a los ojos.

—Casi como nuevo. —Bruno sonríe y levanta una jarra de cerveza para confirmarlo.

Por suerte, Val no llegó a inyectarle ni la mitad del contenido de la jeringa y pudo salvarse gracias a la rapidez de los servicios de urgencias. Annika le ha llamado a diario desde aquello. En ese tiempo han tenido oportunidad de conocerse mejor, aunque es la primera vez que se ven tras el incidente. Él la mira embelesado.

—Estás muy guapa.

—Qué dices, si me piso las ojeras. Y eso que ya hemos cerrado el expediente.

—Brindo por ello.

Bruno choca su jara con el refresco que acaban de traerle a Annika. Ambos beben mirándose a los ojos. Por un momento, parece que ninguno sabe qué decir.

—¿Y los trámites con Celia? ¿Cómo van? —pregunta Bruno al fin.

—Hay muchísimo papeleo. Pero como la abuela está colaborando en todo, no nos ponen impedimentos. Más difícil está siendo lo demás: buscar un centro infantil, adecuar la casa para ella... Es agotador.

—Por cómo te brillan los ojos, nadie lo diría.

Annika asiente. Él mismo la ha ayudado a afrontar sus miedos. De las horas de conversación que han mantenido en los últimos días, buena parte las han dedicado a hablar sobre la niña. Pero si hay algo que la ha hecho decidirse ha sido este caso. Ver a Bruno tan cerca de la muerte y saberse ella misma en peligro le ha hecho cuestionarse qué es lo que quiere hacer con su vida. Y a quiénes quiere tener cerca.

—Cuéntame tú —le pide ella—. El secuestro te ha convertido en el protagonista del momento, hoy he vuelto a escucharte en la radio.

—El mérito es tuyo. Si tan solo hubieras decidido perseguir a la furgoneta en lugar de ir a la nave... hoy no estaría aquí contándolo.

—No iba a dejarte solo, que ya sé que las lías pardas.

—Todavía me tiemblan las canillas cada vez que me acuerdo.

—Puedes estar tranquilo. La red está desarticulada; Miguel, entre rejas, y Val, muerto y enterrado.

—Sí, hay que seguir adelante.

—Eso es. —Annika decide cambiar de tema—. ¿Qué hay

de tu compañero de piso? ¿Cómo es eso de que por fin ha aparecido?

—Anteayer se presentó con su novia a la hora de la cena. Resulta que se han prometido y se van a ir a vivir juntos.

—Qué buena noticia.

—La verdad es que ya convivían, y encima con nosotros dos, así que seguro que les va a ir bien —bromea Bruno.

—¿Y por qué tardó tanto en contároslo?

—Comenzaron a ver pisos y hasta que no tuvieron eso resuelto no hicieron público el compromiso.

—Bonita historia. ¿Y Julio y tú qué vais a hacer?

—Ahora ando más desahogado, nos podemos permitir estar los dos solos un tiempo. Y, a largo plazo, ¿quién sabe? Quizá el libro de doña Paquita se convierta en un best seller, hagan la película y viva de ello el resto de mis días.

Annika suelta una carcajada y Bruno también sonríe. Lo cierto es que se siente feliz. Todo parece enderezarse.

Piden el postre estrella de la casa, un bizcocho de tomate verde que comparten con dos cucharitas. Cuando acaban, Bruno la mira a los ojos.

—¿Recuerdas dónde nos quedamos la última vez que cenamos aquí?

—Me ibas a invitar a un mojito en tu terraza.

—Y te sonó el móvil.

Annika saca el teléfono del bolso y lo apaga delante de él.

Bruno sonríe, le rodea la cintura y salen abrazados del restaurante.